백범, 거대한 슬픔

김별아
장편소설

백범,
거대한
슬픔

해냄

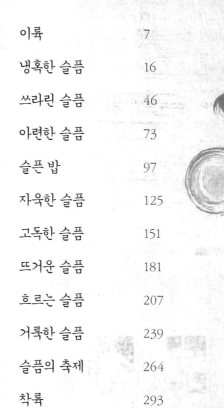

차례

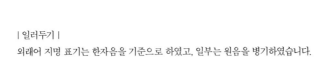

이륙

청량한 가을날이었다. 중국 상해 강만(江彎) 비행장이 아침 나절부터 떠들썩했다. 비행장은 귀국하는 대한민국 임시 정부 요인들을 배웅하기 위해 몰려든 사람들과 취재진으로 온통 축제 분위기였다. 떠나는 사람들과 보내는 사람들이 악수를 나누었다. 축축한 손바닥으로 미미한 온기가 전해졌다. 작별의 인사는 길지 않았다. 수다한 말들을 침묵 속에 눈빛으로 대신했다. 구름 한 점 없는 하늘이 푸르렀다. 쌀쌀한 공기에 코끝이 찡했다. 돌아서다 말고 다시 한 번 하늘을 응시했다. 눈부신 햇살 아래 하얗게 손을 흔드는 사람들을 바라보았다. 사람과 사람 사이, 터져 나오지 못한 아우성과 아우성 사이, 종이에 그려 나온 깃발들이 강바람에 나부꼈다. 붉고 푸르고, 푸르고 붉은 태극이다. 그토록 애타게 돌아가고팠던, 마침내 돌아갈 그곳의 빛깔이다.

비행장 활주로에 은빛 날개를 펼친 중형 미군 수송기는 무료해 보였다. 그것의 명칭은 C-47이라 했다. 생명 없는 기계다운 간명한 이름이다. 이리저리 바쁘고 수선스러운 이별의 절차 따윈 아랑곳없다. 소리 죽여 깊은숨을 토하는 승객들의 초조감도 무정하게 외면한다. 그것을 얻어 타기 위해 꼬박 석 달 이상을 동분서주했다. 해방된 내 나라에 돌아가지 못하고 여전히 남의 땅에서 발을 굴렀다. 마음을 따라갈 수 없는 몸이 번민에 시달렸다. 지난 스물여섯 해보다 더 길게만 느껴진 석 달이었다.

강렬한 빛 한가운데의 암전. 금속의 날개를 되쏜 반사광이 눈을 찔렀다. 떠나는 사람들이 옷소매로 눈을 가리고 조심조심 비행기 승강구에 올랐다. 시계의 시침이 정확히 오후 1시를 가리키고 있었다.

—모두 좌석 벨트를 착용해 주시오.

황갈색 제복을 입은 미 공군 하사관이 기내의 긴장 어린 고요를 깨트렸다. 그는 앞자리에 앉은 이의 좌석 벨트를 단단히

매어 시범을 보였다. 달카닥 달칵, 고리 걸리는 소리가 연이어 들렸다. 환송객들 앞에서는 한껏 여유를 보이며 돌아섰건만, 비행기에 오르고서는 아무도 말이 없었다. 낮게 억눌린 기침 소리만이 간간이 적막을 흔들곤 했다.

이십육 년보다 더 긴 석 달, 석 달보다 더 긴 몇 분이 지났다. 기창 너머에서 배웅하는 사람들이 내흔드는 손짓이 한층 격렬해졌다. 보이지 않아도 그들은 울고 있다. 들리지 않아도 그들은 외치고 있다. 어서 빨리 가라고 격려하며, 얼른 가서 할 일을 하라고 간청한다. 아무리 오랫동안 머물러도 결코 편편할 수 없었던 이국의 대기를 휘저으며 울부짖고 있다.

소리 없는 절규가 엔진을 가동하는 비행기 굉음에 묻혔다. 기관이 회전하며 진동하여 일시에 모든 감각을 소거했다. 하사관이 지상의 요원과 알 수 없는 몇 마디를 주고받은 뒤 마침내 비행기 문이 닫혔다. 연이은 폭음과 함께 창문 밖 풍경이 서서히 움직이기 시작했다.

—아, 떠나는구나!

감격에 겨운 누군가의 탄성이 터져 나왔다. 땅이 멀어진다. 땅을 감싸고 도는 누런 강물이 멀어져 간다. 강둑의 진흙 벼랑에 솟구친 고층 건물들이 발밑으로 사라진다. 땅과 또 다른 땅을 잇는 바다가 펼쳐진다. 그리하여 마침내 그 땅에 가까워진다.

소음이 잦아든 기체 안에서 부석부석한 얼굴들이 서로를 바라보았다. 말이란 언제나 넘치고도 부족한 것이다. 말로 다할 수 없는 것들을 처연한 눈빛으로, 팽팽한 입매로, 굳은 표정으로 대신한다. 기억이, 회한이 벅차다.

1945년 11월 23일.

마침내 대한민국 임시 정부는 상해를 떠나 조국을 향했다. 중국에서의 마지막 수도인 중경을 떠나올 때에는 중국 국민당과 공산당의 성대한 환송연이 열렸다. 이십여 년의 동지애로 그간의 분투를 칭송하며, 동아시아의 평화를 지키는 자유롭고 부강한 나라로 거듭날 것을 약속했다. 상해에서는 손에 손에 태극기를 든 교포들과 국제 우호 세력의 열렬한 환영을 받았다. 윤봉길 의사가 폭탄을 던졌던 바로 그 홍구 공원에서 칠천여 동포와 함께 웃고 또 울었고, 한중문화협회와 베트민 등의 축하 어린 송별을 받았다.

하지만, 지금 주한 미군 사령관 하지 중장이 보내온 C-47을 타고 김포 비행장을 향해 가는 것은 대한민국 임시 정부이되 대한민국 임시 정부가 아니었다. 8월 10일 연합군에 투항한 일본은 9월 2일 동경만에 정박한 미주리 항공모함 위에서 정식으로 항복의 문서를 날인했다. 그럼에도 불구하고 대한민국 임시 정부는 일본 제국주의자들이 물러간 해방 조국으로 돌아갈 수 없었다. 거듭 환국을 요청하는 임시 정부에 미 국무성이 보내온 통지는 예상치 못한 충격이었다. 그들은 수송기를 보내기에 앞서 다음을 서약하라 하였다.

—북위 38도선 이남의 지역이 미군에 의해 군정을 받고 있다는 사실을 인정하며, 군정이 끝날 때까지 정부로서 행사하지 않으며, 군정 당국의 법과 규칙을 준수할 것에 동의한다.

애초에 임시 정부 요인들은 절대 받아들일 수 없는 조항이라고 반발했다. 개인 자격으로 귀국하라는 것은 명백히 대한민국 임시 정부를 인정할 수 없다는 입장의 표명이자 공공연한 모욕이었다. 걸어서 가자, 중국 대륙을 통과해 만주를 거쳐서 가자, 임시 정부 현판을 미군의 비행기에 실을 수 없다면 등에 떠메어 끌고서라도 가자고 부르짖는 이도 있었다.

불안정한 기층에 걸린 비행기 동체가 기우뚱 흔들렸다. 노(老) 혁명투사들의 주름진 안면이 위태롭게 일그러졌다. 그래도 갈 수밖에 없었다. 하루바삐 가야만 했다. 한반도를 휩싸고 도는 바람이 시시각각 방향을 바꾸고 있었다. 그 속도가 어지럽도록 빨랐다. 울분을 삼키며 서명을 했다. 다 같이 한 덩어리로 갈 수도 없었다. 프로펠러 두 개짜리 중형 수송기가 허락하는 인원은 고작 열다섯 명. 먼저 갈 사람과 나중에 올 사람을 정하는 문제로 고성이 오가기도 했다. 상해에서 열린 대한민국 임시 정부의 마지막 국무회의가 그렇게 끝났다.

비행기 뒤편에는 젊은 몸 깊숙이 권총 한 자루씩을 품은 수행원들이 자리했다. 장준하와 이영길, 백정갑, 윤경빈, 선우진, 민영완이 바싹 긴장한 얼굴로 자세를 꼿꼿이 하고 있다. 그들 중 광복군 중위 장준하는 두 번의 국내 정진 작전에 참가했다가 회항한 뼈아픈 기억을 가지고 있었다. 8월 16일 산동 반도 상공에서, 8월 18일 여의도 비행장에 착륙까지 했다가 잔류한 일본군의 저항으로 되돌아올 수밖에 없었던 그의 불운은 순탄치 못한 환국 여정의 전조이기도 했다. 그리하여 고국을 향해 가는 세 번째 비행길에 그의 표정은 더욱 비장했다.

수행원 일행의 한편에서 말없이 창밖을 내다보는 여인은 주석의 비서 안미생이었다. 중경에서 애국부인회의 일을 맡아보았던 안미생은 안중근 의사의 조카딸이기도 했다. 그녀에게 귀국길은 또 한 번의 이별이었다. 지난봄 김구의 장남 김인은 안미생과 결혼한 지 삼 년 만에 폐결핵으로 사망했다. 안개의 도시 중경이 스물여덟 살의 창창한 젊은이를 묻고, 그의 사랑을 삼켰다.

비행기 앞쪽에는 국무위원들이 자리 잡았다. 문화부장 김상덕이 지그시 눈을 감고 있고, 임시 정부의 브레인인 선전부장 엄항섭은 무언가를 골똘히 생각하고 있다. 주석의 시종 의

무관인 유진동은 임시 정부의 원로들 가운데서도 가장 연장 자인 국무위원 이시영과 함께 앉아 있다. 언제나 자상하게 웃 는 얼굴이던 이시영의 표정이 울음기를 머금어 뻣뻣했다. 삼 십오 년 전 독립운동 기지를 건설하겠노라며 압록강을 건너 만주로 떠났던 여섯 형제 중 그는 유일한 생존자였다. 양반과 고관, 부와 명예의 허울을 스스로 벗어던진 형제들은 굶어 죽 고, 맞아 죽고, 원인을 알 수 없는 비명횡사로 세상을 떠났다. 좁은 수송기 좌석에 웅크려 앉은 그의 꼬부라진 허리가 가팔 랐다.

그 앞에는 비서 노릇을 하는 아들 김진동과 함께 임시 정부 부주석 김규식이 자리하고 있다. 김규식은 한 시간도 앉아 있 기 버거운 건강 상태이지만 세 시간의 비행을 오로지 정신력 으로 견디고 있다. 마른기침을 터뜨릴 때마다 야윈 등이 들썩 였다. 해쓱한 얼굴에 더욱 커 보이는 눈은 지식인의 날카롭고 뛰어난 총기보다 천애 고아가 되어 격동의 역사 앞에 선 여덟 살 아이의 눈빛을 닮았다.

그리고, 앞날을 기획하느라 메모에 바쁜 광복군 참모총장 유동열의 옆자리에서 대한민국 임시 정부 주석 김구가 하염없 이 기창 밖을 내다보고 있었다. 늘 걸쳐 입던 중국 두루마기 대신 말쑥이 새 양복을 차려입은 그는 일체의 미동이 없다. 겸연스럽고 멋쩍으면 습관적으로 왼손을 뒷머리에 가져가며 싱긋 웃던 얼굴이 무표정하다. 울적할 때 단짝이 되어주던 궐련을 끊은 뒤 아쉬우면 맞비비곤 하던 손도 무릎 위에 단정하다. 기체의 요동과 소음에 눈썹 하나 까딱없이 묵묵히 창밖만 바라보고 앉은 그는 짐짓 한 채의 육중한 바위였다.

몸보다 앞서 달리는 마음을 주체하기 어려운 사람들이 지루한 시간을 때우려 신문과 잡지를 펴 들었다. 너무 그리워 고통스러운 마음이, 혼미한 정국에 대한 근심이, 기쁨과 뒤엉킨 불안이 부스럭거린다. 그러나 김구는 아무것도 펼쳐 들 생심을 내지 못한다. 아무것도 눈에 박히고 머리에 들지 않을 것을 안다. 오직 발밑에 펼쳐진 황해를 바라보고 또 바라볼 뿐이다.

세 시간이라고 했다. 하늘과 바다에 잇닿아 세 시간이면 족히 닿을 수 있는 땅이었다. 그러나 그곳에 가기까지 꼬박 스물여섯 해가 걸렸다. 떠나던 날의 흥분과 격정이 여전히 심장 한 구석에 돌올한데, 세월은 매정했다. 가차 없었다. 소년은 청년이 되고, 청년은 장년이 되고, 장년은 더 이상 물러설 데가 없는 노년의 삭은 몸이 되었다.

누구도 시간을 되돌릴 수 없다. 지나버린 젊은 날을 돌이킬 수 없다. 하지만 후회는 없다. 애당초 후회를 모르는 천품이 애달프지 않다. 후회는 미련이다. 지난날 가졌던 것과 가지지 못했던 것들에 대한 어리석은 셈속이다. 처음부터 아무것도 가진 것 없고 갖고파 하지 않았던 사람에게는 소용없는 주먹구구다.

11월의 하늘이 차갑고 맑았다. 늦은 가을이자 겨울의 입새, 한해살이풀이 말라가는 계절이다. 고향의 아낙들은 김장 채비에 분주하고, 착실한 농군들은 얼갈이하기에 바쁠 테다. 세상의 형편이 암만 수상해도 시절은 놓칠 수 없다. 속일 수도 없다. 가을이 지나면 겨울이 오고, 겨울이 가면 다시 봄이다.

물빛이 깊어진다. 물결을 따라 기억이 흐른다. 펄럭이는 파도가 회상을 재촉한다. 김구의 먼눈은 어느새 그 물결과 파도를 좇아 비좁은 비행기 안을 벗어나 시간 속을 달음질쳐가고 있었다.

냉혹한 슬픔

산중의 밤은 무작스러웠다. 초저녁잠에 곯아떨어졌다 퍼뜩 깨어나면 세상은 온통 깜깜절벽이었다. 눈을 뜨나 감으나 별 반 다르지 않았다. 껌벅껌벅 몇 번을 요량 없이 슴벅이니 어느새 잠기운이 싹 가셔버렸다. 빈 뱃구레도 따라 깨어나 꼬르륵거렸다. 배고픈 밤은 유난히 길었다. 언제쯤 동이 틀지 가늠할 수 없었다. 식어버린 방바닥에 배를 깔고 엎드렸다. 지그시 엎치어 있으면 허출함이 조금은 가시는 것 같았다.

어둠 속에서 밤의 노래를 듣는다. 집 앞마당까지 넘실대며 다가온 바다가 파도로 장단을 친다. 뒤뜰에 잇닿은 산에선 바람이 나무와 나무 사이에 주둥이를 대고 휘파람을 분다. 저희들끼리 찧고 까부는 놀음놀이 속에 외딴 산집은 적막하다. 사랑방에선 오늘도 술을 넉넉히 걸친 아버지가 드렁드렁 코를 곤다. 마른 흙벽이 먼지를 토하며 흔들린다. 온종일 밭일에 지친 어머니는 단내 나는 콧김을 뿜으며 혼곤히 잠들어 있다. 어둠은 깊고, 배는 주려 쓰리다. 나는 왈칵 울어버리고만 싶다.

먹은 것도 변변찮은데 오줌보는 왜 이리 차오르는지. 다리를 꼬아 고샅을 힘껏 누른다. 며칠 전에 그도 장난감인 양 굴리며 놀다가 흙 요강을 팍삭 깨버렸다. 어머니에게 등짝을 호되게 얻어맞긴 했지만 내가 먼저 아쉬워질 줄은 미처 몰랐다. 방문을 열고 나가면 곧장 마당인데, 들마루에 나가서 시원하게 오줌발만 세우면 간단하다는 것을 나라고 모를 리 없다. 하지만 저놈, 어둠 속의 저놈이 내 다리를 배배 꼬이게 한다. 주춤주춤 일어날까 말까, 들썩들썩 참을까 말까 망설이게 한다.

나는 아직 그놈을 본 적이 없다. 본 것도 무서워하지 않는 담 덩어리 창암이가 보지도 않은 것을 무서워하다니 거짓부렁 같다. 하지만 직접 보지는 못했어도 그것이 있다는 사실은 똑똑히 안다. 아버지는 노상 들까부는 내게 으름장을 놓으며, 일 년의 반은 사람들이 그것을 잡으러 다니고 나머지 반은 그것이 사람을 잡으러 다닌다고 하였다. 나 같은 어린애쯤은 한

입에 통째로 삼켜버리고 목에 걸리는 머리털만 퉤퉤 뱉어낸다
고 했다. 곰의 앞발이 철퇴라면 놈의 앞발은 칼날이랬다. 으르
렁대는 울음소리만으로 상대의 골수를 파고들어 꼼짝달싹 못
하게 마비시킨댔다. 신선한 날고기가 아니면 먹지도 않고, 소
리 없이 뒤따라오다가 한 번에 서너 길을 뛰어올라 와락 덮친
다 했다. 마침 우리 집은 놈이 먹잇감을 사냥해 산속의 굴로
돌아가는 길목이었다. 검세기가 천생 해주 여자인 어머니도
해가 지면 우물질을 가거나 뒷간 가는 일마저 삼갔다. 나는 어
머니도 꺼려하는 그것이 정말 무서웠다.

　한밤중의 까마아득한 어둠을 뚫고 놈이 집 앞을 지나간다.
숨이 끊기기도 전에 넋이 나간 사람을 물고 걸쭉한 침을 흘리
며 오솔길을 헤쳐 간다. 나는 바싹 엎드린 채 숨을 죽이고 스
르륵스르륵 옷깃 끌리는 소리를 듣는다. 발뒤꿈치부터 어깻죽
지까지 소름이 아스스 기어오른다. 내일 새벽이면 길가에 나
뒹구는 짚신짝과 갈기갈기 찢긴 넝마 조각을 볼 테다. 오줌보
는 팽팽해져 곧이라도 터질 듯한데, 나는 파도와 바람과 뒤엉
킨 놈의 발자국 소리를 듣다가 스르르 두벌잠에 빠져들었다.

　꿈길은 외곬이었다. 돌이킬 수 없는 그곳에서 놈과 딱 마주
쳤다. 나는 강계 포수처럼 용맹했던가, 소백산 포수같이 날렵
했던가. 하지만 꿈속에서 만난 그것이 생시만큼 무섭지 않았

던 건 분명하다. 나는 놈을 흉내 내어 으르렁 울부짖었다. 푸르르 어금니를 드러내며 성을 내었다. 한번 뛰면 백 리를 갈 기세로 들썩거리며, 산신령을 등에 태우고 악귀와 싸울 양 기운을 뻗쳤다. 놈을 사냥하러 나서는 포수들은 두려움을 없애기 위해 그것의 뼈와 고기로 끓인 국을 먹는다. 곯은 배 속이 뼛국 고깃국에 환장을 한다. 나는 남이 한 그릇을 먹을 때 두 그릇을 먹고, 두 그릇을 먹을 때 세 그릇을 먹을 자신이 있다. 아, 잘 먹었다. 이제야 좀 살겠다. 이제는 무엇에라도 겁 없이 맞붙겠다. 나는 이미 무섬을 씹어 먹고 두려움을 마셨다. 호랑이야, 이제 내 앞에서 야옹거려보아라!

그러나 꿈속에 만났던 호랑이는 꿈결에 사라지고, 동틀 무렵 나는 호랑이 지도가 흥건히 그려진 누덕이불 위에 누워 있었다. 어머니에게 펑, 등짝을 맞았다. 어머니의 손때는 여전히 맵다. 하지만 나는 더 이상 아무것도 무섭지 않았다.

내 안에는 짐승 한 마리가 살고 있었다. 호랑이 꿈에 시달리던 세상 처음의 기억 속에서, 나는 내 안에서 들썩이던 그것을 눈치챘다. 놈은 사납고 거셌다. 좁은 가슴골에서 마구발방으로 부대꼈다. 그런가 하면 놈은 냉정하고 치밀했다. 발톱과 뿔을 숨기고 도사린 채 기이한 침묵으로 나를 부추겼다. 고작 다섯 살의 어린애가 그 정체를 정확히 알 리는 만무했다. 호랑이인가 하면 고양이 같았고, 개인가 하면 늑대 같기도 하였다.

어머니와 아버지는 항상 집에 없었다. 새벽부터 밭에 나가 손곱 가실 날 없이 흙구덩이에서 씨름해야 겨우 입에 풀칠을 하는 애옥살림이었다. 나는 외딴 마을 외딴집의 형제 없는 외동아이로 하루 종일 빈집을 혼자 지켰다. 때때로 어미 잃은 젖떼기처럼 여기저기 부딪히고 쏠려 생긴 상처를 핥으며 캥캥 울었다. 눈물과 콧물을 빨며 잠들었다가 깨어나 흙을 파 먹곤 했다. 자주 횟배를 앓았고 키는 좀처럼 자라지 않았다. 소금기 절은 바닷바람에 눈물이 말라 사철 내내 뺨이 텄다. 외롭다는 말을 알지 못할 때부터 외로웠다. 혼자 묻고 혼자 대답하고, 혼자 되묻고 혼자 맺음 짓는 버릇은 이미 그때 생겨났다. 지독하게 외로웠던 유년에 내 안의 짐승은 퀭한 눈을 끔적이며 단단히 몸을 말고 옹크려 있었다.

외로움이 내 등을 밀어 더 큰 세상으로 가라 했다. 넓은 세상에서 사람들과 얼키설키 어울려 외로움 따윈 잊어버리고 싶었다. 하지만 세상의 법칙과 사람의 약속은 언제나 야릇했다. 그곳은 또 다른 짐승들의 세계였다. 알 수 없는 덫과 함정이

곳곳에 놓여 있었다.

　—해주 놈 때려주자!

　조금 전까지 어우렁더우렁 몰려 놀던 아이들이 편짝을 이루어 난장을 치기 시작했다.

　—이유가 뭐지? 도대체 왜 이러는 거지?

　이유가 있다면 사과하고 양보할 마음이었다. 나는 심심하여 친구가 아쉬우니 못마땅해도 한 발짝 물러설 생각이었다. 하지만 스스로에게 아무리 거듭해 물어도 요망한 작당을 벌인 패거리의 생억지를 이해할 수 없었다.

　—이유가 없다! 나는 아무 까닭도 없이 매질당하고 있다!

　등짝에 떨어지는 주먹다짐과 배를 차는 발길질보다 그것이 더 아팠다. 나는 아무 잘못도 없이 텃세와 강짜에 몰매를 맞고 있었다. 억울했다. 서러웠다. 억울함과 설움은 배고픔보다도 참기 힘들었다. 내 안의 짐승이 반짝 눈을 치떴다. 털을 빳빳이 곤두세우고 투투 거친 숨을 토했다. 가슴속에 기둥이 불끈 솟으며 핏줄이 울컥울컥 요동쳤다. 나는 엉기는 팔다리들을 박차고 벌떡 일어나 들입다 내달리기 시작했다. 염통이 세차게 고동치며 턱 끝까지 숨이 찼다. 홑바지만 달랑 걸친 알몸뚱이 어깻죽지에 여름 햇살이 따갑게 내리꽂혔다.

　—다 죽여라! 찔러 죽여버려라!

짐승의 음음한 목소리가 귓전을 울렸다. 부뚜막 한구석 도마 위에 놓인 식칼이 눈에 들어왔다. 며칠 전 옹진 장날에 아버지가 칼갈이에게 맡겼다 찾아온 서슬 푸른 부엌칼이었다. 조막만 한 손으로 칼잡이를 움켜잡고 왔던 길을 다시 거슬러 뛰었다. 내 안의 그놈이 나를 앞서 달렸다. 내가 하려는 짓이 대체 무언지조차 모르면서도 나는 침착하고 정확하였다. 패거리가 낌새채지 못하게 앞문 대신 뒷문으로 들어갈 것까지 꼼꼼히 계산했다. 칼날로 싸리나무 울타리를 호비어 뜯었다. 한 가닥 한 가닥 암팡지게 파냈다. 마침 안마당에 있던 그 집 처녀가 나를 발견하고 비명을 질러 오라비를 부를 때까지, 나는 오직 눈을 희뜩이며 날카로운 마음을 벼릴 뿐이었다. 나의 짐승은 고개를 휘돌려 돌아보거나 두리번거릴 줄 몰랐다. 그는 오로지 앞만 바라보았다.

음력 정월 중순에 강가를 뒤훑는 바람은 매서웠다. 간신히 찾아든 객주방에서 낯선 이들과 포개져 누울 때까지도 앵앵한 냉기가 가시지 않았다. 용강에서 안악으로 가는 거룻배를 탄 것은 점심나절이었다. 자정이 넘어서야 달빛을 따라 치하포

나루터에 닿았다. 얼음이 박힌 몸과 굳은 뼈마디가 구들장에서 누글누글 흐너졌다. 한나절을 족히 찬바람과 씨름한 육신은 천근만근 무거운데, 잠은 좀처럼 와주지 않았다.

고단했다. 지쳤다. 고작 스무 살이었다. 기껏해야 스무 해를 살아, 나는 그대로 선 자리에 주저앉고 싶을 만큼 피로했다. 진력이 났다. 문득 살아가는 일을 지루해하는 스스로를 발견하고 소스라치게 놀라기도 했다. 너무 오래 헤매었기 때문이었다. 너무 많은 길을 방황했기 때문이었다. 너무 일찍 세상에 나와, 넓고 먼 곳을 향해 발버둥 쳤기 때문이었다.

─떠나라, 어서 떠나라!

어디로부터 불어왔는지 알 수 없는 바람이 덜 여문 내 뼛골을 추썩였다. 겨드랑이에 파고들어 곧이라도 날개를 돋울 듯 들썩였다. 한순간도 머뭇거리며 멈춰 서고 싶지 않았다. 정지해 붙박이는 것을 참을 수 없었다. 세상이 내게 올 수 없으니 내가 그를 향해 갈 것이다. 세상이 나를 바꿀 수 없도록 내가 그를 바꿀 테다.

그러나 바람은 내 등을 밀면서도 가야 할 길을 가르쳐주지 않았다. 나는 길 한가운데서 갈 바를 몰라 이리저리 흔들렸다. 이 길인가 하면 막다른 곳이었고, 저 길인가 하면 낭떠러지였다. 가고자 한 곳은 오직 바른길이었을 뿐인데, 그 소망조차 너무 컸던 모양이다. 비틀리고 굽지 않은 길을 찾기에 나를 둘러싼 시절이 잔인무도하였다.

> 때를 만나서는 천하도 내 뜻과 같더니
> 운 다하니 영웅도 스스로 어쩔 수 없구나!
> 백성을 사랑하고 정의를 위한 길이 허물이 되랴
> 나라 위한 일편단심 그 누가 알리…….

녹두장군은 효수되어 장대 위에 높이 걸렸다. 절단된 몸뚱이는 흔적 없이 사라지고, 간댕거리는 모가지에 불똥이 뚝뚝 떨어지는 형형한 눈만 남았다. 한 조각 붉고 뜨거운 마음을 나라도 백성도 몰라주었다. 나라에서 불러들인 외국 군대에 패배하고 푼돈에 눈먼 백성들의 밀고로 붙잡혔다. 운이 다한 시절에 정의를 위한 길은 곧 사형장을 향하는 지름길이었다. 불운한 영웅의 사랑은 허물이었다.

내게는 그와 같은 피가 흘렀다. 일면식 없이도 알 수 있었다. 아무런 연고 없이도 느낄 수밖에 없었다. 우리는 물러설 수 없는 운명을 지닌 이들이었다. 싸울 수밖에 없는 사람들이었다. 몸을 돌아 저항의 핏줄과 반역의 피톨이 굼틀거리며 흘렀다. 편안히 살지 못할 것이었다. 편안히 죽지도 못할 것이었다. 그

번연한 과정과 결과를 몰라서 남들이 피하는 험로를 제 발로 걸어 들어가는 것이 아니었다. 알면서도 어쩔 수 없었다. 누군가에게 대신 가라고 할 수도 없고 뒷전에서 팔짱을 끼고 지켜볼 수도 없었다. 그 길 끝에 마침내 가고픈 그곳이 있기 때문이다. 그 길을 헤쳐 가야만 끝끝내 그곳에 닿을 수 있기 때문이다.

나는 그곳에 가고 싶었다. 그리하여 목적지를 모른 채로 쉼없이 그곳을 찾아 헤맸다. 눈을 홉뜨고 귀를 세워 바람의 말을 들었다. 바람의 노래를 좇았다. 황해도 애기접주로 동학군에 참가한 것도, 허위허위 북방을 헤쳐 청국 땅을 방랑한 것도, 김이언 수하의 의병이 되어 압록강 변을 종횡한 것도 모두 그곳에 이르는 길을 찾기 위해서였다.

하지만 떠나는 뱃전에 서서 칼바람을 온몸에 맞으며 곰곰이 생각하자니, 나는 여전히 어디로 가야 할지를 몰랐다. 왕조의 내리막에 과거제 따위야 기와로 만든 닭이요 깨어진 시루였다. 보국안민 척왜척양 감격에 북받친 기치는 아무도 구제하지 못하고 외세에 침탈의 빌미만 내준 채 꺾였다. 그야말로 뿔을 바로잡으려다 소를 죽였다. 동학군의 시체는 산과 강을 덮고 길거리에 버려져 새와 들개의 먹이가 되었다. 그러나 삼십만 민병의 희생보다 더 참담한 것은 선봉에서 달리던 내 발목을 낚아채 자빠트린 내부의 적이었다. 늦게 앓은 홍역만큼이나 쓰라린 자중지란, 자멸과 공멸의 상처였다.

어제 백두산을 넘어 오늘 만주에서 감자밥을 먹으며 아무리 넓은 땅을 짓빠대고 다녀도 넓어진 견문이 대뜸 앞길을 열어주는 것도 아니었다. 구호는 높되 뜻은 그를 따르지 못하여, 을미의병이니 복수의병이니 하는 것도 동상이몽의 오합지졸에 불과했다.

나는 실패했다. 얼음 박힌 노뒤에 걸터앉아 흐르는 강물을 움켜쥐었다. 잡았다 놓으니 모든 것이 새어버렸다. 펼쳐보니 빈탕이었다. 아무것도 잡을 수 없었고 남기지 못했다. 묵은 울증으로 명치끝이 홧홧했다. 쓸개가 끓어 목구멍으로 쓴 물이 올칵 치밀었다. 가슴을 북북 찢고픈 절망으로 으으으 이를 악물고 소리 죽여 신음했다. 상투를 틀어 갓을 쓰고 세상에 나서는 약관(弱冠)의 스무 살. 그러나 나는 설렁한 알머리에 누더기였다.

—아이고, 이를 어쩌누? 배가 얼음에 콱 찡겨버렸네!

—에쿠나, 꼼짝도 안 하네! 이보게 뱃사공, 어떻게든 빨리 손을 써보게!

—이러다가 죄다 얼음귀신이 되고 말겠소! 졸지풍파에 개죽음을 하겠소! 하늘이여, 부처님이여, 칠성님이여! 사람 살리시

오, 살려주시오!

웬일인지 강변의 풍경이 변하지 않는다 싶더니 거룻배가 아까부터 한 자리를 뱅뱅 맴돌고 있었다. 얼굴이 백지장이 된 사공이 기를 쓰고 노를 저어도 물살에 밀려 상류와 하류를 오락가락하였다. 땅재주 부리는 광대가 앵두나무 가지로 접시 돌리는 묘기를 도깨비 대동강 건너가기라 부르더니, 선객 전부가 고스란히 도깨비에 홀린 꼴이었다. 강이 부린 요사는 다름 아닌 해빙기의 변화무쌍한 일기 탓이었다. 떠날 때만 해도 살얼음을 밀며 가면 문제없을 형상이더니, 해가 떨어지면서부터는 얼었다 풀린 얼음산이 녹지도 머무르지도 않고 둥둥 떠다니며 뱃길을 막았다. 당황한 사공이 사방팔방 들뛰어도 배는 어깨를 결은 얼음산에 갇혀 꼼짝달싹하지 않았다. 수평선이 서서히 지워져갔다. 어둠은 하늘에서 무겁게 쏟아지고 물 밑바닥으로부터 음험하게 우러났다. 사방에서 몰아친 강바람이 철떡철떡 줄따귀를 갈겼다.

얼음에 포위되었다는 사실보다 더 끔찍스러운 것은 위험한 지경에 놓인 사람들의 모습이었다. 돌연한 공포에 빠진 사람들은 넋을 놓고 허둥지둥 우왕좌왕하기 시작했다. 공황은 빠르게 전염되었다. 광목을 찢는 듯 새된 아이고땜이 연방 터져나왔다. 들어본 온갖 귀신의 이름이 총동원되었다. 남자고 여자고 아이고 어른이고 가릴 게 없었다. 기도인지 악다구니인지 분간하기 어려운 울부짖음으로 하늘을 부르고 어머니를 찾았다. 하지만 가련한 사람들의 갈리고 쉰 목소리는 하늘까지는커녕 불빛 몇 점으로 깜박이는 저편 나루터까지도 닿지 않았다. 꽝꽝 얼어붙은 하늘에 잔별들이 뽀로통히 입을 빼물고 있었다.

유별난 돌심보 탓인지 내게는 그런 모습들이 얼마간 우스꽝스럽게 느껴졌다. 하늘과 부처님과 칠성님은 믿으면서 왜 자기 자신은 믿지 않는가? 배 안에 들어찬 열대여섯 명 중에 상황을 살펴 목숨을 도모하려는 사람은 아무도 없었다. 자신을 믿지 못하는 마음으로부터 미신이 싹튼다. 제웅보다 더한 우상은 제 운명을 타인의 손에 던져 넣는 체념이다. 하늘은 스스로 돕는 자를 돕는다. 하늘은 스스로 돕는 자만 돕는다.

—당장 굶어 죽을 일은 없을 테니 걱정들 마시오. 급하면 저 나귀라도 잡아먹읍시다. 이렇게 팔다리를 뻗고 무작정 운다고 무엇이 해결되오? 얼어 죽거나 굶어 죽거나, 죽는 것이 예정된 일이라면 죽을 결심으로 살길을 찾아보는 게 손해일 리 없지 않소?

무심히 던진 한마디가 밑불이 되어 꺼져가던 사람들의 눈동자에 불티를 지폈다. 간절히 살고자 하는 소망이 이글거렸다. 울컥 가슴이 저몄다. 의지가지없이 세상에 내던져져 스스로조차 믿지 못하게 된 그들을 비난할 수 없었다. 나는 팔소매는 걷어붙이고 개중 가장 큰 얼음산을 향해 몸을 날렸다. 매끈매끈한 얼음덩이 위에서 줄을 타듯 균형을 잡았다. 굽창이 닳은 짚신을 간신히 꿰어 찬 발바닥이 알알하게 시렸다. 우뚝우뚝 곤두선 빙산들의 기세가 만만치 않았다. 하지만 나는 단 한 번도 내가 얼음에 갇혀 죽는 걸 상상해 본 적이 없다. 내가 원하는 바로 그곳이 아니라면, 나는 결코 죽지 않으리라.

　얼음과 얼음 사이를 이리저리 건너뛰노라니 절로 몸에 열기와 훈김이 돋았다. 눈물과 탄식을 거두고 하나가 되어 울력하는 사람들의 얼굴에서도 뜨거운 땀방울이 뚝뚝 떨어졌다. 큰 덩어리에 의지해 작은 덩어리를 밀어젖혔다. 가까스로 벌린 틈으로 뱃머리를 몰아넣었다. 하나하나 장애가 치워지며 길이 열렸다. 그런 것일 테다. 길은 어느 순간 돌연 나타나 어서 오라 손짓하지 않는다. 내가 가야 길이 만들어진다. 내가 가는 곳이 길이다. 나는 문득 맹렬하게 살고 싶어졌다.

　칼이 있다. 살기등등한 무쇠붙이가 눈앞에 있다. 이제 나는 더 이상 분수없이 엉뚱한 다섯 살배기가 아니지만, 예리한 칼이 내뿜는 기운을 누구보다 빨리 감지한다. 빼앗긴 칼, 잃어버린 칼, 내 마음속에서 오래도록 번득이며 빛나던 칼. 누군가 칼자루를 잡았다면 누군가는 칼끝 앞에 설 수밖에 없다. 내 것이 아닌 칼의 존재에 나는 순간 팽팽히 긴장한다.

나루터와 역과 정거장은 익명의 장소다. 유예된 공간이다. 떠나기 위해 머무르는 잠시 동안 사람들은 본래의 자신과 다른 자신을 만난다. 누군가는 자신을 과장하고 누군가는 숨긴다. 자신에게 속거나 남을 속인다. 길이면서 길이 아닌 정거장은 불온하다.

내 눈길은 객주방에서 우연히 맞닥뜨린 칼의 주인에게서 떠나지 않는다. 머리를 단발로 깎고 바지저고리 위에 흰 차렵두루마기를 차려입은 그는 짐짓 평범한 길손으로 보인다. 제 입으로도 장연에 사는 정가라고 하였다. 하지만 그의 예사롭고 스스럼없는 태도에 나의 의심은 더욱 커졌다. 숨기려는 기색이 크면 정작 숨긴 것은 시답잖기 마련이지만, 숨기려는 기색조차 없이 태연하면 상상치 못한 무언가가 배후에 있다. 터럭들이 곤두서며 잠기운이 깡그리 사라졌다. 온몸의 감각이 뾰족이 보내오는 경계의 신호를 무시하지 않는다. 모든 것에는 조짐이 있고 징조가 있다. 그것을 놓치는 건 타성과 나태 때문이다. 늘 새롭고자 하지 않기 때문이다.

그의 말은 장연 사투리가 아니라 경성의 말투다. 능란한 화술로 조선 사람을 가장하고 있지만 긴 얼굴에 좁은 코와 작은 귓밥이 일본인의 특징 그대로였다. 차라리 일본인 행색을 하였더라면 나는 그를 눈여겨보지 않았을 것이다. 치하포 맞은편 기슭 진남포는 장사를 하거나 일거리를 찾는 일본인들이 무시로 드나드는 곳이었다. 흉계가 있지 않고서야 본색을 숨기고 어설픈 연극을 할 리가 없다. 곰곰이 곱씹고 따져볼수록 그는 보통의 일본인이 아니었다. 옆구리에 숨겨 찬 짧은 칼보다 더 음산하고 험악한 내막이 있는 게 분명했다.

—혹시 저놈이 민 중전을 시해한 미우라[三浦梧樓]가 아닐까?

생각에 사로잡히는 순간 그로부터 벗어날 수가 없었다. 아무 낌새도 채지 못하고 주거니 받거니 정담을 나누는 촌로들의 합죽한 입을 보자니 불안한 예감이 점차 불쾌해졌다. 칼을 찬 채 조선인을 가장하여 조선인 사이에 숨어든 일본인이라면 경성에서 분란을 일으키고 피신한 미우라 본인이 아니더라도 공범이거나 그에 버금가는 악인이 틀림없다. 조선 팔도에 일본의 밀정과 부랑배들이 횡행하며 소요를 빚어내던 때였다. 예감은 확신이 되고, 확신은 분노가 되었다. 잔혹하고 간사한 족속, 겉은 부드러우나 속은 내숭하고 음흉한 원수가 조선의 왕비를 살해하고 이제는 내 코앞에서 버젓이 조선인 행세를 하고 있겠다!

억울했다. 나라의 억울함은 나 하나 몰매를 맞은 억울함과는 비교할 수가 없었다. 애초에 나는 일본과 한 하늘을 이고 살 수 없는 악연으로 태어났다. 내가 세상에 나던 해 조선 조정은 군함을 밀고 들어온 그들과 반강제로 강화도 조약을 맺었다. 국운이 다해가고 왕조는 몰락하고 있었다. 물론 이른바 '개항'으로 조선 땅에 물밀어 든 외세는 일본만이 아니었다. 서세동점의 기치 아래 영국과 러시아, 프랑스와 독일과 미국 등 제국주의 열강이 살점을 뜯고 뼛골을 뺄 기세로 몰려들었다. 그들은 조선이라는 잔짐승을 발톱 앞에 둔 승냥이거나 이리거나 살쾡이거나 늑대거나, 하다못해 썩은 고깃점이라도 얻어먹겠다는 하이에나였다. 광산이, 산림이, 철도가, 전기와 전선이 모두 그들에게 맛있게 발렸다.

하지만 그중에서도 가장 흉한 두억시니는 엎어지면 코 닿을 거리에 있는 이웃 나라 일본이었다. 일본인들은 청주를 '마사무네[正宗]'라고 부른다. 명색이 바르고 으뜸가는 최고의 술이란 뜻이다. 정종은 달큼하고 순진한 맛이다. 마시는 당장은 취하지 않는다. 하지만 살금살금 달아오른다. 정종은 방심으로 취하는 술이다. 방심하면 삽시간에 취기가 몰려들어 곤드레만드레 정신을 잃고 몸을 가누지 못한다.

　나는 역사를 기억하였다. 그리하여 의심하였다. 머리로 알면서도 속을 수 있다. 눈 뜨고 코를 베일 수 있다. 그러나 가슴으로 기억하면 속을 수 없다. 코를 베이고도 모자라 모가지까지 빼어 밀 수 없다.

　　바다에 다짐하니 물고기와 용이 움직이고,
　　산에 맹세하니 초목이 알더라!

　충무공 이순신의 「진중음(陣中吟)」은 그의 보검만이 아니라 내 가슴에도 돋을새김되어 있었다. 이미 삼백 년 전 그들은 중국과 조선의 지도를 그린 쥘부채를 품고 섬을 떠났다. 물고기들이 용트림을 하고 초목이 울타리로 일어서지 않았다면 그들은 게다짝을 끌고 동방의 초리까지 내닫았을 것이다. 명치유신 이래 일본의 공공연한 목표가 된 정한론(征韓論)은 무덤에서 걸어 나온 망령이었다. 삼백 년 후 동양 최초로 서양 문명을 받아들이면서 늘어난 재화와 번성한 문물이 그들의 해묵은 야욕을 부채질했다. 대만과 조선과 만주와 시베리아를 침략할 계획이 차근차근 세워졌다. 조어도(센카쿠 열도)와 유구[류큐] 군도, 대만과 팽호도와 요동반도가 차례로 그들의 수중에 떨어졌다. 삼척동자라도 정신만 똑바로 차리면 알 만한 일이었다. 조선은 그다음 순번이었다. 심장과 목구멍에서 불이 뿜어져 나왔다.

—저놈, 저놈 한 명을 죽여서라도 내 손으로 나라의 치욕을 씻어보리라!

아침 밥상이 들어오기 시작했다. 아랫방에서부터 가운뎃방과 윗방까지 설설 끓는 국밥 냄새가 구수하게 퍼졌다. 배가 고팠다. 굶주린 창자가 요동을 쳤다. 하지만 나의 허기는 다만 육신의 그것이 아니었다. 내 안의 짐승은 오랫동안 굶주린 채 앓고 있었다. 깊은 상처에 염증이 생기고 고름이 들었다. 좌절한 꿈, 꺾인 이상, 끝없는 절망. 그것들에 베이고 찔린 흔적이었다.

복수! 복수라고 하였겠다! 원수를 갚을 명분은 분명했다. 국모보수(國母報讐), 그보다 더 선명하고 확실한 것은 없었다. 지난해 을미년 팔월의 새벽에 왕비 민씨는 경복궁의 침전 옥호루에서 일본인들에게 살해되었다. 달빛이 청연한 맑은 날이었다. 춘생문과 추성문과 광화문은 기습해 들어온 일본군에 맥없이 뚫렸다. 궁궐을 지키던 오백 명의 시위대는 허수아비였다. 청일 전쟁이 일어나기 전 경복궁을 점령한 일본군은 조선군의 무기를 몰수해 궁궐 연못에 던져버렸다. 오백 중 반은 무기 없는 맨손이었고, 나머지 반은 공이와 대검조차 없는 장난감 총을 들고 있었다.

한 시간도 채 걸리지 않았다. 왕비는 내동댕이쳐져 구둣발로 밟히고 칼에 찔렸고, 왕은 협박에 밀려 왕비를 폐한다는 문서를 썼다. 더 이상 아무것도 아닌 여인은 홑이불에 싸인 채 녹원 숲속에서 불탔다. 고약한 누린내가 새벽하늘을 뒤덮었다. 타고 남은 재는 땅에 묻혔고 나머지 잔해는 우물에 던져졌다.

—왜놈들이 국모를 죽였다! 무단으로 궁궐에 난입해 잔인하게 도륙했다!

왕비 시해 사건을 알게 된 백성들은 충격과 경악을 금치 못했다. 가뜩이나 윤오월 전국에 호열자가 돌아 수천 명이 떼죽음을 당해 민심이 흉흉하던 터였다. 하지만 당장의 공포에 손발을 묶여 아무런 대처를 하지 못하다가, 석 달 뒤 김홍집의 친일 내각에서 단발령을 공표하자 마침내 억눌렸던 공분이 폭발했다. 이른 봄 소소리바람에 산불 번지듯 전국 도처에서 의병이 일어났다.

—국모의 원수를 갚자! 단발령을 결사반대한다!

세상인심이란 참으로 변덕맞았다. 그야말로 바람을 타고 이 산봉우리에서 저 산봉우리로 건너뛰는 불덩이 같았다. 죽음으로써 민심의 폭발에 도화선이 된 민 중전은 살아생전 원성의 대상이자 분노의 표적이었다. 백성들은 그녀를 썩을 대로 썩어 문드러진 조선왕조의 상징이자 악의 근원으로 여겼다. 마누라가 불한당에게 난자당해 죽으면 천하에 반편이 서방이라도 낫을 뽑아 들고 나서겠건만, 한 나라의 왕비가 외적에게 살해당한 지경에도 독살이라도 당할까 봐 벌벌 떨며 삶은 달걀밖에 삼키지 못하는 겁쟁이 왕은 원망할 가치조차 없어서였는지도 모른다.

들기 좋은 말로 왕의 정치적 동반자라지만 왕비 민씨는 어리석은 여인이었다. 돼지에게 진주 목걸이는 희극이지만 어리석은 사람에게 주어진 힘은 재앙이다. 그녀의 손아귀에 권력이 들어간 지 아홉 해 만에 국고는 완전히 거덜 났다. 다섯 해 이상 봉급 구경을 못한 신료들은 뇌물 수수와 횡령을 공무 삼았고, 십삼 개월 동안 굶주린 끝에 모래 반에 썩은 쌀 반인 급료를 받아 든 병졸들은 난리를 일으켰다. 왕비는 신하와 군사를 믿지 못한 반면 귀신을 섬겼다. 금강산 일만 이천 봉우리에 돈 천 냥, 쌀 한 섬, 베 한 필씩을 바쳐 세자의 무병장수를 빌고, 궁중에 무당과 복술 맹인을 불러들여 굿판을 벌였다. 민씨 척족 수구파들의 횡포는 그야말로 목불인견이었다. 매관매직, 가렴주구, 강압전횡 등 망국의 모든 조짐이 동시에 나타났다.

왕비는 일가붙이에 대한 극진한 사랑만큼이나 시아버지 대원군을 끔찍이 미워했다. 『매천야록』에서는 민씨의 첫아들이 대원군이 보낸 산삼을 먹은 뒤 닷새 만에 죽은 것이 그 어처구니없는 이십 년 쟁투의 원인이라 했지만, 무지한 인간의 감정은 논리를 간단히 뛰어넘기 마련이다. 조선의 외교는 철저히 두 사람의 권력 투쟁과 연관되었다. 왕비는 청나라에 붙어 대원군을 숙청했고, 대원군이 청국의 비호를 받아 돌아오자 러시아에 기대었다. 대원군이 일본에 붙어 갑오개혁의 앞잡이 노릇을 하자, 왕비는 청나라 군대를 불러들였다. 청일 전쟁 와중에 대원군은 다시 청국에 빌붙었고, 왕비는 원수로 여기던 박영효에게 관복까지 지어주며 일본과 손잡았다. 전쟁이 일본의 승리로 끝나자 왕비는 원교근공(遠交近攻)의 정책*을 내세워 러시아에 의지했고, 지팡이에 의지하지 않고는 걷지도 못하는 늙은 대원군은 전쟁의 승리를 물거품으로 돌리려는 왕비를 제거하고자 음모를 꾸민 일본에게 이용되었다.

여기에 무슨 소신이 있고 원칙이 있는가? 세계 질서와 왕조의 미래를 내다보는 식견이 있는가? 어리석은 어머니가 자식의 숨통을 졸랐다. 버릇을 가르친다며 짓두들기고 물에 빠지니 바위를 던졌다.

---

* 먼 나라와 친교를 맺고 가까운 나라를 공략한다는 뜻으로 위나라 책사 범저가 진나라 소양왕에게 권유한 책략(『사기(史記)』).

힘을 가진 이들은 변화를 원하지 않았고, 변화를 바라는 이들은 힘이 없었다. 그럼에도 어쩔 수 없다. 사공의 탓으로 배가 가라앉는데도 난파하면 선객 모두가 죽는다. 그나마 왕비 민씨가 나라를 위해 한 가장 장한 일은 비참한 죽음으로 흉악한 일본의 실체를 낱낱이 까발린 것이었다. 아무리 악행을 했더라도 한 나라의 왕비가 외국의 깡패단에 죽어서는 안 되었다. 그것은 명목상이나마 엄연히 자주 독립국인 나라에서 벌어질 수 있는 일이 아니었다. 군주와 신민 모두를 무시하고 조롱하고 능욕하는 도발이었다.

─원수를 갚아야 한다! 복수해야 한다! 살인자가 무죄 방면된 것으로도 모자라 대공을 세웠다고 칭송받는 꼴을 이대로 두고 볼 수 없다. 왕은 남의 나라 공관에 숨어 있고, 백성들은 길거리에서 강제로 상투를 잘린다. 굼벵이도 밟으면 꿈틀하고, 마소도 궁지에 몰리면 수레를 뒤엎는다지 않나? 이대로 너부죽이 엎어져 살 수는 없다. 푸른 하늘 밝은 해 아래 내 그림자가 부끄러워서 살 수가 없다!

절망의 심연으로부터 끓는 피가 솟구쳤다. 내 안의 짐승이 부글부글 증오의 거품을 물었다. 나는 재빨리 방 안에 들어앉은 사람들을 둘러보았다. 방 세 칸에 손님이 사십여 명, 그중 놈의 패거리는 몇이나 될까? 놈은 칼을 지녔고 나는 빈손이다.

홑몸으로 섣불리 덤벼서는 놈의 멱을 따기 전에 내가 죽을 테다. 영문을 모르는 사람들이 예사 시비로 오해하고 말리려 들면 뜻과 목적을 알리지도 못한 채 날강도 취급을 받을 것이다. 쉽지 않다. 어렵다. 불가능하다. 치솟던 용기가 한순간 꼬리를 내리고 몸을 웅크렸다. 내게는 사람들이 잘 모르는, 나조차도 알 수 없는 망설임과 의심이 있다. 생각이 많아질수록 소심해지고, 깊어질수록 우유부단해진다. 그때 불현듯 내 머리를 스쳐가는 날카로운 빛이 있었다.

나뭇가지를 잡고 오르는 것은 대단한 일이 아니지만,
벼랑에 매달려 잡은 손을 놓는 것이 과연 장부로다!

스승은 나를 정확히 꿰뚫어 보고 계셨다. 그리하여 그 글귀를 거듭거듭 힘주어 설명하셨다. 나는 나 자신을 향해 진지하게 물었다.

─너는 저 왜인을 죽여 나라의 수치를 설욕하는 것이 옳다고 확신하는가?

─그렇다!

─너는 어릴 때부터 마음 좋은 사람 되는 것이 소원이 아니었더냐? 그런데 지금은 원수를 죽이려다가 성공하지 못하고

죽으면 한낱 도적의 시체로 남겨질까 봐 걱정하는구나. 미리 몸을 사리려 하는구나. 그렇다면 이때까지 마음 좋은 사람이 되고자 했던 것은 다 거짓이고, 사실은 몸에 이롭고 이름 날리는 일만 좋아하는 사람이 되려는 소원을 가졌던 것이 아닌가?

―그렇다. 나는 의를 위하는 자요, 몸이나 이름을 위하는 자가 아니다!

자문자답 끝에 비로소 마음이 편해졌다. 병서에서는 말하였다. 백전백승이 최선이 아니라 싸우지 않고 이기는 것이야말로 최상이라고. 심지어는 싸우기 전에 이겨야 진짜 이기는 것이라 하였다. 하지만 그 진리에는 지극히 당연하여 생략된 사실이 있다. 싸울 때는 싸워야 한다는 것이다. 싸워야 할 때를 외면하면서 언제까지나 승패를 셈할 수 없다. 그리고 그 싸움의 시기야말로 짐승의 본능에 근거한다. 위험과 긴장이 코끝에서 간질거릴 때 맹수가 되고 비호가 되어야 한다. 짐승은 재미로 싸우지 않는다. 먹지 않으면, 먹힌다.

사람들은 모르는 것을 두려워한다. 나는 객주의 주인을 불러 밥 일곱 상을 주문했다. 소란스럽던 방 안이 갑자기 고요해졌다. 그리고 두려워하는 것을 경계한다. 이인(異人)이거나 미친놈이거나, 사람들은 흘끗흘끗 곁눈질을 하며 어깨를 움츠렸다. 그리하여 경계하면서도 공경한다. 수십여 명의 잠재적인 적들이 보이지 않는 밧줄로 꽁꽁 묶였다. 그들은 이제부터 내가 벌이는 연극의 관객이다. 구경꾼들은 무대 위로 뛰어나올 수 없다.

나는 예감으로 확신하였다. 지금 싸우지 않으면 여태껏 싸웠던 것은 모두 난봉꾼의 왈패질이 되어버린다. 지금 바로 여기서 싸우지 않으면 앞으로 온몸을 밀어 싸워나갈 수 없다. 아무런 목적도 없이 배부르고 등 따뜻한 걸 다행으로 여기고 사는 삶은 취생몽사(醉生夢死)에 불과하다. 술에 취해 자는 동안 몽롱한 꿈속에서 흐리멍덩하게 살고 맥없이 죽는 격이다. 나는 그렇게 살 수 없다. 지금 이 자리에서 당장 죽을지언정 그렇게 살기는 싫다.

스무 살은 위태로운 나이였다. 그러나 앞날을 맹세하기에 가장 알맞은 때였다. 스승은 말씀하셨다. 나라가 망할 때 망하더라도 백성들이 의로써 힘껏 싸우다가 힘이 다하여 망하는 것은 거룩한 것이요, 사분오열하여 제각각 외국에 아첨하고 동포와 다투어 망하는 것은 더럽게 망하는 것이라고. 나는 더러운 과거를 뿌리치고 거룩한 미래를 향해 발걸음을 내딛었다.

무력한 나라의 나약한 백성들을 비웃으며 팔도를 종횡하는 외적에게 항전을 선포했다. 나는 결코 혼자 죽지 않을 것이다. 나는 끝내 너와 함께 망하리라.

　─이놈!

천둥 같은 고함 소리에 놈이 돌아보는 순간 두발걸이로 날아올라 가슴 한복판을 걷어찼다. 그리고 한 길 계단 아래로 나가떨어진 놈을 쫓아가 모가지를 밟고 버텨 서서 소리쳤다.

　─누구든 이 왜놈을 위해 감히 내게 범접하는 놈이 있다면 모조리 죽일 테니 그리 알아라!

방방에서 몰려나오던 사람들이 움찔한 사이, 발밑에 깔렸던 왜놈이 응전의 태세를 갖추고 빼쳐 일어났다. 나의 짐작이 틀리지 않았다. 놈의 칼은 민간인의 호신용이 아니었다. 얼굴을 향해 곧장 칼을 꽂으려 달려드는 놈의 검법은 치밀하게 훈련된 것이었다. 새벽 달빛에 칼날의 독살스러운 기운이 번쩍거렸다.

나는 정신을 바싹 차려 칼을 피하면서 재빨리 발모서리로 놈의 옆구리를 내질렀다. 훅, 숨이 말려드는 소리와 함께 놈이 무게 중심을 잃고 거꾸러졌다. 칼을 잡은 오른 손목을 있는 힘껏 지르밟았다. 쟁그랑, 언 땅 위로 칼이 떨어졌다.

임진년 사냥질에 나서 온 산을 뒤지던 왜군을 조선의 호랑이는 통째로 한입에 날름 삼켰다. 양날을 돋운 노도와 튕기어

무는 찰코에도 아랑곳없었다. 무엇도 분노로 발톱을 곤두세운 영물을 막을 수 없었다. 짐승을 잡기 위해선 짐승보다 빨라야 한다. 수성을 잠재우기 위해선 그보다 모진 야만의 나티가 되어야 한다. 헛불을 놓아서는 주인과 객이, 앞과 뒤가 섞바뀐다. 내 안의 눈깔망나니가 포효하였다.

—너와 나는 오늘로부터 빙탄(氷炭)의 원수로다! 양극으로 서로 용납할 수 없는 얼음과 숯이리니, 네가 뜨거우면 나는 차가울 테고, 네가 차가우면 나는 불타오를 것이다!

칼의 촉감은 뜨겁고도 차가웠다. 나의 온정신과 온몸 또한 그러했다. 높이 치켜든 칼을 주저 없이 내리꽂았다. 부드럽고, 매끄럽고, 후끈한 피가 솟구쳐 얼굴을 뒤덮었다. 눈을 가리는 피의 장막을 걷을 짬도 없었다. 나는 한 번 마신 들숨으로 놈의 머리에서부터 발끝까지를 단걸음에 난도질했다. 살점이 튀고 칼끝이 뼈와 부딪치는 살성이 났다. 하지만 나는 잠시도 멈추지 않고 골골샅샅이 회를 쳤다.

누구라도 피를 보면 환장하기 마련이다. 피의 붉은색은 세상 무엇과도 다른 흥분을 충동질한다. 때로는 그 자체가 돌연한 공포가 되어 사람을 미쳐 날뛰게 한다. 하지만 나는 살인의 광란에 사로잡힌 미치광이가 아니다. 김창수와 쓰치다[土田讓亮], 한 사람의 자연인과 자연인이라면 내가 이토록 확고한 원한으로 유혈극을 벌일 이유가 없다. 살인은 어떤 이유로도 아름다울 수 없다. 그러나 복수의병 김창수와 일본 육군 중위 쓰치다의 싸움은 다르다. 김창수는 개인감정으로 쓰치다를 죽이려는 것이 아니다. 조선과 일본의 먹고 먹히는 싸움, 민족의 운명을 담보로 한 처절한 투쟁이다. 그러하기에 나는 철저히 잔인하리라. 어느 때보다 명징한 정신으로 더욱 날카롭고 혹독하리라.

배가 고팠다. 목이 말랐다. 내 안의 짐승이 혀를 널름대며 몸부림쳤다. 주린 창자와 타드는 갈증으로 발광하였다. 빙판을 이룬 겨울 새벽의 객줏집 앞마당에 뭉클뭉클한 핏덩이가 넘쳐흘렀다. 나는 그것을 손바닥으로 쓸어 움켜쥐었다. 그리고 가슴에 뻥 뚫린 공동으로 붉은 인혈을 부어 넣었다. 꿀컥꿀컥 소리를 내어 들이켰다. 배가 부풀고 목구멍이 트일 때까지 마셨다. 내 목만 축이고 내 배만 불리는 것으로는 부족했다. 삼천리강산의 일천만 백성, 산중의 멧짐승과 강물 속의 자라와 물고기와도 이 고깃덩이와 선지를 나눠야 마땅하다. 철천지원수의 피와 살을 씹으며 복수와 응징의 몸피를 키워야 한다.

온몸이 피로 물들어 흰 저고리가 붉은 옷이 되었다. 역한 피비린내가 물씬 풍겼다. 더 이상 아무것도 두렵지 않았다. 이미 젖은 자는 비를 꺼리며 피하지 않는다. 피를 옴키어 부숭부숭

한 낮에 발랐다. 세상이 붉고 나도 붉었다. 나는 이제 나 자신
조차 두렵지 않았다. 갈등과 번민, 유리방황의 시절은 끝났다.
스무 살에 나는 다시, 스스로 태어났다.

쓰라린 슬픔

아버지는 상놈이었다. 아버지의 아버지가 상놈이었기 때문이다. 아버지의 아들인 나도 상놈이었다. 오갈 데 없는 불상놈이었다.

그 말은 독했다. 모지라진 발음에 여운이 오래 아팠다. 사람들은 보통 상놈이라 부르기보다 쌍놈이라 소리 내길 즐겼다. 그 말에는 된소리만큼의 경멸이 담겨 있었다. 천한 별종들에 대한 모욕이 배어 있었다. 무릇 자신을 높이는 방법에는 두 가지가 있다. 스스로 높아지거나, 남을 짓죽여 낮추거나. 전자보다는 후자가 훨씬 쉬웠다.

아무리 경순왕의 자손인 안동 김씨요 멸문지화를 당하기 전까지 대대로 벼슬을 했대도, 육대조 이상의 방조(傍祖)까지 거슬러 올라간 양반의 흔적이란 두루미 앉았다 날아간 자리였다. 죽은 자식의 눈을 열어보고 귀 모양 좋다 하는 격이었다. 그저 남은 것이라곤 패(牌)를 찬 상놈으로 살면서도 상놈 취급을 배기지 못하는 불공한 피뿐이었다. 너부죽이 엎어져 차는 대로 차이고 쥐어박는 대로 쥐어박히기를 견뎌내지 못하는 반역의 유전자였다.

—빌어먹을! 바늘을 훔친 놈은 도적이라 목을 베고, 왕국을 훔친 놈은 대공(大公)이 된다 했더냐? 너희들끼리 다 해 처먹어라! 간을 빼먹고 쓸개도 빨아라. 에잇, 염병할, 육시랄 세상!

아버지가 또 술을 자셨다. 말술도 사양 않는 두주불사의 아버지가 저만치 취했다면 오늘 주막집은 노가 났겠다. 저고리 고름이 떨어지고 바짓단이 터진 것을 보니 취기에 젖어 한바탕 몸싸움도 했겠다. 어머니가 낮은 한숨을 쉬며 더덕북어를 두들겼다. 소작료를 독촉하던 땅 주인을 주먹질해 감옥에 갔다 풀려나온 지 며칠이 채 지나지 않았다. 내일은 또 누가 피투성이로 사랑방에 실려 와 불탄 강아지 앓는 소리를 내려나. 앓다 죽으면 또다시 오라를 질 테고, 다행히 깨어나면 약값을 물어야 한다. 사달이 날 때마다 급전을 변통하러 치마에서 비파 소리를 내는 어머니를 생각하면 욕설을 퍼붓다가 코를 골며 잠든 아버지가 밉다. 아버지의 불같은 성질에 쏘시개가 된 술이라는 그 요상한 물이 밉다.

우리 집안의 반골 기질은 내력이 깊었다. 애초에 집안이 몰락한 내력이 방조 김자점의 반역죄에서 비롯되었고, 증조부는 가짜 어사로 행세하다가 옥살이를 한 이력이 있고, 아버지는 일 년에 서너 번씩은 구속되어 해주 감옥에서 살았다. 나는 좀처럼 아버지의 끝없는 분노와 울분을 이해할 수 없었다. 남들이 손가락질하며 부르는 상놈이란 이름에 걸맞은 행동이라고 생각하기도 했다. 네 형제 중의 둘째인 아버지와 넷째인 준영 삼촌은 심한 술버릇이 꼭 닮았다. 한글조차 모르는 일자무식의 준영 삼촌은 할아버지의 장례식 날에도 괴팍하고 더러운 주사를 부려 집안 식구들에게 발뒤꿈치를 잘리기까지 하였다. 위아래 없이 욕하고 두들겨 장례를 도우러 온 사람들을 몽땅 쫓아버린 준영 삼촌도 그러려니, 앉은뱅이를 만들어 버릇을 고치겠다며 단근형을 한 우리 집안 어른들도 참으로 어지간하였다. 할아버지는 어떻게 관 뚜껑을 벌컥 박차고 뛰어나오지 않으셨는지 모르겠다.

그로부터 한동안 나는 집에 들어가기가 싫어 동네를 빠대었다. 사랑방에 드러누워 형제란 놈들이 작당해 자기를 죽이려

한다며 벼락틀에 갇힌 범처럼 아르렁대는 준영 삼촌이 무섭기도 했지만, 어린 마음에도 집안 어른들의 상스럽고 과격한 행동이 부끄럽게 느껴졌기 때문이다. 예의도 모르고 동정도 없는 상놈의 집안이다. 불학무식한 개똥상놈의 집안이다.

나는 어쩌다 상놈의 자식으로 태어났을까? 아버지도 상놈이 아니었다면 기골이 준수하고 성격이 호방한 양반으로 칭송받지 않았을까? 술밖에는 아무런 위안이 없기에 술기운으로 사람을 치고 치료비를 대는 악순환에서 벗어날 수 있지 않았을까? 작은 머리통과 한가슴이 터질 것만 같았다. 어지러운 발소리에 놀란 동네 개들이 컹컹 짖었다. 버럭 화가 치밀어 길섶의 돌멩이를 주워 들고 소리가 나는 곳을 향해 팔매질을 하였다. 컹컹 시르죽은 개소리 대신 와장창 장독 깨지는 소리가 났다. 화들짝 놀라 뒤도 돌아보지 않고 내달렸다. 그래도 갈 곳이라곤 그 판 박힌 상놈의 집뿐이었다.

아버지의 불평불만이 단순한 취중 객기가 아니었다는 사실을 알게 된 것은 내 머리가 여물기 시작하면서부터였다. 안에서 퍼 담으면 밖에서 새는 격으로 가뜩이나 궁색한 살림에 끊임없이 사고를 치는 아버지를 웬일로 어머니는 잔소리 하나 없이 붙건다나 하였다. 어머니는 빈틈없는 성격에 엄격했지만 아버지를 세상 어느 누구보다 잘 이해하고 있었다. 그 시대에는 사랑 따위의 말이 아예 없다시피 하였고 은애한다는 말도 어지간히 능글맞지 않으면 차마 입 밖에 내기 어려웠지만, 이해보다 더 큰 사랑은 없다.

땅 파는 재주밖에 가진 게 없는 농사꾼 아버지. 자기 이름 석 자 겨우 쓰는 무식한 아버지. 술주정뱅이에 사고뭉치인 아버지.

그러나 그 겉꺼풀을 벗겨내면 쓰라린 속내가 서리서리 뒤엉켜 있었다.

좌절한 아버지. 어디로도 옴치고 뛸 수 없어 제 상처만 후벼 파는 아버지. 무엇이라도 되고픈 아버지. 그러나 무엇도 될 수 없는 아버지.

아버지도 억울했던 것이다. 아버지는 나보다 더 억울했던 것이다. 위선과 허위로 가득한 세상에 대한 원한이 그를 불공불손한 주정꾼으로 만들었다. 나는 아버지가 사람을 치고 다니는 게 힘자랑을 하는 줄로 착각했다. 어렸을 때는 아버지가 세상에서 제일 힘센 사람인 줄 알았다. 그런데 머리가 굵어 생각해 보니, 아버지는 힘이 없었다. 힘이 없었기에 힘밖에 쓸 줄 몰랐다.

아버지가 벌이는 작패에 유다른 법칙이 있다는 것도 그제야 깨달았다. 아무리 만취해 갈지자걸음을 걸어도 아버지는 절대 자기보다 약한 사람, 어린애와 여자에게 손을 대지 않았다. 콧대 높은 양반들, 유세 떠는 향선생, 욕심 사납고 자비심 없는 지주들이 술기운으로 난폭해진 아버지의 표적이 되었다. 기가 막히게 잘 골라냈다. 교묘하게도 잘 알아봤다. 그리 보면 인사 불성이 된다는 게 완전히 정신을 놓아 아예 다른 사람이 되어 버리는 상태만은 아니었다. 주사가 심한 난봉꾼들은 대개 저보다 힘없는 이들을 못된 언행의 대상으로 삼게 마련이다. 근력 없는 늙은이, 연약한 여자와 아이들을 집적대며 괴롭힌다. 준영 삼촌의 패악이 꼭 그랬다. 술이 온정신을 삼킨대도 본색은 고스란히 남는 것이다. 강자에게 약하고 약자에게 강한 것이 간사한 인간의 본능이다. 그들은 다만 술이라는 알알한 것에 기대어 평소에 드러낼 수 없었던 너절하고 더러운 밑창을 내보이는 게다.

아버지의 가슴속에도 짐승이 있었나 보다. 체구가 작고 약한 어머니가 배 속에서 너무 커버린 나를 낳느라 고생할 때, 아버지는 소 등에 얹는 안장을 머리에 쓰고 지붕 용마루로 기어올랐다.

―음매, 음매, 음머어…….

아버지의 가슴을 찢고 나온 짐승의 소리는 사나운 호랑이의 포효가 아니라 서러운 황소의 울부짖음이었다. 길마머리에 달린 방울이 왈랑절랑 같이 울었다. 어머니의 좁은 아기집 안에서 세상에 나가길 머뭇대던 나는 그 소리에 퍼뜩 깨어났다. 아버지의 울음소리는 산모와 고통을 함께 나누려는 원시적인 술법이기도 했지만, 아버지의 기력과 체질을 고스란히 빼닮은 나를 세상으로 이끄는 신호음이었다.

아버지는 약했지만 비굴하지 않았다. 바닥쇠로 행세하며 토호질하는 양반들의 천대와 압제에 단순하고 거칠망정 자기의 방식으로 맞섰다. 아버지는 험악했으나 비열하지 않았다. 강자가 약자를 능멸하는 것을 보면 평소의 친분을 넘어서 약자의 편에 서길 꺼려하지 않았다. 강자에 강했고 약자에 약했다. 약하기에 비굴할 수밖에 없었던 상놈들에게 아버지는 작은 영웅이었다. 높고 귀한 지위를 내세워 천하고 졸렬한 행태를 일삼는 양반들에게 아버지는 공포의 대상이었다. 똥이 무서워 피하나? 더러워 피하지! 양반들은 아버지를 같잖은 듯 무시하고 외면하려 했지만, 미워하면서도 함부로 업신여기며 깔보지 못했다.

아버지는 결국 승리하지 못했다. 하지만 결코 패배하지도 않았다.

◉

세간에서 말하길 아버지와 아들은 절대 겸상을 하면 안 된
다고 하였다. 작은 소반을 사이에 둔 채 아버지와 아들이 머리
를 맞대고 숟가락질을 했다가는 밥이 체하는 것보다 더한 사
달이 나고야 만다는 것이다. 날아가는 게 밥상만이 아니고 깨
어지는 게 김치보시기만이 아닌 게다.

아버지는 못나도 탈이고 잘나도 탈이다. 못나면 아들의 경
멸과 질시의 대상이 되고, 잘나면 부담과 열등감으로 분노의
표적이 된다. 아들은 아버지와 닮아도 탈이고 닮지 않아도 탈
이다. 태종 임금은 자기와 닮은 양녕대군을 참지 못했고, 영조
임금은 자신과 정반대인 사도세자를 사사건건 들볶았다. 너무
많이 기대하기 때문이다. 또 하나의 자신, 분신인 양 여기기
때문이다. 그러니 자기가 했던 것은 다 해야 하고, 자기가 하지
못한 것까지 이루어야 한다. 잔소리와 지청구가 끊이지 않는
다. 너무 사랑하다 보니 끔찍하게 미워하게 된다. 분신은커녕
완벽하게 다른 사람이 되어버린다.

그런데 내 아버지 같은 다혈질이 나 같은 강퍅한 아들을 오

직 사랑으로 감싼 것은 놀랍고도 신비한 일이다. 어머니의 젖
이 모자라 배곯아 우는 나를 끌어안고 집집을 돌며 젖동냥을
한 사람도 아버지였다. 짓궂은 장난으로 동네에서 둘째가라
면 서러운 악동이었던 나지만 꾸중을 하고 매를 드는 건 아버
지가 아니라 어머니였다. 그때는 어찌나 작은 머리통 안에 요
망한 장난질이 새록새록 떠올랐던지, 나는 아버지의 관대함을
시험하기라도 하듯 꾸준히 쏠라닥질을 해댔다. 아버지의 새
숟가락을 반 토막 내 엿으로 바꿔 먹다 들켰을 때에도 아버지
는 다시 그런 짓을 하면 혼내겠다며 말로 타일렀다. 그 바람에
간덩이가 더욱 부풀어 떡을 사 먹을 작심으로 아버지가 이부
자리 속에 갈무리해 두었던 엽전 스무 냥을 훔쳤을 때에야 아
버지는 매를 들었다.

　—에고, 아버지 잘못했어요! 아이고, 아버지, 창암이 죽어요!

　원래 말이 많은 성미가 아니었지만 그날따라 아버지는 입도
벙긋 않았다. 장난꾸러기야 참아준대도 도둑놈은 두고 볼 수
없다는 뜻이었다. 아버지의 회초리는 매서웠다. 나는 빨랫줄
에 꽁꽁 묶여 들보에 달아매진 채로 무작스레 맞았다. 마침
집에는 말려줄 어머니도 없고 아버지와 나 단둘이었다. 차라
리 아버지가 고래고래 소리를 지르며 야단을 쳤다면 덜 무
서웠을 것이다. 팽팽하게 굳은 입매로 눈자위까지 벌게진 채

회초리질을 하는 아버지는 처음 보는 사람처럼 낯설고 무서웠다.

―아니, 이게 무슨 난리야? 우리 창암이를 누가 이렇게 매타작을 하누?

때마침 집 앞을 지나던 재종조할아버지가 찢어지는 내 비명 소리를 듣고 뛰어 들어와 말리지 않았다면 나는 그날 아버지에게 맞아 죽었을지도 모른다. 사촌들이 일찍 죽어 사내아이로는 나 하나 달랑 남은 지경인지라 집안에서는 나를 칠대독자 금자둥이 취급하며 귀애하였다. 할아버지가 아버지의 회초리를 뺏어 들었다.

―무슨 죄를 저질렀기에 어린 것을 이다지 모질게 때리는가? 이 어린 게 어디 때릴 데가 있다고? 그리 맞으면 얼마나 아픈지 자네도 한번 당해보게!

아버지가 맞는다. 등판에, 어깻죽지에, 허벅지와 엉덩이에 우악스러운 매가 내리꽂힌다. 아버지는 피하거나 움츠리지 않고 떨어지는 매를 고스란히 맞는다. 그것 참 시원하고 고소하다! 반항심으로 똘똘 뭉친 나는 할아버지가 대신 해주는 앙갚음에 앞뒤 없이 즐거워한다. 할아버지 등에 업혀 나가 원두막에서 양껏 먹는 수박과 참외가 달기만 하다.

하지만 어깨를 늘어뜨린 채 묵묵히 매를 맞던 아버지의 모습은 그 후로 오래도록 기억에서 지워지지 않았다. 아버지는 힘이 넘쳐 나를 때리고 힘이 모자라 할아버지에게 맞지 않았다. 재종조할아버지라고 했댔자 항렬이 높아 어른이지 실제로는 아버지와 동갑이었다. 머리 하나가 더 작은 할아버지에게 흠씬 두들겨 맞으면서도 미동 한번 않던 아버지에 비하면 나는 턱없이 못난 아들이었다. 어리석은 철부지였다.

　—강씨와 이씨네 머리 땋은 어린애들은 머리 허연 노인에게도 너나들이 하대를 하는데, 우리 집안 어른들은 꼬박꼬박 존대를 하는 이유는 무엇입니까?

　—그들은 양반이고, 우리는 상놈이기 때문이지.

　—우리 집안 처녀들은 그 문중으로 출가하는 것을 영광으로 여겨 감지덕지하는데, 강씨와 이씨네에서 우리 집안으로 시집오는 것을 볼 수 없는 까닭은 무엇입니까?

　—그들은 양반네이고 우리는 상놈 집안이기 때문이지.

　—강씨와 이씨들은 대대로 고을의 방장(坊長)을 차지하는데, 우리 김가는 그 명령으로 세금이나 거두러 다니는 존위(尊位)에서 한 걸음도 나가지 못하는 연유도 그것 때문입니까?

　—그렇지. 그들은 양반이니까 우두머리이고, 우리는 상놈이라 잘해봤자 말단 심부름꾼이지.

　열두 살의 내 눈에 세상은 온통 이해할 수 없는 것투성이였다. 서울 사돈네에 갔다가 사온 총대우를 쓴 죄로 친척 할아버지는 양반들에게 봉변을 당했다. 고작 말갈기로 만든 갓이었다. 그것도 백주 대낮이 아니라 한밤중에 가만히 썼다. 그러나 그 정도의 겉멋과 객기조차 상놈에게는 허용되지 않았다. 갓은 찢기고 할아버지는 패대기쳐졌다. 다시는 물색없이 양반님 흉내를 내지 않겠다고 게게 빌며 다짐하고서야 할아버지는 풀려났다. 내 눈에서 절로 분한 눈물이 넘쳐흘렀다. 나는 빠드득 이를 갈며 집안 어른에게 달려들어 물었다.

　―그 사람들은 어떻게 양반이 되었고, 우리 집안은 어찌하여 상놈이 되었습니까?

　그 답이야말로 간단하였다. 진사 감투를 쓰면 된다고 했다. 학문을 연마해 큰선비가 되어 과거를 보아 급제하면 진사가 될 수 있다는 것이었다. 방법이 있다! 나도, 우리 집안도 양반이 될 수 있다! 내 작은 가슴이 흥분으로 벌렁거렸다. 글공부라면 아주 자신이 없는 것도 아니다. 여기저기서 어설프게 얻어 배운 것이긴 하지만 나는 이미 한글도 알고 천자문도 떼었다. 나는 할 수 있다. 아무리 힘들어도 해내고야 말 것이다. 내힘으로 부모님과 집안이 당하는 학대와 수모를 떨쳐낼 테다!

　―아버지, 절 서당에 보내주셔요! 글공부를 열심히 해서 과거에 급제할 겁니다. 진사가 되어 우리 집안을 강씨네 이씨네

보다 더 높고 짱짱한 양반으로 만들 겁니다!

다짜고짜 매달려 서당에 보내달라고 조르는 나를 아버지는 한동안 지그시 내려다보았다. 땟국과 섞여 흐르는 눈물을 연신 주먹으로 훔치며 나는 간절히 애원했다. 아버지가 긴 한숨을 내쉬었다. 그리고 커다란 손을 들어 내 뺨을 가만가만 닦아주었다.

—네가 그리 원한다면 방도를 찾아봐야지. 양반의 자식은 고양이 새끼요 상놈의 자식은 돼지 새끼라, 고양이는 크면서 고와지고 돼지는 클수록 추물이 된다지만, 돼지 새끼가 호랑이로 자라지 말란 법이 어디 있으랴? 암만, 어느 구름에서 비가 올지는 지켜봐야 알지!

아버지는 나를 위해 당신이 할 수 있는 모든 일을 했다. 상놈의 자식들을 위한 서당을 새로 만들고 선생을 수소문해 초빙했다. 갑자기 풍을 맞아 가산을 탕진하고 유리걸식하며 투병하는 지경에도 나를 인근 서당에 면비 학동으로 청탁해 넣었다. 무일푼에 반신불수가 되었을망정 자존심만은 강강하던 아버지가 나를 위해 기꺼이 고개를 숙이고 무릎을 굽혔다. 나는 아버지의 자랑이요 미래였다. 원망과 억울함과 안타까움과 슬픔으로 단단히 맺힌 마음의 응어리를 풀어줄 수 있는 유일한 희망이었다.

그러나 나의, 아버지의, 우리의 희망은 너무 순진했다. 우리는 인심세태에 어두운 촌무지렁이였다. 돌아가는 세상 물정 따윈 까마득히 모르는 채 실력다짐만으로 무언가를 이룰 수 있을 줄 알았다. 열일곱 살에 처음 나간 과거장에서 똑똑히 보았다. 홍패*를 받아 들고 사모를 쓰고 흑단령을 입고 목화를 신고 백마를 타고 장안을 활보하려던 기대는 노루잠에 개꿈이었다.

신분제는 왕조를 뒷받침하는 근본적인 제도였다. 과거는 이러한 신분제를 정당한 명분으로 유지하는 선발의 수단이었다. 그런데 내가 체험한 조선의 마지막 과거는 엄숙한 국가 행사가 아니라 한바탕의 비극적인 희극이요, 희극적인 비극이었다.

정말 웃기는 일이 아닐 수 없었다. 수험생과 그를 따라온 선생과 하인까지 뒤엉켜 과거장은 온통 난리법석이다. 응시자는 구경하고 시험지를 쓰는 이는 따로 있다. 대작 대필조차 순박한 일이다. 남의 답을 베끼는 것은 귀여운 장난이다. 통인들은 답안지를 훔치고, 시관은 미리 정해진 급제자의 이름을 부른다. 십만 냥을 상납하면 대과 급제란다. 명주 한 필에 권문세가의 추천 편지 한 통, 수청 기생을 밀어 넣어주면 진사 급제

---

* 과거 문과 합격 증서. 급제한 사람에게 붉은색 종이에 성적, 등급, 성명을 먹으로 적어줌.

는 따놓은 당상이란다. 글을 몰라도 된단다. 돈만 많으면 장땡이란다. 하하, 우습다. 배알이 뒤틀리도록 우습다.

처참하게 슬픈 일이 아닐 수 없었다. 늙은 선비들은 합격을 애걸하며 운다. 콧물 범벅 눈물범벅 된 흰 수염이 너펄거린다. 합격자는 정해졌고 과거는 나중이다. 헛된 시간, 헛된 노력, 헛된 희망이 서럽다. 아버지가 글씨 연습을 하라고 쌈짓돈을 털어 사준 장지 다섯 장에 덧입힌 검은 먹물이 막막하다. 경비를 융통할 길이 없어 먹을 좁쌀을 등에 지고 먼 길을 걸어온 어깻죽지가 아프다. 하지만 나는 울기 싫어서 웃었다. 웃지 않으면 미쳐버릴 것 같아서 미친놈처럼 킬킬 웃었다.

신분제의 붕괴는 왕조의 몰락을 예고했다. 망할 것이다. 이미 망해가고 있다. 곧 난파할 썩은 배에 올라타 허세를 부리는 겉보기 양반이 되고 싶지는 않다. 그것이야말로 내가 끔찍이 혐오하는 상놈의 짓이다. 처음부터 끝까지 속속들이 천박하고 상스러웠다. 오 년이 아니라 십 년 공부가 도루묵이 될지라도 야합하여 굴복할 수 없는 추태였다. 그간 온갖 어려움 속에서도 상놈의 운명을 대물림하지 않겠노라는 각오로 갈고닦은 공명심과 신분 상승의 의지가 와르르 무너져 내렸다.

그럼에도 딱 하나 미련처럼 남은 소망이 있었다. 평생을 상놈으로 못 배우고 못 가진 수모를 감내해 온 아버지에게 고깔

뒤의 군 헝겊이라도 거자(擧子)로 이름을 올려드리고 싶었다. 나는 아무런 소용도 기대도 없는 시험지에 아버지의 이름 석 자를 또박또박 적어 넣었다. 김, 순, 영. 나의 아버지, 황해도 해주 백운방 텃골의 상놈 농사꾼 김순영.

붓을 떼는 순간 아버지와 눈이 마주쳤다. 아버지가 나를 보고 웃었다. 아무래도 활짝 웃는 표정이 익숙지 않았던지, 아버지의 얼굴은 햇살에 눈을 찔려 부신 듯 일그러졌다. 그래도 아버지는 웃으려고 애썼다. 자꾸만 처지는 입아귀를 끌어올리려 실룩거렸다.

아버지는 언제나 내 편이었다. 아버지는 나를 철석같이 믿었고 나는 아버지가 나를 믿어준다는 사실을 믿었다. 믿음으로 큰 아이는 두려움을 모른다. 아무러한 시련과 풍파에도 도망할 길을 찾지 않는다. 바람이 불면 흔들릴 것이다. 비가 내리면 맞을 것이다. 그러나 아무리 갈팡질팡 나부끼는 진창말이가 되어도 빗줄기를 뚫고 바람 속을 달리는 일을 멈추지 않는다. 나는 갈 테다. 무엇에도 꺾이지 않고 가고야 말 테다.

하지만, 하지만 나를 믿어주던 그이가 더 이상 세상에 없다면 무엇을 푯대 삼아 달려야 하나. 무릎이 저리다. 아버지의 머리는 식은땀에 절어 쉰내를 풍긴다. 척척하다. 그래도 행여 내 무릎을 벤 아버지가 불편할까 봐 엉덩이 한번 들썩 못 한다. 곤한 잠에 빠져든 아버지의 표정은 한없이 평화롭다. 집요하게 괴롭히던 병마도 잠시 꿈자리를 비껴간 모양이다. 마른 입술을 달싹이며 군입을 다시는 걸 보니 꿈속에서 감주라도 드시나. 나는 여태껏 아버지께 술 한 잔 안주 한 접시 사드리지 못했다. 이대로 아버지를 떠나보내면 영영 그럴 기회를 얻지 못할 테다.

굵은 눈물 한 방울이 툭 떨어져 아버지 콧등에 맺힌다. 그래도 아버지는 미간조차 찡그리지 않고 꿈결에 내 손을 더듬어 찾는다. 삭정이 같다. 겨울 산의 나목처럼 헐벗고 앙상하다. 눈물범벅이 된 내 뺨을 닦아주던 크고 따뜻한 손은 어디로 갔나. 혈기 왕성한 젊은 아버지는 어디로 사라졌나.

병세가 위중하여 사경을 넘나들면서도 아버지는 나만을 기다리고 있었다. 일본 중위 쓰치다를 죽이고 인천 감옥에 갇혔다 탈옥한 나는 여전히 사방팔방으로 돌아치고 있었다. 술기운에 젖어 삼남을 유람하다가 공주 마곡사에서 출가해 동냥중이 되었다. 세간과 출세간, 울분과 순종, 성과 속의 난마를 헤매는 사이, 아버지는 나를 대신해 징역살이를 했다. 사람을 짐승으로 만드는 곳, 이승의 지옥인 감옥에서 일 년간 차꼬를 차고 갇혀 있는 동안 아버지는 생병이 들었다. 살았는지 죽었는지 모르는 아들을 기다리며 흉한 꿈이라도 꿀라치면 온종일 밥 한술 뜨지 못하는 사이 아버지의 지병은 깊어져갔다.

─얘는 왔으면 들어오지 않고 왜 뜰에 서 있느냐?

그럼에도 아버지는 단 한 번 나를 원망하는 말을 하지 않았다. 나를 막거나 꺾지 않았다. 안 된다, 못 한다 하지 않았다. 그저 먼 길을 왔으면 어서 들어와 쉬지 왜 뜰에서 손님같이 서성이냐고 채근했다. 동학당이 되어도, 살인자에 탈옥수, 땡땡이중이 되어도 나를 맞는 아버지의 태도는 변함없었다. 남들이 나를 어떤 이름으로 부르든 상관없었다.

과거에 실망해 입신양명을 포기하겠노라니 아버지는 풍수나 관상을 공부해 보라고 권했다. 관상서에서도 길을 찾지 못하고 양반 상놈 차별 없는 세상을 만든다는 동학에 뛰어들었을 때 아버지는 나를 좇아 동학에 입도했다. 치하포 사건을 고백하며 의(義)로써 행한 일에 정정당당하게 대처하겠노라 밝혔을 때 아버지는 흥하든 망하든 네가 알아 하라며 피신하기를 강권하지 않았다. 쇠사슬에 묶여 감옥으로 끌려간 뒤로는 집과 세간을 팔아 싸 들고 인천이든 서울이든 세상 끝 어디까지라도 함께 가겠노라 하였다. 탈옥을 계획하며 세발창을 부탁하니 아버지는 까닭도 묻지 않고 옷 속에 그것을 묻어 보내주었다. 알머리 중이 된 내 모습을 보고서도 아버지는 다만 다시 만난 기쁨에 나를 붙들고 울었다. 글 배운 것이 죄요 온갖 풍파의 원인이니 억지로라도 농사꾼을 만들라는 주위의 독촉에도 아버지는 다만 무뚝뚝이 답했다.

─어쩌겠는가? 이제는 창수가 장성했으니 앞길은 스스로 알아서 할 수밖에 없지 않나?

아버지는 어찌 그리 나를 믿었을까. 어쩌자고 한도 끝도 없이 내 판단과 신념과 의지를 신뢰했을까. 가끔은 나 자신마저 의심하며 행여 잘못된 게 아닐까 남몰래 톺아보던 일들까지도. 정녕 뭇사람들의 말대로 당신의 아들이 이인이라고 생각했던 것일까. 이인은커녕 평범한 효자조차 되지 못하는 못난 아들을.

병든 아버지의 머리를 붙안고 지난 일들을 생각하노라니 불현듯 명치끝을 찌르는 격통에 사지가 떨렸다. 후미진 산골 가난한 살림에 이름난 의원이나 좋은 약은 언감생심 꿈꿀 수 없다. 하지만 이대로 아버지를 보낼 수는 없다. 불효의 회한이 뼛골을 쑤셔 견딜 수 없다.

─넓적다리의 살을 베어 구워드리자! 아버지는 할머니가 돌아가실 때 무명지를 끊어 피를 먹여 사흘을 더 사시게 했다지

않나? 하지만 내가 단지를 하면 어머니가 단박에 알아보고 마음 아파하실 테니, 보이지 않는 고육(股肉)을 베어서 일각이라도 아버지의 생명을 붙들어보리라!

나는 옛 효자들이 부모님이 병석에 계실 때 응급으로 행했던 비책 중의 하나인 할고(割股)의 방법을 쓰기로 했다. 부모님의 똥을 맛보아 쓰면 괜찮고 달면 죽을병이라 판단하는 상분(嘗糞), 손가락을 잘라 태운 재를 술이나 물에 타서 마시게 하는 단지, 그리고 넓적다리 살을 베어서 구워드리는 할고는 삼대 효행으로 책에서 여러 번 읽은 바 있다. 나는 해주에서 인천 감옥으로 이송되는 길에 보았던 연안의 효자 이창매의 무덤을 떠올리며 어머니가 외출하는 틈을 노렸다. 사시장철 아버지의 산소를 지성으로 모신 이창매의 이적으로 지금까지도 그가 향로를 놓았던 자리와 절을 올리며 무릎을 꿇은 흔적에는 풀이 돋지 않는다고 했다. 나무는 고요하고자 하나 바람이 멈추지 않고, 자식이 효도하고자 하나 어버이가 기다리지 않을지니……. 나는 갑자기 만효자가 된 감흥에 젖어 넓적다리의 살 한 점을 다부지게 떼어냈다.

─아버지, 이것 좀 잡숴보셔요. 쭉 들이켜고 꼭꼭 씹어 삼키세요. 제가 아버지를 위해 구해 온 약이니 한 방울도 흘리지 말고 한 점도 남기지 말고 다 드셔야 해요.

상처에서 배어 나온 피를 받고 떼어낸 살점을 불에 구워 아버지에게 드시게 했다. 아버지는 비몽사몽간에 약의 정체를 모르고 나의 강다짐에 피와 살을 삼켰다. 당장이라도 무슨 기적이 일어날까 싶어 눈을 부릅뜨고 지켜보았다. 하지만 허탈하게도 아버지의 병세에는 아무런 차도가 없었다. 도리어 집에 돌아오기 전날 흉몽 중에 보았던 '황천(黃泉)'이라는 두 글자가 아버지의 누렇게 뜬 얼굴에 어른어른 겹쳐졌다.

—양이 너무 적었던가 보다! 피와 살의 분량이 모자라 쾌차하지 못하시나 보다!

다급한 마음에 지난번보다 더 크게 베어낼 작심으로 칼을 옹차게 움켜잡았다. 그러나 내 손으로 내 살을 베기란 중이 자기 머리를 깎고 도끼가 제 자루를 찍는 짝이었다. 아무리 모질게 마음먹어도 칼날이 살가죽에 닿으면 손아귀의 힘이 절로 흐늘흐늘 쇠하였다. 나는 의지박약한 스스로를 향해 욕을 퍼부으며 다시 천백 배의 용기를 내어 석둑, 넓적다리에 칼을 욱여넣었다. 아이고, 그런데 이 난국을 어쩌랴! 꽤 큰 조각을 베기는 했으나 도저히 그것을 몸에서 떼어낼 수가 없었다. 벌어진 상처에서 피는 울걱울걱 솟구치는데, 나는 진소위 살점을 떼지도 붙이지도 못하고 쩔쩔매었다. 아무나 효자 노릇을 하는 게 아니다. 나같이 생전에 속만 썩인 불효자가 벼락 효도를 할라치면 이렇게 동티가 나고야 만다. 내 누추한 깜냥과 이기심에 허탈한 실소가 절로 났다.

아버지는 꼬박 열나흘 동안 내 무릎을 베고 계시다 동짓달 초아흐레에 저 먼 나라로 떠나셨다. 산바람이 맵차게 불던 날이었다. 거창한 유언도 대단한 의식도 없었다. 아버지는 다만 내 손을 끌어 힘주어 잡았다가 스르르 놓고 눈을 감았다. 그게 다였다. 그것이 아버지와 나의 마지막이었다.

지극히 평범한 죽음, 그리고 평범한 장례식이었다. 아무런 지위도 소속도 없는 상놈의 상가에 그와 꼭 같이 보잘것없는 사람들이 드문드문 조문을 와서 생전에 망자에게 받은 만큼 부조했다. 더하고 빼어 남은 것이 공(空)이었다. 나는 치마상투를 풀어 헤친 독신의 상제로 홀로 외로운 상청을 지켰다. 나는 얼마나 슬펐던가? 아니, 그보다는 아픔이 크지 않았던가? 기가 막힌 일이었다. 정작 아버지를 잃은 슬픔보다 너덜거리는 넓적다리 살의 통증이 더 성가시고 괴로웠다.

─상사에 얼마나 애통하시오? 이렇게 갑자기 일을 당하니 얼마나 망극하시오?

영정에 재배한 조객이 한 걸음 물러서 상제인 내게 절을 하면 나도 맞절을 해야 하는데, 오금을 꺾을 때마다 애써 붙여 둔 살점이 다시 떨어져 덜렁거렸다. 방장을 젖히고 열어둔 문으로 찬바람이 몰아쳤다. 독해진 날씨에 눈까지 펑펑 내렸다. 설한풍이 구멍 숭숭한 최마(衰麻)를 파고들어 베인 살을 거듭 에었다.

─아이고, 괜한 짓을 했구나! 객쩍은 혈기로 생살을 썰어 긁어 부스럼 하였구나!

아무에게도 호소할 수 없는 아픔에 절절 매며 짐짓 할고했던 것을 후회하기까지 하였다. 옛 시에서 부모란 목숨이 붙어 있는 동안은 자식의 몸을 대신하길 바라고, 죽은 뒤에는 혼령이 되어서라도 자식의 몸을 지키길 바라는 존재라고 했던가. 나는 내게 주신 아버지의 사랑에 백 분의 일, 천 분의 일도 갚을 수 없었다. 괴로움에 몸부림치는 내 모습을 보고 문상객들은 충신 집안에 충신이 나고 효자 집안에 효자가 나온다는 옛말을 숙덕댔다. 속사정을 몰라 다행이다. 오해가 고맙다. 상처만큼이나 쓰라린 마음이 통곡으로 터져 나왔다. 나는 아파서 울고, 슬프고 부끄러워서 더 크게 울었다.

조선 왕조는 1897년 국호를 대한 제국으로 바꾸고 위호를 황제로 높였다. 고려 시대 묘청이 칭제건원(稱帝建元)을 주장하다 김부식에게 진압당한 후 한민족의 역사에서 처음으로 제왕의 나라가 공식적으로 등장한 것이다. 하지만 나라가 전에 없는 이름을 자칭하던 그때에 민족의 운명은 침몰하는 배요, 백성들은 바람 앞의 등불인 양 흔들리고 있었다. 자주 독립국이라는 거창한 명분 아래 식민지가 될 준비를 하고 있었다. 가장 높은 이름으로 가장 약했다.

─네가 그러지 않았더냐? 이웃 동네의 강씨 이씨들은 조상의 뼈를 사고파는 죽은 양반이지만, 너는 스스로 마음을 수양하고 몸으로 실행하여 펄펄 살아 있는 양반이 되겠다고!

옛말에 자식의 사람됨을 아버지보다 잘 아는 사람은 없다고 했다. 내가 과거에 실패해 입신양명을 포기했을 때에도 아버지는 실망하지 않았다. 변함없이 아버지의 아들은 높고 귀해질 것이라 믿었다. 다만 방식이 잘못되었던 것뿐이다. 나는 기세등등한 양반이 되어 남을 짓죽여 낮추려 했다. 강화도에서 우연히 만난 유완무가 나를 큰사람으로 키워주겠다며 양반으로 신분을 격상시킬 계획을 세웠을 때 일순간 동요했던 것도 모두 그 헛된 마음 때문이었다. 나는 내 원한만 생각했다. 누군가를 내 발밑에 놓아 집안의 통한을 풀 궁리만 했다.

스스로 높아지기란 얼마나 어려운가. 그것은 자기가 가진 것을 버리는 것으로부터 시작된다. 최제우는 도를 얻은 직후 두 사람의 노비를 해방해 한 사람은 양녀로, 한 사람은 며느리로 삼았다. 유인식과 이상룡은 동속 유림의 비난을 감수하며 노비를 풀어주었고, 이회영은 그에 더해 남의 노비에게도 존댓말을 썼다. 여운형은 부친이 사망한 후 집안의 노비 문서를 모두 불태웠고, 김좌진은 호주가 되자 수백 명의 노비들을 해방시키고 소작인들에게 땅을 나눠주었다. 꿰어 찬 주머니의 금덩이를 돌멩이로 여겨 풀어놓고서야 가볍게 솟구칠 수 있는 법이다.

스스로 높아지기 위해서는 자신부터 똑바로 바라보아야 했다. 긍정을 위해 부정하고, 부정하기 위해 더 강력히 긍정해야 했다. 아버지는 상놈이었다. 따라서 아버지의 아들인 나도 상놈이다. 그러나 더 이상은 쥐어박는 대로 쥐어박히고, 차는 대로 차이는 상놈이 아니다. 그토록 오랫동안 오장육부의 배열같이 바꿀 수 없고 피부처럼 벗겨낼 수 없는 것들을 빌미 삼아 차별을 하고 제한을 두고 그도 모자라 멸시했다. 양반과 상놈, 적자와 서출, 경아리와 해주 놈, 남자와 여자 따위의 구분이 다 그랬다. 그러나 이제 세상이 바뀌고 있다. 왕과 그 일가가 지배하는 시대는 저물고 인민이 나라와 자기 운명의 주인인 시대가 다가오고 있다.

새로운 시대, 새로운 세상은 저절로 오지 않는다. 그 황홀한 것들은 도저한 희생을 요구한다. 아름다울수록 더 많은 피를 원한다. 자유와 평등, 민권의 이름은 그토록 붉었다. 나는 가진 것이 없기에 나 자신을 던지기로 하였다. 내가 가진 모두를 바치기로 하였다. 더 이상 상놈인 나를 거부하거나 외면치 않고 상놈다운 상놈이 되기로 했다.

　─내게 문지기 자리를 주십시오. 임시 정부의 정문을 지키는 문지기가 되고 싶습니다.

　상해 대한민국 임시 정부에서 무슨 직책을 원하느냐는 질문을 받았을 때 나는 당장에 문지기를 청원했다. 그 자리면 되었다. 낮으면 낮을수록 좋고 험하면 험할수록 흡족했다. 그때 이미 나는 백범(白凡)이었으므로, 가장 천한 신분인 백정이자 가장 평범한 사내인 범부로서 그보다 더 낮아질 수 없었으므로, 가장 낮은 자리에서 가장 드높은 꿈을 꾸었으므로.

　나만큼만 민족을 생각하면 되는 것이다. 나만큼만 공부하고 싸우고 꿈꾸면 문제가 없는 것이다. 나보다 못한 사람은 우리나라에 없을 것이니, 현명함과 우둔함, 귀함과 천함, 가난함과 부유함, 강함과 약함을 다 떠나 나만큼만 살며 사랑하면 되는 것이다. 이다지 못난 나조차도 한없이 높을 수 있는 나라, 남의 것이 아닌 우리의 나라를 만들면 되는 것이다.

　아버지는 집도 돈도 지위도 물려주지 않았다. 하지만 나는 아버지에게 가장 귀한 것을 상속받았다. 셈할 수 없기에 누구에게도 빼앗기지 않을 재산을 받았다. 나는 세상에서 가장 부유한 가난뱅이였다.

아련한 슬픔

거울은 요망한 물건이다. 반질반질한 거죽에 지극히 익숙하고도 턱없이 낯선 것이 되비친다. 그 속에 들어앉아 빤히 나를 바라보는 너는 누구냐? 네가 정말 오갈 데 없는 나란 말이냐?

두상이 뾰족하고 이마가 좁으니 벼슬을 구할 수 없는 상이란다. 기분이 언짢으나 틀린 말은 아니구나. 위는 들어가고 아래는 튀어나온 이마가 머리뼈에 얄따랗게 달라붙어 있으면 그 빈궁하고 천함은 보지 않아도 알 수 있단다. 새삼스럽게 가슴이 철렁하다. 얼굴색이 불같이 붉으니 수명이 짧고 무엇을 하든 쉬이 망하리라. 얼씨구! 눈썹이 거칠고 두터우니 성품이 우악하고 음흉하기까지 하다. 사납게 째진 눈초리, 콧구멍이 훤히 드러나 보이는 짧은 코, 좁은 인중에 삐드렁니로 튀어나온 입까지가 모두 복덕과는 거리가 먼 흉한의 특징이니……. 이렇게 귀하고 부유해질 기미라곤 하나도 없이 천격에 빈격을 골고루 갖추기도 쉽지 않을 테다. 여기에다 손발이 크고 거칠어 남의 중매나 서고 다닐 상이라니, 허! 제대로 종지부를 찍는구나.

울화가 치밀어 더 이상 들여다볼 수가 없다. 마음만 같으면 흙벽에 던져 깨버리고 싶다. 조각내는 것으로도 모자라 돌멩이로 짓찧어 가루를 만들면 그 안에 들어앉았던 내 모습은 보이지 않을 테다. 그렇지만 반사경 바깥에 엄연한 나까지 지워버릴 수는 없다.

과거를 포기한 뒤 아버지가 빌려다 준 『마의상서』를 공부한 끝에 내가 얻은 것은 더 큰 낙담, 더 큰 절망이었다. 못났다. 못생겼다. 천하에 다시없이 추물스럽다. 이목구비는 제멋대로 자리를 차고앉았고 피부까지 마마로 얽어 울퉁불퉁하다. 기왕에 사람 거죽을 쓰고 태어날 바에야 조금 훤하고 미끈하면 좋지 않은가. 가난뱅이 상놈에 낙방거자라도 용모와 풍채가 번듯하면 얼마간 위로가 되지 않겠는가. 묏자리를 봐주고 관상풀이나 하며 밥벌이를 하려던 작심마저 창졸간에 사라졌다. 남의 생김생김을 뜯어보며 용의 눈동자, 봉황의 눈을 읊어봤자 내 처지만 서글플 뿐이다. 마음이 천근만근 무거워져서 나는 그만 관상 공부를 걷어치워버렸다.

이팔청춘 꽃다운 나이였다. 팔다리는 굵어지고 혈기는 솟구치는데 마음은 불만과 갈등으로 점점 옹색해졌다. 이대로 엎어져 있으면 딱 생김새에 걸맞은 쫄딱보가 되겠다. 못난 만큼 어리석고, 어리석어 더욱 못나질 것이다. 나는 지푸라기를 잡는 심정으로 구석에 밀쳐두었던 『마의상서』를 다시 찾아 뒤적였다. 단 하나라도 나를 구제하는 말이 있을 것이다. 한겨울에 삼베옷 한 장만 달랑 입고 버텼다는 독한 마의 선생이라도 못난 놈은 다 죽으라고 책을 쓰진 않았을 게다. 아무리 못난 것들이라도 세상에 생겨난 까닭이 있을 것이다.

그때 책 끄트머리쯤에서 눈이 번쩍 뜨이는 구절 하나를 발견했다.

—상(相) 좋은 것이 몸 좋은 것만 못하고, 몸 좋은 것이 마음 좋은 것만 못하다.

이것이야말로 나를 위한 말씀이었다. 평생을 산중 석실에서 추위와 허기와 고독을 감내하며 사람의 모습에서 세상의 이치를 찾던 도사가 발견해 낸 최후의 진실이었다. 아무러한 미남 미녀라도 몸이 아프고 불편하면 삶을 즐기기 어렵다. 헌걸찬 허우대에 사대육신이 멀쩡해도 마음이 병들면 모든 일에 소용없다. 타고난 생김새는 어쩔 수 없대도 내 마음만은 온전한 내 차지다. 악하고 모진 마음을 먹으면 얼굴이 뒤틀리며 눈빛이 간사해지고, 바르고 곧은 마음을 먹으면 눈빛이 맑아지며 얼굴도 평안하다.

누구라도 늙으면 주름이 진다. 골골이 팬 주름살이야말로 분칠로 가릴 수 없는 삶의 흔적이다. 지울 수 없는 시간의 자취다. 물을 거울로 삼는 자는 자기 얼굴을 알 수 있고, 사람을 거울로 삼는 자는 자기의 길흉을 알 수 있을지니…….

눈 오는 벌판을 가로질러 걸어갈 때 발걸음 함부로 하지 말지어다.
오늘 내가 남긴 자국은 드디어 뒷사람의 길이 되느니.

생긴 대로 못난이로 살지 않기 위하여 나는 서산 대사의 선시를 마음에 새겼다. 시를 외울 때면 내 마음에 설원이 펼쳐졌다. 나는 사라지고 끝없이 흰 눈밭에 오롯한 발자국만 남는다. 언젠가는 내 삶이 내 얼굴이 된다. 내 발자국은 뒷사람이 길을 찾는 표식이 된다. 마음씨 올바른 사람이 될 테다. 어지러이 갈팡질팡 헤뜨리지 않고 뚜벅뚜벅 내 길을 따라 걷는, 진실로 마음 좋은 사람.

쓰치다를 죽이고 인천 감옥에 갇혔다 탈옥해 삼남을 방황하고 출가까지 했던 나는 아버지의 죽음을 계기로 다시 고향에 돌아왔다. 내 나이 스물일곱, 유완무의 권유로 이름을 구(龜)라 고쳐 행세하던 거북이 시절이었다. 그리고 그때, 여옥을 만났다.

아버지의 상을 치르면서 나는 신분 상승에 대한 기대를 완전히 버렸다. 하지만 외자식으로서 독신의 상제 노릇을 하는 일만은 돌아가신 아버지와 남은 어머니께 송구하기 그지없었다. 내 성미를 아는 부모님이 혼인을 강요할 리는 만무했지만, 세상인심은 여전히 자식의 혼사를 부모의 최고 의무로 꼽고 있었다. 소년기를 방황으로 흘려보낸 나는 외자상투를 틀어 올린 노총각이었다. 혼기를 놓친 처녀 총각이야말로 예나 제나 동네북이었다. 아무나 만만히 여겨 두루두루 건드렸다. 특히 나를 위험한 난봉꾼으로 여겨 무슨 협잡이나 하지 않나 의심하던 준영 삼촌은 아버지 대신 어른 노릇을 할 작심에 부단히도 집적대었다.

—네까짓 게 뭐 볼 것이 있다고 따지고 재느냐? 인물이 있느냐, 재산이 있느냐? 일전에 고씨 가문과 혼약했던 것에 여태 미련이 남느냐? 양반집 사위가 되고 싶으냐? 아서라 말아라, 그 혼담은 함지박 장수가 팍삭 깨버리지 않았더냐? 말이야 바른말이지, 네 주제에 반가의 여식이 가당키나 하겠냐? 벼는 벼끼리 피는 피끼리 어울려야 옳지! 이 돈이 어떤 돈인데, 이백 냥이 누구네 집 똥개 이름이라더냐? 내가 돌아가신 형님을 생각해서 없는 형편에 미주알 빠지게 용을 써서 구한 혼비인데, 뭐, 상놈의 딸은 고사하고 정승 판서의 딸이라도 재물을 따지는 결혼은 죽어도 하지 않겠다고? 네가 글줄이나 읽었다고 숙부를 무시하는 게냐?

준영 삼촌은 아픈 데만을 골라 쑤시며 제 분에 겨워 펄펄 뛰었다. 이제는 세상을 바꾼다 어쩐다 나돌지 말고 장가를 가서 안정하라며 준영 삼촌은 인근에 사는 어떤 처자를 신붓감으로 물색했다. 내게 준 이백 냥은 바로 그 색시를 데려오기 위한 비용이었다. 당시의 관습으로 상놈 총각이 장가를 가기 위해서는 상놈 처녀에게라도 그만큼의 몸값을 지불해야 했다. 내가 보기에는 그것이야말로 상놈 짓이었다. 돈으로 사오고 돈으로 팔려와 평생의 짝이 된다! 그것이 씨돼지를 빌려와 접붙이는 것과 무엇이 어떻게 다른가?

고능선 선생의 손녀와 약혼을 했다가 파혼한 것은 내게도 쓰라린 상처였다. 아버지가 내 네댓 살 적 취중에 농담처럼 했던 청혼이 문제가 되어 졸지에 훌륭한 규수를 놓치고 말았다. 신랑 신부가 기울게 결혼하는 것을 파랑새가 나무 닭과 짝짓는 것 같다고 하지만, 나는 신부의 높은 가문을 탐내기보다 사람이 사람답게 사람과 맺어지기를 바랐다. 집안이 빠질뿐더러 내가 너무 못나 혼인 상대로 곤란하다는 아버지에게 스승은 말씀하셨다 하였다.

　─그런 말씀 마시오. 창수는 못난 것이 아니라 범의 상을 지닌 것이오. 인중이 짧고, 이마가 두툼하고, 걸음걸이도 모두 범상이니, 두고 보시오. 장래에 범의 냄새를 풍기고 범의 소리도 질러서 세상을 크게 놀라게 할는지 어찌 알겠소?

　못났기에 더욱 나를 알아봐줄 눈 밝은 이가 필요했다. 부족하기에 그 부족함을 함께 채울 지혜로운 벗을 원했다. 나는 이미 일신의 안녕을 포기했다. 마음 좋은 사람이 되기 위해 몸의 편안함은 뒷전으로 밀쳤다. 부귀와 안락에 대한 기대는 애당초 집어치울 일이다. 나와 함께한다면 그의 일생 또한 고단하리라. 어찌 돈으로 사온 신부에게 이런 고난을 함께 나누자고 하겠는가. 그건 아무리 준영 삼촌이 낫을 들고 달려들어도 어쩔 수 없는 일이다. 어머니가 삼촌을 가로막는 사이에 나는 재빨리 도망쳐 피했다. 이길 수도 질 수도 없는 싸움에는 삼십육 계 줄행랑을 놓는 것이 최고다.

서른이 다 되도록 나는 여자를 몰랐다. 하지만 신붓감에 대해서는 확고한 견해가 있었다. 남들이 따지는 인물이나 집안 따윈 아랑곳없었다. 다만 나와 뜻이 맞는 여자라야 했다. 그리고 그 뜻을 맞추기 위한 세 가지 조건이 있었다. 첫째는 재산을 따지지 않을 것. 어차피 나는 가난뱅이 무일푼에 앞으로도 부자가 될 일은 없을 것이다. 둘째는 학식이 있을 것. 그동안 여자들은 종신형을 받은 죄수처럼 집 안에 갇혀 보고 듣는 것이라곤 백 년 전의 그것, 천 년 전의 그 소리였다. 밥 먹는 방석, 옷 입은 베개, 숨 쉬는 송장이나 다를 바 없었다. 하지만 여자는 남자와 마찬가지로 세상의 절반이니, 그 절반이 바뀌지 않는다면 세상을 영영 바꿀 수 없다. 마지막으로 세 번째 조건은 당사자와 직접 만나 서로 마음이 맞는지 확인할 것. 내가 얼마나 못생겼는지 보여주어야 한다. 상대가 어떤 눈빛을 가졌는지도 보아야 한다. 일체의 거짓 없이 마음을 털어놓고 대화를 나눈 뒤 스스로 선택을 해야 한다.

개명한 사회에서는 너무나 당연한 일이 낡은 풍습에 얽매인 세상에선 경천동지할 대사건인 양 취급되었다. 하기는 그로부터 십 년이 지나서야 강제 연애를 타파하고 자유연애를 고취

하자는 주장이 나왔으니 나는 지나치게 앞서갔던 것인지도 모른다. 하지만 남녀가 옷조차 같은 횃대에 걸지 말아야 한다는 내외법은 그야말로 껍데기를 얻기 위해 알맹이를 버리는 구태였다. 상대방의 얼굴조차 모르는 채 신방에 드는 '강제 연애'는 조혼과 작첩의 악습을 불러오는 짐승 같은 짓이었다. 그것은 옳지 않은 일이다. 옳지 않은 일이라는 확신이 드는 순간 한 치도 양보하거나 타협할 수 없었다.

그런데 내 쇠고집과 닭고집에 여옥은 무슨 속궁리가 있었던지 응하겠노라 하였다. 늙은 과부댁의 막내딸로 고작 열일곱 살이었던 그녀는, 그리고 보면 꽤나 당차고 용기 있는 여성이었다.

—나는 지금 아버지의 상중이라 일 년 뒤 탈상하고서야 혼인할 수 있소. 낭자는 근근이 국문을 배웠다니 약혼하고 일 년 동안 나를 선생으로 삼아 한문 공부를 정성껏 합시다. 지금 세상에는 여자라도 무식해서는 사회에 용납될 수 없소. 낭자를 소개한 할머니는 일단 혼인한 뒤 공부를 시키든 무엇을 하든 마음대로 하라고 하지만, 스무 살이 넘어서는 공부가 진전되기 어려우니 한시바삐 시작해야 하오. 어떻소? 이래도 당신은 나와 혼인할 마음이 있소? 결혼하기 전에 내게 학문을 배울 생각이 있소?

모친 뒤에 다소곳이 앉은 여옥은 나의 채근에 한동안 말없이 고개만 숙이고 있었다. 그녀는 예뻤던가? 키는 컸던가? 시간 속에 모든 것이 아렴풋이 흩어져 지금은 그 모습을 기억할 수 없다. 그때는 그때대로 신붓감의 속내를 파볼 생각에 생김새며 모양새를 따질 겨를이 없기도 했다. 다만 가만가만히 방 안으로 걸어 들어올 때 짧게 마주친 눈빛이 선연하였다. 맑고 부드러웠다. 부끄럼과 함께 호기심이 반짝였다. 그녀의 눈에는 내가 어떻게 보였을는지?

—그리하겠습니다.

내 귀에는 들리지 않았지만 여옥은 그렇게 말했다 하였다. 어쩌면 왈패의 생강짜로만 여겨질 뚝뚝한 청혼을 받아들이겠노라 했다. 이상한 인연이었다. 못생기고 나이 많고 감옥소까지 갔다 온 나를 있는 그대로 좋다고 하였다. 세상이 정한 도리와 이치 따위는 완전히 무시한 무엇 하나 평범하지 않은 절차를 스스럼없이 받아들였다. 여옥은 나의 무엇을 믿었던 것일까? 준영 삼촌의 비양대로 그저 세상 물정을 모르는 어수룩한 사람이었을까? 아니면 그때 이미 그녀에게는 짧은 생애의 어떤 예감이 있었던 것일까…….

나는 공부하고 싶었다. 복잡한 세상의 지도를 읽고 숨은 길을 찾고 싶었다. 배움은 즐거웠다. 열에 들떠 하나하나 비밀의 문을 열었다. 배움은 고통스러웠다. 배우면 배울수록 목이 마르고 애가 탔다. 배움은 끝이 없었다. 끊임없이 모른다는 사실만을 확인했다. 모르는 것이 완전히 없어지는 순간은 오지 않는다. 더 이상 알려고 하지 않는 무지와 오만이 있을 뿐이다. 그 무지한 오만, 오만한 무지.

어수선했던 소년기의 자국눈에 자취를 남겨 나를 이끌어준 이들이 있었다. 첫 선생님이었던 이 생원을 모셔오던 날의 기억은 지금도 어제 일처럼 생생하다. 두근두근 콩닥콩닥 가슴이 뛰었다. 기왕이면 선생님께 똘똘하고 예쁘게 보이고 싶어서 물을 발라 머리를 빗고 아껴둔 새 옷을 입었다. 공손히 절을 올리고 선생님을 바라보았다. 앞으로 나를 가르쳐줄 분이라니 불보살같이 느껴졌다. 은은한 후광이 비치고 향기가 뿜어나는 듯만 싶었다. 내가 간절히 알고픈 세상, 드넓은 신세계의 빛이었다.

부족을 모르는 자는 만족하기 어렵다. 편편한 환경에 넉넉한 후원을 받으며 했던 공부라면 그만큼 즐겁고 재미나지 않앉을지도 모른다. 밤늦게까지 어머니를 도와 밀 껍질을 벗기며 뜻도 모르는 시를 외우고 또 외웠다. 새벽이면 절로 눈이 번쩍 떠졌다. 빨리 서당에 가고 싶었기 때문이다. 서당이 이웃 동네로 옮겨간 뒤에도 나는 여전히 제일 먼저 등교하는 아이였다. 둘러멘 책보 안에 밥그릇을 덜그럭거리며 산 고개를 넘는 와중에도 끊임없이 글을 외웠다.

나는 대단한 신동도 천재도 아니었다. 못난 생김만큼 타고난 재주도 허름했다. 하지만 외워 기억하고 익혀 풀어내는 일에는 자신이 있었다. 남들이 열을 할 때 나는 백을 하고, 남들이 백을 한다면 나는 천만을 할 테니까. 험한 고개 깊은 계곡을 홀홀 타 넘으며 외웠다. 송아지 고삐를 끌고 나뭇짐을 지면서도 외웠다. 널조각에 발라 결은 분판에 기름에 갠 분으로 글자를 쓰고 지우고 다시 쓰며 연습했다. 과거에 급제하여 양반이 되겠노라는 당찬 포부 때문이기도 했지만, 나는 정말 공부가 좋았다. 내가 얼마나 무지한가를 깨닫게 되는 순간이 좋았다. 낙담할 필요가 없다. 모르는 만큼 더 알 수 있고, 아는 만큼 새로운 호기심이 솟아나줄 테니 말이다. 아는 게 병이고 모르는 게 약이라지만, 나는 그깟 병에 굴복하여 비루한 약으로 연명할 생각이 없었다. 아는 것이야말로 힘이고 모르는 것은 죄였다. 문리를 독점한 이들에 의해 천하게 길들여져 나라를 빼앗기고 노예가 된 지경에도 자기 밥그릇 걱정밖에 못 하는 백성들에겐 무지야말로 가장 무거운 죄였다.

조선 사람 열에 아홉이 낫 놓고 기역 자 모르는 까막눈이던 시절이었다. 그러니 사서삼경에도 없는 '독립'이라는 말은 위험하고 불온하게만 취급되었다. 태어나면서부터 자식은 부모의 것이고, 백성은 나라의 것이고, 사람은 모두 삼강오륜의 노예였다. 누구도 홀로 선 인간으로 당당할 수 없었다. 나라가 독립하기 전에 한 사람 한 사람이 독립해야 한다. 그리고 독립하기 위해서는 배워야 한다. 암흑을 떨치고 빛 속에 우뚝 서야 한다.

하늘의 도우심으로 내게는 두 분의 귀한 스승이 있었다. 한 분은 동학의 토벌군이었으나 인재를 아끼는 마음으로 나를 위기에서 구해준 안태훈 진사였고, 또 한 분은 안 진사를 통해 만난 해서 지방 굴지의 학자 고능선 선생이었다. 두 분은 성향과 사상이 매우 달랐다. 훗날 합이빈[하얼빈]에서 이토 히로부미를 사살한 안중근 의사의 아버지인 안태훈 진사는 호방한 기질의 천주교인이었고, 을미의병장 유인석과 동문수학한 고능선 선생은 위정척사를 주장하는 꼿꼿한 유림이었다. 그중에도 고능선 선생이 나를 아끼고 사랑하는 마음은 매우 각별했기에, 나는 세상 어디에서도 구할 수 없는 가르침을 그로부터 얻었다.

—모르겠습니다. 그저 가슴이 답답할 뿐입니다. 지금껏 스스로 갈 바를 찾지 못한 채 이리저리 헤매며 허다한 실패를 경험했습니다. 과거장에서도, 관상서에서도, 동학당에서도 제가 가고픈 그곳은 찾지 못했습니다. 모두가 바람과 그림자를 잡는 듯 헛된 일이었습니다. 이제 저는 어디로 가야 합니까? 어디에서 제 길을 찾을 수 있겠습니까?

절박한 마음에 맺혔던 울화가 눈물이 되어 넘쳐흘렀다. 부끄러운 줄도 모르고 어린애처럼 우는 나를 스승은 따뜻하게 위로했다.

—사람이 자기를 알기도 쉽지 않거늘, 하물며 남을 어찌 판단하고 평가할 수 있겠는가? 그러니 꾸준히 성현의 말씀을 좇아 그 발자취를 밟아가도록 하게. 자네가 진정으로 마음 좋은 사람이 되고자 한다면 그 마음을 곧추세워 끊임없이 고치며 나아가게. 지금까지 길을 잘못 들어 실패와 곤란을 경험했더라도 상심하지 말게. 언젠가는 목적지에 도달하는 날이 반드시 있을 것이네. 실패는 성공의 어머니요, 고민은 즐거움의 뿌리라네.

내가 스승에게서 배운 것은 단순히 책 몇 권, 글 몇 줄이 아니었다. 진정한 스승은 삶을 가르친다. 나는 재능보다는 그 재능을 바르게 쓰는 의리를, 사업의 성취보다는 그것이 정당한가를 판단해 실행하고 계속하는 근기를 배웠다. 결국 안 진사와 고 선생은 단발령으로 거병할 논의를 하던 중 의견이 갈려 절교하고 말았지만, 두 스승은 내 삶에 큰 영향을 미쳤다. 그들은 권위를 가졌으나 권위주의적이지 않았다. 무엇이 되어야 한다고 강요하기보다 어떻게 살아야 하는지를 몸소 보여주었다. 그들은 언제나 친절하고 정중했다. 부지런하고 소탈했다. 나도 언젠가는 그들에게서 받은 사랑과 은혜를 누군가에게 베풀고 싶었다.

나에게는 감옥도 좋은 학교였다. 우연히 인천 감옥의 직원이 권해 준 신서적을 읽고 지금까지 내가 우물 안 개구리였다는 사실을 깨달았다. 세계는 한없이 넓었다. 역사는 치열한 복마전이었다. 새로운 충격과 자극으로 정신이 얼얼했다. 더 이상 배외사상만으로는 나라가 멸망하는 것을 구하지 못하리라. 깨어나야 한다. 변해야 한다. 알아야 한다. 나는 살인죄로 사형 선고를 받아 언제 죽을지 알 수 없는 몸이었다. 이인이거나 미친놈이거나, 사람들은 독서에 몰두한 나를 이해하지 못했다. 하지만 공자는 아침에 도를 깨우치면 저녁에 죽어도 좋다고 하였다. 나는 죽는 날까지 글이나 실컷 읽으리라. 죽을 때까지 배우고 또 배우리라.

잘나고 똑똑한 사람만 선생이 될 수 있는 것은 아니다. 모자란 사람도 가르칠 수 있다. 부족하면 부족한 대로 나눌 수 있다. 그러니 배우려는 자라면 누구라도 학생이 될 수 있다. 나는 함께 갇혀 있던 도둑놈, 강도, 사기꾼, 살인범에게 읽고 쓰는 법을 가르쳤다. 나를 국모보수의 의인으로 여기는 사람들이 들여보내준 사식을 나눠 먹으며 설득해서 가르치고 꼬드겨서도 가르쳤다.

아버지가 감옥에 넣어준 『대학』한 질이 감옥 학교의 교과서가 되었다. 아버지는 자기 이름 석 자 겨우 쓰는 분이다. 하지만 아들을 위해 자신은 한 글자도 읽지 못하는 책을 구한 아버지의 마음만은 어느 성현의 말씀과 교훈보다 거룩하였다.

아버지의 탈상 후 신교육에 헌신할 결심을 한 것은 우연이 아니었다. 나는 그 전으로도 그 후로도 배우고 가르치는 일을 멈추지 않았다. 과거에 실망하고 낙향했던 열일곱 살 때부터 일가의 아이들을 모아 훈장 노릇을 했고, 출가를 해서는 절에서 학생들을 가르쳤고, 김주경을 찾아 강화도에 갔을 때에도 서당을 열어 동네 꼬마들을 가르쳤다. 대한민국 임시 정부에서는 상해에 인성학교를 세워 이미 망한 나라의 결코 망할 수 없는 언어와 역사, 지리를 가르쳤다. 해마다 돌아오는 삼일절은 홍구 공원 담장 끝의 작은 학교에서 아이들과 함께 보냈다.

하루 종일 푸른 하늘에 펄럭이는 태극기 아래서 붉은 뺨을 가진 아이들과 뛰어놀았다.

신민회 사건으로 투옥되기까지 꼬박 칠 년 동안을 고향에서 교육 운동으로 보냈다. 그동안 나라는 망하고 인민은 외적의 노예가 되었다. 하지만 절망하지 않았다. 왜놈 하나라도 때려죽여야 우리가 산다는 신념은 저마다 배우고 가르치는 것이 가장 절실하다는 자각으로 변했다. 학령 아동이 있는 집을 일일이 방문해 아이들을 모았다. 무지한 부모 아래 방치된 아이들의 머리에는 이와 서캐가 가득했다. 얼레빗과 참빗을 사 두고 매일 몇 시간씩 머리를 빗겼다. 가난하지만 총명한 아이는 집에 데려와 보살피며 중학교에 보냈다. 아이들은 나를 경모하며 따랐다. 하지만 학생들이 나를 숭배한 것보다 천 배는 더 내가 그들을 숭배하였다. 만 배는 더 희망을 걸었다. 나는 일찍이 교육을 충분히 받지 못해 망국민이 되었다. 그러나 학생들은, 나의 아이들은 새 나라를 세우는 영웅이 될 것이다.

먼 길을 가려면 행장을 단단히 꾸려야 한다. 농부는 내일 죽더라도 오늘 씨를 뿌린다. 언젠가는 그 수확을 거둘 것이다. 내가 아니더라도, 누군가는 반드시.

전날 내린 눈이 발밑에서 뽀드득뽀드득 부서져 밟혔다. 배쫑배쫑 천진하게 울던 산새가 인기척에 놀라 날아올랐다. 나뭇가지의 잔설들이 후두두 날려 자잘한 은가루가 눈썹에 얹혔다. 내려앉자마자 녹은 눈이 땀과 섞여 흘렀다. 찝찔한 물기를 손등으로 훔쳐 걷었다. 뿜어 나온 입김이 찬 공기 속으로 부옇게 흩어졌다.

─지난번 내준 숙제는 다 했으려나? 설장에 내다 팔아 푼돈이나마 만들어보겠다고 베틀에 명주실을 걸어놓았던데, 오늘은 공부가 끝나면 나뭇짐이라도 좀 해다 줘야겠네.

장연 골짝의 오막살이를 향해 가는 길은 즐거웠다. 거상 중의 상제로 집안일을 돌보며 지역의 인사들을 만나 장래 구상을 하느라 바쁜 나날이었지만 틈만 나면 독선생 노릇을 하러 그곳에 갔다. 서당에 처음 입학하는 학동들을 위한 『동몽선습』과 『천자』 따위에서 알뜰한 부분을 추려 한글로 풀어 쓴 『여자독본』을 직접 만들었다. 종이와 붓과 먹도 새로 장만했다. 여옥은 처음 잡은 붓이 신기한 듯 이리저리 만져보며 즐거워했다.

─붓 잡는 방법만 제대로 이해해도 좋은 글씨를 쓸 수 있

소. 다섯 손가락을 조밀하게 붙여 손바닥을 비우고, 팔목을 평평히 하여 붓대를 세워보시오. 둘째 손가락과 셋째 손가락 사이가 떨어져 힘이 분산되는 것은 초학자들이 흔히 범하는 결점이니 각별히 주의하고……

나는 열과 성을 다해 기초부터 차근차근 설명했다. 처음에는 부끄럽고 어색하여 쭈뼛대던 여옥도 시간이 지나면서 점차 공부에 재미를 붙였다.

―이 부분은 잘 이해가 되지 않습니다. 한 번 더 뜻풀이를 해주십시오.

여옥이 먼저 질문을 던져 대답을 구할 때에는 나도 모르게 벙싯 입이 벌어졌다. 열심히 한 글자라도 더 배우려는 미혼의 처가 그토록 미쁠 수 없었다. 가르치고 배우는 것은 장단을 치는 일과 비슷하다. 척척 박자가 잘 들어맞으면 신바람이 일어나고, 엇박자가 거듭되면 풀이 죽는다. 탈상을 하고 혼인을 하면 본격적으로 신교육에 뛰어들 계획이었다. 신지식을 얻기 위해 예수교에도 투신할 생각이었다. 그러려면 나의 아내가 될 여옥도 부지런히 배워야 한다. 반상과 남녀의 차별을 넘어서는 신사상을 배워 보급하는 데까지 학문의 수준을 높여야 한다. 그 생각을 하면 마음이 더욱 바빴다.

나는 고능선 선생이 썼던 구전심수(口傳心授)의 방식을 적극

활용했다. 여옥에게 부족한 부분을 확인해 두었다가 따로 책을 가져다 보충해 풀이했다. 말로 전할 뿐만 아니라 마음으로도 가르치기 위해 그동안 떠돌며 본 세상 이야기와 미래에 대한 구상을 차근히 설명했다. 앞날에 대한 이런저런 밑그림을 펼쳐 보일 때면 여옥의 귓불이 발그레 달아올랐다. 나의 미래 안에 그녀가 있었기 때문이다. 나의 미래가 그녀의 미래였기 때문이다.

향곡 처녀의 생활은 단조로운 듯 분주했다. 나는 진도를 높이기 위해 숙제를 많이 내주곤 했는데, 여옥이 그것을 하기 위해서는 밤잠을 줄여야 한다는 사실을 알고 있었다. 봄에는 김을 매고 여름에는 들밥을 내고 가을에는 타작을 하고 겨울에는 길쌈을 하고, 그 짬짬이 나물을 캐고 방아를 찧고 낙엽을 긁으러 다니는 와중에도 여옥은 용케 나와의 약속을 지켰다. 머리 올리고 비녀 꽂는 간단한 결혼식조차 미루고 긴 약혼 기간 내내 공부만 시키는 것을 원망하지 않았다. 어떻게 그리 무던했는지, 어쩌자고 나만을 철석같이 믿고 좇았는지.

불행은 예감 없이, 갑자기 들이닥쳤다. 마침내 해가 바뀌어 아버지의 탈상이 한 달 앞으로 다가왔을 때였다. 담제를 마치자마자 어머니는 성례를 치를 준비에 바빴고, 나는 집안 어른들께 인사를 다니느라 망망히 이곳저곳을 돌아치고 있었다.

—어이구, 자네 여기 있구먼. 얼른 장연에 가보게. 낭자의 병세가 위중하다는 기별이 왔네.

세뱃값 대신 새해에는 화락한 가정을 꾸리라는 덕담을 두둑이 받은 것이 방금이었다. 예기치 못한 급보를 받고 깜짝 놀라 여옥의 집으로 달려갔다. 꼭 일 년 전 그때처럼 삽삽한 바람이 불었다. 초가 굴뚝에선 하얀 연기가 모락모락 피어올랐다. 처마의 고드름들이 이따금 눈물을 흘렸다. 방 안도 그때같이 잘잘 끓었다. 얼음길을 헤치고 온 발가락이 근지러웠다. 시간을 거슬러 펼쳐지는 기억들이 아찔했다. 하지만 부엌에서 청솔가지를 뚝뚝 분질러 불을 때며 발갛게 익은 얼굴을 감추던 여옥만은 예전 같지 않았다.

—오셨어요…….

바싹 말라 가슬가슬한 입술을 달싹여 인사했다. 여전히 그 소리는 들릴락 말락 했지만, 나는 분명히 그녀의 말을 들었다. 창백한 낯빛에 반가운 기색이 희미하게 번졌다. 나를 기다리는 사람들의 한결같은 표정과 눈빛. 여옥은 아랫목에 솜이불을 들쓰고 누워서도 사시나무처럼 떨고 있었다. 한눈에 그녀의 여윈 육신을 감싼 저승사자의 서늘한 옷깃이 보였다. 또다시 이렇게 헤어져야 하는가. 울컥 가슴으로 뜨거운 무언가가 치밀었다.

세밑의 집안일이 분주해 와보지 못한 지가 보름여인데, 그 사이 여옥은 오래된 감기가 폐렴이 되어 사경을 헤매는 지경에 이르렀다. 그러고 보니 마지막 수업에서도 열기가 있어 보이는 부숭한 얼굴에 마른기침을 연이어 했다. 하지만 나는 무심코 지나쳤다. 무심코…… 불편한 데라도 있냐고 묻지 않고 넘어갔다. 명색이 약혼자요 곧 평생의 배우자가 되리라면서, 나는 숙제나 점검했지 여옥의 낯빛은 가려본 적이 없었다. 무관심에 대한 가책과 뒤늦은 후회 속에 여옥과 헤어졌다. 또다시 속수무책으로 소중한 사람을 잃었다.

—아이고, 여옥아! 이 불쌍한 것아! 머리 올릴 날을 코앞에 두고 어디로 가느냐? 무엇이 그리 급해 어미까지 앞질러 가느냐? 아이고, 아이고! 우리 여옥이 불쌍해서 어떻게 하나?

가슴팍을 쥐어뜯으며 통곡하는 과부댁 옆에서 나는 망연자실 여옥의 시신을 바라보았다.

—낭자의 마지막 길은 제게 맡겨주십시오. 그것이라도…… 하게 해주십시오.

생전에 한번 잡아보지 못한 손이었다. 책장을 넘기거나 붓 잡는 법을 가르칠 때에도 행여 닿을까 스칠까 몸가짐을 조심했다. 그렇게 아껴두었던 손을, 발을, 얼굴을 가만가만 씻는다. 수줍게 봉긋 솟은 젖가슴과 하얀 속살을 산쑥을 삶은 검푸른 물로 차근차근 닦는다. 쓰디쓰고, 쓰라리다. 언젠가 내 가슴으로 품어 안으리라 했던 그 따뜻한 몸을 차갑게 식은 후에야 어루만진다.

정갈한 손발톱은 깎을 것이 없다. 손끝이 여물어 바느질이며 길쌈이며 흠잡을 게 없었다. 처음 만난 날 먹었던 밥의 양을 기억하고 모자랄세라 공기가 비기 전에 덧밥을 얹어내던 눈썰미도 엽렵했다. 버선 속의 발가락이 맥없이 굼실거린다. 여옥이 만들어준 가름솔이 얌전한 버선은 오래 걸어도 발이 편했다. 가야 할 길은 아직 멀고 험한데, 같이 가자던 사람은 더 이상 곁에 없다.

숙제를 너무 많이 내주었다. 지난 시간 배운 글을 까먹으면 핀잔도 주었다. 얼굴이 새빨개져 금방이라도 울음을 터뜨릴 듯 쩔쩔매는 모습이 재미있어 부러 그러기도 하였다.

힘없이 뻗은 다리를 끌어 속곳을 입히고 치마를 둘렀다. 생명이 가신 몸은 하나하나 옷을 입히기 어려워 여러 가지를 겹쳐야 한다. 옷고름도 없다. 옷깃도 오른편으로 여민다. 모든 것이 산 사람과 다르다. 그러하기에 죽은 것이다. 더 이상 같은 세상에 없는 것이다. 고인 머리부터 발까지 꽁꽁 묶는다. 짧았지만 깊었던 인연을 백지로 채운 궤 안에 고이 누인다.

관 속에 누운 여옥은 꽃잠을 자는 듯 고요하다. 팔베개를 해주면 언제까지라도 내처 잘 기색이다. 꿈속에서 얼뚱아기를 낳아 기르고 사랑싸움도 하며 오래 곁에 머무르리라 한다. 여옥은 외로워 맺힌 한으로 이승과 저승 사이를 희뜩희뜩 오가는 손말명 같은 것이 되지 않아야 한다. 그렇게 떠돌게 하지 않기 위해 본디 여인들이 하는 염습을 내게 맡겨달라고 간청했다. 그것이 미혼의 처가 내게 준 숙제였다. 못난 약혼자가 줄 수 있는 마지막 선물이었다. 슬픈 인연의 작별 인사였다.

눈길이 미끄러워 발걸음이 비틀댔다. 멀리서 산새가 요요히 울었다. 다가가도 놀라 홰치지 않고 누군가의 이름을 외쳐 부르는 듯 자꾸 울기만 했다. 꽁꽁 얼어붙은 땅이 삽날을 튕겨냈지만 나는 오랫동안 공들여 땅을 팠다. 얕게 묻으면 산짐승들이 해할까 봐 깊이깊이 구덩이를 팠다. 땀과 뒤섞인 물기가 눈을 가렸다. 돌이킬 수 없는 것들, 쉬이 낫지 않을 상처들은 그렇게도 맵짰다.

슬픈 밥

　날렵한 회초리가 왜왜 바람 소리를 내며 살갗을 친다. 자디
잘게 살을 썰어 차근차근 짓이긴다. 댓가지 끝에 가죽 오리를
단 채찍이 온몸에 착착 감긴다. 감겼다 풀린 자국마다 꿈틀거
리며 살이 부푼다. 부어오른 자리에 다시금 채질이 떨어져 살
갗이 터진다. 피가 튄다. 핏방울이 사방으로 흩어진다. 붉은 이
물에 흥분한 놈들이 회초리와 채찍을 내던지고 몽둥이를 든
다. 단단한 박달나무를 다듬지 않고 잘라 만든 옹이박이다.
다부진 적의가 획획 내리꽂힌다. 밀폐된 방 안에는 놈들의 씨
근대는 숨소리와 고깃덩이를 치는 둔탁한 소리만이 가득하다.

토막토막 각을 뜨고 뼈를 바를 기세다. 살점 하나 남기지 않고 낱낱이 걷어 추릴 요량이다.

몽둥이맛은 비리다. 신물이 올칵 식도를 거슬러 치솟는다. 더는 게울 건지가 없어 멀건 거품을 토한다. 쓰디쓴 위액이 헤벌어진 입가를 타고 흐른다. 오장육부가 요동을 친다. 내장이 갈가리 찢기나 보다. 뼈와 살이 뜯기어 흐너지나 보다. 골수가 흔들린다. 벌어진 입과 쌍코피가 흐르는 콧구멍으로 솔래솔래 정신이 빠져나간다. 피투성이 거푸집을 저만치 아래에 두고 허공에서 어지러이 갈팡질팡한다. 놈들은 흐늘거리는 몸뚱이를 끌어 둥근 걸상 위에 올려 세운다. 굵고 튼튼하게 꼰 오라도 핏빛이다. 팔을 뒤로 당겨 오랏줄로 뒷짐결박을 짓는다. 줄의 끝을 천장의 쇠갈고리에 건다. 잡을 것도 없이 허우적거릴 팔조차 잃은 채 발끝으로 아슬아슬하게 버텨 서서 버둥거린다. 곧이어 깨금발로 디딘 걸상마저 치워진다. 몸은 완전히 중심을 잃고 공중에 매달려 늘어진다. 흔뎅흔뎅 위태로운 마지막 의식이 흔들린다. 머리끝에서 발끝으로, 발끝에서 다시 머리끝으로 피가 쏠렸다가 빠져나가길 반복한다. 고통이 너무 크면 고통스럽다고 말할 수조차 없다. 비명이 터져 나오기보다 숨이 말려든다.

창밖에 눈이 내린다. 밤의 먹지 위에 목화송이들이 점점이 피어난다. 눈 오는 하늘은 고요하고 푸근하다. 자황색 하늘에 문득 뻗치는 은색 띠는 달빛이런가. 얼음이 섞인 냉수가 철써덕 얼굴을 후려갈긴다. 허공에서 배회하던 정신이 화들짝 놀라 누더기 육신을 찾아 돌아온다. 너희가 알고자 하는 것을 나는 모른다. 매몰찬 냉수 찜질로 흥건히 젖은 몸에 찬기가 뻗친다. 부르르 진저리를 친다. 내가 모르는 것도 모르고, 아는 것도 모른다.

석탄을 부어 넣은 화로가 이글거린다. 자줏빛 불꽃이 튀며 검은 연기가 지핀다. 놈들이 벌겋게 달군 쇠꼬챙이를 움켜잡고 다가온다. 날카로운 송곳 모양의 쇠붙이가 화끈화끈 열기를 뿜어낸다. 솜털이 녹는 누린내가 진동한다. 맨살이 익는다. 쇠꼬챙이가 닿는 부위마다 누렇게 눌었다 거멓게 타든다. 살갗을 뚫고 들어온 불기운이 뼛골 깊숙이 붉은 기둥을 쿵쿵 박는다. 쓰리고, 저리고, 아리다. 몸이 요동칠수록 놈들의 불침질은 집요해진다. 구부러지고 비틀리는 살덩이 곳곳에 쇠도장을 찍는다. 불령선인(不逞鮮人), 후테이센진. 불순한 조선인. 요주의 인물. 지워지지 않도록 꾹꾹 눌러 박는다. 지글지글 끓는 화인을 새긴다.

이명처럼 비명 소리가 들려온다. 소돼지를 때려잡는 도살장의 소음이다. 살 타는 연기와 냄새가 뭉게뭉게 피어오른다. 옆방과 다시 그 옆방에서도 불도장을 박는 끔찍한 의식이 한창이다. 끌려갔다 끌려오는 동지들을 본다. 피 칠갑한 얼굴에 핏발이 선 눈으로 서로를 물끄러미 응시한다. 피와 눈물이 섞여 흐른다. 같은 방식으로 살고자 했기에 같은 방식으로 죽을 수밖에 없는, 그들은 동포이자 형제이자 나 자신이다. 잠시의 고통을 모면하고자 그들을 팔아넘길 수 없다. 누군가는 자살했고 누군가는 살해당했지만, 그들이 죽어 내가 산다. 내가 죽으면 그들이 산다. 내 목숨은 빼앗을 수 있을지라도 정신은 결코 빼앗지 못하리라! 동지들의 귀에 닿으리라는 일말의 기대로 혼신의 힘을 쏟아 절규한다. 그대들이여, 듣고 있는가? 우리는 죽음을 약속했다. 절망보다 더 큰 희망을 결의했다.

손가락 사이로 모난 막대기가 들이끼워진다. 세 개의 손가락이 한데 모여 쥐인다. 놈들은 막대기의 두 끝을 노끈으로 야무지게 졸라맨다. 우두둑 뼈가 어긋나며 으스러진다. 다시 늘어진 몸을 거꾸로 매단다. 핏줄이 역류하며 온몸의 피가 머리로 몰린다. 절그럭대는 구리 주전자에 살얼음이 낀 냉수가 출렁댄다. 주전자 주둥이가 뒤집힌 코끝에 닿는다. 섬뜩한 냉기와 함께 콧속으로 찬물이 물밀어 든다. 들숨과 날숨이 마구 뒤엉켜 갈피를 잡지 못하고 허둥댄다. 피 섞인 냉수를 코로 마시고 입으로 토한다. 뇌엽이 젖어 물컹물컹하다. 눈이 허옇게

까뒤집혀 아무것도 볼 수가 없다. 귀가 먹먹하여 아무것도 들을 수 없다. 이곳은 대체 어디인가? 지금 나는 여기서 무엇을 하고 있는가?

무언가 흘러간다. 물길을 따라 유유히 미끄러져 떠내려간다. 나는 세상모르는 천둥벌거숭이, 언제나 심심하고 새로운 놀이가 궁하다. 장마가 끝날 무렵 곳곳에 샘이 솟았다. 파인 길을 따라 작은 내가 흘렀다. 흘러오고, 흘러간다. 물에는 매듭이 없다. 한순간도 쉬지 않고 이어진다. 잠시나마 그것을 잡아보고 싶다. 어디서 왔다가 어디로 가는지, 갔다가 다시 돌아오진 않으려는지. 어머니가 벽다락에 갈무리해 둔 붉고 푸른 염색약을 몽땅 꺼내왔다. 졸졸졸 흐르는 실개천에 붉은 물감을 푸니 붉은 내가 되었다. 푸른 물감을 섞으니 푸른 내가 되었다. 물줄기 하나는 붉게 만들고, 다른 하나는 푸르게 물들였다. 따로따로 골을 따라 흐르던 그것들이 종내 넓은 곳에서 서로 만나 뒤섞였다. 붉고도 푸르고, 푸르고 붉은 장관.

무언가 번득인다. 스무 살의 고단한 여행길에 만났던 함흥의 장승이 만신창이가 된 나를 우두커니 바라본다. 머리에 관을 쓰고 덧니와 수염을 매단 남장승의 몸뚱이는 붉다. 얼굴에 연지 곤지를 찍고 맨머리를 한 여장승은 푸르다. 그들이 눈을 부릅뜬 채 지옥의 이곳저곳을 분주히 오가는 나를 지켜본다.

푸르고 붉은 고통이 몸 안에서 빠르게 달음질한다.

차라리 사람이 아니고 싶다. 정수리에 도끼를 맞고 죽는 소는 수치를 알까. 살성을 나긋하게 만드는 몽둥이찜질을 당한 후에야 숨통을 끊겨 불에 그슬리는 개는 모욕을 알까. 나는 사람이기에 몸보다 더 처참하게 무너지는 자존으로 아프다. 사람으로서 사람 취급을 받지 못하고 당하는 일들이 괴롭다. 그러나 나는 사람이어야 한다. 짓이겨진 인격과 조각난 존엄을 주섬주섬 쓸어 챙긴다. 옷을 벗겨라. 내복 위로 맞으면 덜 아프다. 더 세게, 더 모질게, 네놈들이 원하는 만큼 알몸뚱이를 쳐라. 몽둥이가 부러져나가고 난장을 치는 너희 팔에 알이 배도록 나를 두들겨라.

분노는 고통보다 붉고, 증오는 치욕보다 서슬 푸르다.

612년 수나라 양제가 백만 대군을 이끌고 침략했을 때 고구려인들은 필사적으로 싸워 이천칠백의 패잔병만을 요동으로 돌려보냈다. 645년 당나라 태종이 고구려를 멸망시키겠다는 야심을 품고 침공했을 때에도 압록강과 천산산맥을 굳건히 지켰다. 993년 거란이 세운 요나라가 청천강까지 쳐들어와 위협했지만 끈질긴 저항과 외교의 승리로 고려는 위기를 무사히 넘겼다. 1231년 초원의 제국 몽골이 폭풍처럼 몰아쳐 왔을 때 고려는 수도를 강화도로 옮겨가며 삼십 년 동안 항쟁했다. 1592년 임진왜란과 1636년 병자호란은 참혹한 희생과 굴욕의 전쟁이었지만 조선인들은 처절한 항쟁으로 끝내 나라를 보존했다. 살수 대첩이 있었고, 안시성 전투가 있었고, 서희의 담판과 삼별초가 있었다. 한산도 대첩과 행주 대첩, 삼학사의 결사항전이 있었다. 한민족의 오천 년 역사는 그렇게 이어졌다. 끊임없는 외세의 침입과 도발에도 불구하고 단 한 번도 완전히 나라를 잃은 적은 없었다.

그런데 1910년, 마침내 나라가 망했다. 군사력을 앞세운 일본 제국주의자들에게 송두리째 삼켜졌다. 망해도 더럽게 망했다. 과거에 꺼둘려 미래로 한 발짝도 나가지 못한 채 남의 나라 식민지가 되었다. 전쟁다운 전쟁 한번 치러보지 못하고 고스란히 도장을 찍어 나라를 바쳤다.

—한국의 통치권을 역사적으로 친선의 관계를 맺어온 존경하는 대일본 황제 폐하께 양도하고자 하는 것은 대외적으로 동양의 평화를 수호하고, 대내적으로는 인민들의 생계를 보장하게 될 것이다. 짐의 오늘의 거동은 민중을 구하기 위함이며 국가는 민중을 잊지 않을 것인즉, 국민들도 짐의 처지를 이해

해 주기를 바라는 바이다…….

9월 4일 대한 제국 황제의 합병 조서가 전국에 나붙었다. 종로 한복판에, 철도 정거장에, 사람들이 많이 모이는 곳곳에 망국을 선포하는 등사물이 뜬것처럼 나부꼈다. 핼리 혜성의 꼬리가 지구를 감아서 세상이 곧 멸망하리라는 소문이 흉흉하게 떠돌던 때였다. 황제의 밀실에서 매국노들이 나라의 땅값과 백성의 목숨 값을 흥정하던 시각에 조상들의 원혼인 양 짙은 안개가 삼천리를 뒤덮었다.

일본 제국주의자들은 마지막 순간까지 속 다르고 겉 다른 이중성을 견지했다. 그들은 잔혹함과 위선이 동시에 존재하는 기이한 족속이었다. 강화도 조약의 제1조는 '조선은 자주 국가로서 일본과 평등한 권리를 보유한다'는 것이었고, 시모노세키 조약의 제1조는 '중국은 조선이 완전한 독립 자주 국가임을 승인한다'는 것이었다. 청일 전쟁의 명분은 엄연한 독립국인 조선의 내정을 간섭하는 청나라를 몰아낸다는 것이었고, 러일 전쟁은 한국의 안전과 동양의 평화를 지키기 위한 것이라 했다. 그러하기에 정의의 전쟁, 의전(義戰)이라고 칭송하기까지 하였다. 1904년 맺은 한일 의정서에는 '한국의 독립과 영토의 보존을 확실히 한다'는 보증을 새겼기에 독립지사들조차 한일이 공수 동맹으로 우의를 쌓았다고 착각할 지경이었다. 한일

협약과 을사조약이 속전속결로 처리되고, 마침내 1907년 정미조약이 체결되어서야 비로소 사람들은 나라가 망한다는 것을 확실히 깨달았다. 그런데도 통감으로 파견된 이토 히로부미는 한복까지 떨쳐입고 능청을 부리며 일본과 한국과 청국의 친선이야말로 서세동점을 막는 유일한 방책이라고 선전했다. 동양 재패의 야심을 교묘한 말로 포장했다. 평화, 행복, 평등, 이익. 모든 때깔 곱고 듣기 좋은 말들이 그들의 손아귀에만 들어가면 간사하고 악랄한 흉계로 변했다.

그럼에도 무능하고 부패한 황실은 그들에게 나라를 팔아넘겼다. 시국에는 어찌할 수 없는 경우가 있다며 대책도 전략도 없이 일제가 강요하는 조약들에 하나하나 서명했다. 중국의 계몽사상가 양계초의 말대로 '팔을 떼어 독수리에게 먹이고 몸은 호랑이에게 먹였으나 독수리와 호랑이는 배가 부르지 않았고 몸은 이미 버린' 꼴이었다. 그들은 그저 제국이라는 명칭과 종묘사직의 안전과 황실의 권위만을 생각했다. 외세에 대한 자주와 개혁을 요구하는 독립 협회를 깡패단을 동원해 때려잡았다. 황제를 폐위시키고 공화 정치를 꾀한다는 모략의 벽보 몇 장에 아연실색하여 만민 공동회의 깃발을 무참히 꺾었다. 이런 지경에 조선을 멸망시킨 자는 조선이지 일본이 아니라고 지적받아도 무슨 변명할 말이 있겠는가.

─지금 왜놈들은 경성에 이른바 총감부라는 것을 설치해 전국을 통치하고 있습니다. 그러니 우리도 비밀리에 경성에 도독부를 설치해 전국을 다스리도록 해야 할 것입니다.

─국내의 상황도 시급하지만 해외에 기지를 건설하는 일 또한 신속히 준비해야 할 것입니다. 작년의 이른바 '남한 대토벌 작전'으로 의병이 초토화되어 이미 국내에서는 무기를 구할 수 없는 지경이 아닙니까? 데라우치라는 놈은 조선 사람 셋만 모이면 무조건 잡아들이라고 헌병대에 지시를 내렸다더군요.

─참으로 같은 하늘 아래 살 수 없는 악독한 놈들이오. 한일 합병에 즈음해서는 세계의 여론까지 다 구워삶아 미개한 조선인들이 마침내 문명의 혜택을 받게 되었다고 은전이라도 베푸는 양 선전하더니, 실제로 한국을 강제로 병탄한 뒤 가장 먼저 한 일은 전국을 뒤져 역사책을 약탈하고 소각하는 것이 아니었소? 동양 각국 중 서양 문물을 제일 먼저 받아들여 개화했다고 으스대지만 실상은 중세까지 문화적으로 앞섰던 한민족에 뿌리 깊은 열등감을 갖고 있기 때문이오. 민족적 자존심을 철저히 훼손해야 영구한 식민 지배가 가능하다는 것을 놈들은 너무도 잘 알고 있소.

─실의에 빠진 인민들을 구제하기 위해서는 하루바삐 구심점을 만들어 광복 전쟁을 벌일 채비를 해야 합니다. 이곳으로

오는 도중에도 아편에 취한 부랑자들을 여럿 보았습니다. 아편을 금지하니 이제는 하루에 이십 전이나 드는 모르핀을 사용하기 시작했다고 하더군요. 하지만 마약보다 더 무서운 것은 절망입니다. 절망에 빠지면 영원히 '이등 일본인'으로 사는 것을 면치 못할 것입니다.

—해외의 독립운동 기지라면 러시아와 만주의 접경지대나 북간도의 오지, 서간도 지방이 적합할 듯하오. 일전에 동지들이 답사한 서간도에는 의병 전쟁을 벌였던 포수들과 강제 해산 당한 군인들, 뜻있는 청년들이 장래를 도모하며 몰려들고 있다 하더이다. 만주는 동포들이 많아 무관 학교를 설립해 장교를 양성하기에 안성맞춤인 지역이지요. 또한 러시아 연해주와 가까워 외교에 편리하며 국내와 왕래가 편한 이점도 있고요.

—낙심하지 맙시다. 땅에다가 뿌린 씨는 없어지지 아니합니다. 언제든지 나는 법입니다. 나기만 하면 열매가 맺힙니다. 동지들, 힘을 냅시다!

찬바람이 휘부는 늦가을 밤, 경성 양기탁의 집에서 신민회(新民會)의 비밀회의가 열렸다. 퇴창 너머로 앙상한 가지만 남은 나무가 허공을 젓고 있었다. 떨어진 낙엽들은 쓸쓸한 휘파람을 불며 굴러다녔다. 그 바람에 골목 어귀에서 망을 보는 동지가 보내는 신호를 놓칠세라 신경을 곤두세운 채, 우리는 이동

넝을 만주로 일차 파송할 것과 각 지방의 대표를 선정해 자금을 모집할 것을 의결했다.

싸움은 장기화될 전망이었다. 1907년 창립된 신민회는 경술국치 이후 해외에 독립운동 기지를 건설할 것을 일차 목표로 삼았다. 사백여 명의 정수분자로 조직된 신민회는 왕조를 부정하고 공화주의를 표방하였기에 처음부터 비밀 결사가 될 수밖에 없었다. 그리고 나라가 일본의 식민지로 전락하면서 신민회는 자연스럽게 독립운동 조직으로 변모했다. 안창호, 양기탁, 전덕기, 이동휘, 이동녕, 이갑, 유동열 등 일곱 명의 창건 위원을 비롯해 박은식, 신채호, 이상재, 이승훈, 이회영 등 국내외 애국지사들이 총망라되었다.

아직도 세간에는 합병이 무엇인지, 망국이 무엇인지 모르는 우매한 인민이 허다했다. 십여 년을 꾸준히 야금야금 뜯어 먹히며 무감각해진 탓도 있었다. 고통 또한 자각해야 존재하는 것이다. 누군가는 빨리 느끼고 누군가는 천천히 느끼며, 누군가는 예리하고 누군가는 둔감하다. 빠르고 날카롭게 느끼지 못하면 뾰루지가 종양이 된 후에야 깨닫는다. 나라를 빼앗긴 수치심은 곧장 패배감으로 바뀌었다. 모두가 '썩어진 민족', '썩어지는 민족'이라는 표현에 익숙해졌다. 남의 탓을 하기란 너무 쉬웠다. 일본 탓, 황실 탓, 기세등등한 친일파 탓, 탓할 대상이 많기도 하였다. 하지만 원망과 불평만으로는 아무것도 바꿀 수 없다.

국가 흥망이 필부 유책일지니, 필부에 지나지 않는 이라도 나라가 흥하고 망하는 데 책임이 있다. 스스로 반성하고 떨쳐 일어나지 않고서야 나라를 빼앗긴 죄인, 망국의 노예를 모면할 길이 없다. 팔아넘기는 자는 따로 있고 되찾고자 싸우는 이는 따로 있다. 빼앗기기는 쉽고 되찾기는 어렵다. 그렇다고 싸우기를 포기하겠는가? 누군가 대신 해주길 기대하며 뒷짐을 지고 물러서겠는가? 아픔이 두려워 종양을 도려내길 주저하겠는가? 난세가 영웅을 낳는다고 하였다. 하지만 신민회의 취지는 이제 새로운 백성의 나라, 한두 영웅이 아닌 인민 전체의 나라를 만들자는 것이었다. 아무도 영웅이 아닌 나라, 그러나 모두가 영웅인 나라.

―저게 사람인 줄 알어?

나의 어린 시절을 회상하는 어머니의 말투는 투박스러웠다. 아침나절에 놀러 나간 아이가 어둑해져서도 돌아오지 않았다. 겁먹은 동무들은 어느 결에 놓쳤는지 알 수 없다고 도리질했다. 창암아, 창암아! 온 동네를 뒤졌다. 초저녁잠에 빠졌다 놀라 깬 개들이 컹컹 짖었다. 저녁밥 짓는 연기는 고샅길에 포실한데, 어머니의 가슴은 불길하게 우둔거렸다.

　—나 여기 있다. 나 여기 있다니까!

　아이는 밤이슬이 내리기 시작한 풀숲에 혼자 오도카니 앉아 있었다.

　—맨바닥에 철퍼덕 주저앉았다가 그만 똥구멍에 나무가 박혔네.

　아이는 찢어져 피가 흐르는 똥짜바리를 가리키며 말했다. 변변한 옷 한 벌 없어 저고리 자락으로 알궁둥이를 가리고 다니던 시절이었다. 어둠이 내리는 척척한 풀밭 한가운데 울지도 않고 앉아 있는 아이를 보고 어머니는 몸을 부르르 떨었다.

　—저건 사람도 아니야. 저게 어려서부터 얼마나 무서웠는지 몰라.

　곱돌화로에 꽂아두고 숯불을 뒤지는 부삽도 철모르쟁이에 겐 재미난 장난감이었다. 그 위험하기 짝이 없는 것을 고사리밥 같은 손으로 곰지락곰지락 주물렀다. 아이들은 조용해지면 사고다. 어느 순간 잠잠하여 이상타 돌아본 어머니는 하마터면 기함을 할 뻔했다.

　—어, 이 부서리가 내 손등에 가 붙었네.

뜨거운 쇠붙이에 손등이 지글지글 타들어 익어가는데도 네 살배기 아이는 울지 않았다. 남의 일을 보는 양, 남의 말을 하는 양, 자기 아픔에 태연했다. 질기고 억세기가 골갱이 같았단다. 사람을 낳은 것이 아니라 희한한 짐승을 낳았나 싶었단다. 어머니가 내 기억에 없는 어린 시절을 돌이켜 말할 때면 사람들은 배꼽을 잡고 깔깔거렸다. 그도 그러려니 동의하는 낯빛이었다. 충분히 미루어 짐작할 수 있다고 수긍하는 눈빛이었다.

나는 정말 사람이 아니었을까? 사람이라면 누구에게나 있는 통점과 압점이 나에게만 없었던 것일까. 별스러운 근성과 맷집을 타고나 모두가 느끼는 아픔을 홀로 느끼지 못했을까. 사람이 아니라면 근거 없이 불쑥 태어난 도깨비나 지옥사자 같은 화생(化生)이었을까. 사람이 아니라서 피부와 점막에 조밀하게 흩어져 퍼진 그것들의 새된 비명을 듣지 못했던 것일까.

그러나 나도 아팠다. 사람이기에 아플 수밖에 없었다. 하지만 또한 사람이기에, 나는 그 아픔을 참을 수 있었다. 무언가를 다룰 때 가장 중요한 점은 그를 두려워하지 않는 것이다. 낯선 것일수록 더욱 그렇다. 고개를 돌리지 말아야 한다. 외면하면 아픔은 더욱 커진다. 공포에 사로잡혀 발버둥질할수록 그것에 굴복하여 벗어날 수 없다. 고통의 끝은 죽음이다. 살아 있는 누구도 겪어보지 못한 미지다. 몰라서 두려운가, 두렵기에 굳이 모르고자 하는가.

사람은 누구나 태어났다 죽는다. 죽음은 모두에게 단 한 번씩 공평하다. 그러나 나는 그것을 여러 번 겪었다. 나의 일생은 항상 죽음과 동반했다. 언제나 사선에 서 있었다. 내가 쓰는 모든 글은 유서였다. 하늘에 세월을 빌어 목숨을 연장했다. 옛사람이 말하길 삶이란 붙어 있는 것이요, 죽음이란 돌아가는 것이랬다. 돌이켜 꼽을 수 있는 것만도 예닐곱 번, 나는 다만 그곳으로 아직 돌아가지 못했을 뿐이다.

김이언의 의병에 몸담아 사방팔방을 돌아치던 스무 살에 첫 번째로 죽을 고비를 넘겼다. 살얼음이 깔린 압록강에 두 팔만 남기고 빠져들었다. 초승달이 파리한 한밤이었다. 사람 살리라는 고함 소리를 들은 농부들이 달려와 얼음 구멍에서 꺼내주지 않았다면 나는 고스란히 동태가 되어 요절하고 말았을 것이다.

두 번째는 기막히게도 어머니가 동반 자살을 채근하였다. 쓰치다를 죽이고 해주 감옥에서 인천 감옥으로 배를 타고 이송될 때 어머니는 내 옆구리를 찌르며 속삭였다.

─애야, 이제 인천으로 실려 가면 너는 왜놈의 손에 죽게 된다. 왜놈의 손에 죽을 바에야 차라리 나랑 같이 맑은 물에 깨끗이 빠져 죽자. 자식 앞세운 어미가 세상의 무슨 영화를 보겠

느냐? 물귀신이 되어 구천을 떠돌지라도 모자가 함께하는 편이 나으리라!

달빛도 없는 여름밤이었다. 천지를 메운 깜깜절벽 속에 일렁이는 물결조차 보이지 않았다.

—어머니, 저는 결코 죽지 않습니다. 제가 왜놈을 죽인 것은 하늘에 사무친 정성으로 한 일입니다. 그것을 굽어 살핀다면 하늘이 반드시 도우실 것입니다.

하지만 어머니는 거듭 뱃전으로 내 손을 이끌며 재촉하였다.

—너희 아버지와도 벌써 약속했다. 네가 죽는 날을 우리의 제삿날로 삼으리라고.

체구가 작고 호리호리하지만 어머니의 꺽짓손은 장정이 된 내게도 만만찮았다. 어머니의 말씀이 얼김에 홧김에 하는 소리가 아니라는 걸 알고 나는 더욱 힘주어 말했다.

—어머니, 염려 마셔요. 저는 분명히 죽지 않습니다!

짐승은 제가 죽을 때를 안다. 자연의 법칙에 순연한 것들은 목숨을 셈하지 않고 받아들인다. 살인강도 김창수를 교수형에 처한다는 신문 기사를 보고도 나는 놀라거나 당황하지 않았다. 부러 태연자약한 척하려고 애쓴 것이 아니었다. 그저 무심했다. 돌아갈 때가 지금이면 갈 테고 아니라면 남으리라. 도리어 울며불며 애석해하는 면회객들을 위로하기에 바빴다. 오후에 끌려 나가 목맬 것을 알면서도 아침밥과 점심밥을 거뜬히 삭였다. 같은 감방에 들어앉은 동료 죄수들은 산송장을 보듯 나와 눈을 마주치지 못하고 절절매었다. 어지러운 발자국 소리가 들리고 옥문이 덜컹 열렸다.

─옳지, 지금이 그때로군!

펼쳐 들었던 책을 가만히 접었다. 내게 삶과 죽음의 경계는 책갈피만큼이나 다밭았다.

어떤 문학청년은 이때의 내 경험을 전해 듣고, 총살되기 불과 몇 분 전에 황제의 특명으로 살아난 러시아의 대문호와 꼭같은 이야기라고 흥분했다. 일생에 흔치 않은 극적인 반전이 그가 평생토록 글을 쓰는 데 강력한 동기가 되었다고 하였다. 죽음에 임박해서는 삶의 다종다양한 선택들이 모두 사라진다. 나는 사형 선고를 받고도 아무런 혼돈이나 미련이 없었다. 행여 하늘의 도움으로 살아난다면, 다시 살 수 있다면 하고픈 일이 단 하나 남아 있을 뿐이었다. 교수형 직전에 임금의 특사가 사형 집형을 중지시켰다. 하늘은 내 잉여의 수명을 조국 광복과 민족 해방에 바치라고 허락했다. 눈서리가 내리다가 갑자기 봄바람이 부는 듯, 삶이란 따뜻하였다.

하지만 때로는 열기가 지나쳐 삶은 들끓는 화택(火宅)일지니, 나는 세 번이나 살아 있는 고통에 겨워 자살을 기도했다.

인천 감옥에서 한여름에 장질부사에 걸렸을 때, 이마에 손톱으로 충(忠) 자를 새기고 허리띠로 목을 매었다. 서대문 감옥에 끌려가 일본 경찰의 고문과 협박에 시달릴 때, 차라리 자진하여 네놈들의 수고를 덜어주겠노라며 머리로 돌기둥을 받고 쓰러졌다. 기묘한 악연으로 또다시 인천 감옥에 이감되어 축항 공사장에서 흙 지게를 질 때에는, 차라리 사닥다리에서 떨어져 몽근짐만 같은 몸뚱이를 벗어버릴까 까마아득한 땅바닥을 오래 내려다보기도 했다.

하지만 삶이란 이상하였다. 알 수 없는 죽음보다 번연한 삶이 더 야릇했다. 죽어야 할 천만 가지 중한 명분도 살아야 할 성글고 허접스러운 이유를 넘어서지 못했다. 숨이 끊어진 잠시 동안 고향에 돌아가 무람없이 동무들과 뛰노는 환상에 사로잡힌 나를 같은 차꼬에 매인 죄수들이 드잡이해 끌어냈다. 인사불성 중 내가 요동하는 바람에 그들의 발목이 아팠기 때문이다. 대일본 제국에 대한 반역죄를 자백지 않으면 때려죽이겠다고 위협하던 놈들이 정작 내가 정신을 잃자 인공호흡을 하고 냉수를 끼얹었으며 호들갑을 떨었다. 이미 여럿이 고문당하다 죽은 터라 나까지 죽으면 경위서를 쓰고 문책을 당할 일이 귀찮아서였을지도 모른다. 공사판에 끌려갈 때 쇠사슬로 허리를 마주 맨 짝패는 구두 한 켤레와 담배 서너 갑을 훔치고 징역을 사는 잡범이었다. 내가 살자고 그를 죽이는 것도 아니고, 내가 죽자고 어찌 그까지 죽이겠는가.

내 곁에 바싹 붙어 그림자처럼 따르는 죽음을 똑바로 응시한다. 눈겨룸을 피하지 않고 말갛게 들여다본다. 그것은 오직 한 곳으로 지독한, 지독한 고독을 견디는 일이다. 곱씹을수록 그것은 질겨진다. 짓이겨 씹을수록 쓴 물이 배어 나온다. 떫고 쓰다고 뱉어버리지 않으련다. 진정 사람답게 살고 싶다면 사람답게 죽기를 두려워하지 말아야 한다. 마지막 한 방울까지 씹어 삼킨다. 검푸른 독기로 가슴이 화하다.

나는 한 뭉치의 쓰레기였다. 피딱지가 엉겨 붙은 걸레였다. 쓰레기답게 취급받고 걸레답게 처리되었다. 질질 끌려와 패대기쳐졌다. 엉금엉금 기어 들어와 구석에 처박혔다. 상처투성이 몸이 너덜너덜했다. 일곱 번 끌려 나가 여섯 번 까무러친 정신이 가물가물했다. 귓속에서 날벌레들이 잉잉대며 나는 듯했다. 살아 있음을 웅변하는 건 오직 아픔뿐, 나는 육중한 고통의 덩어리였다.

세 번의 수감은 내 몸에 지울 수 없는 세 개의 상처를 남겼다. 치하포 사건으로 해주 감옥에서 가새주리를 당했다. 조선 조에 가장 신하다운 신하라는 정약용도 그 후로 평생토록 꿇어앉아 부모님 제사를 지내지 못했다는 형벌이었다. 다리뼈가 허옇게 드러났던 왼쪽 정강이에 꿈틀거리는 흉터가 남았다. 그러나 그때 입었던 푸른 저고리는 서대문 감옥에서 꿰어 걸친 붉은 수의에 비할 바 아니었다. 이름으로나마 나라가 남아 있던 시절과 남의 나라의 노예가 되어 족쳐지는 때는 엄연히 달랐다. 설움만큼 아픔도 더했다. 조여 채운 수갑은 하룻밤 새 손목뼈까지 파고들어 구멍을 뚫었다. 동지들과 통방을 하다가 적발되어 귀의 연골이 으스러지도록 곤봉을 맞았다. 손목은 허물고 왼쪽 귀는 봉충이가 되었다.

하지만 육신의 고통은 참을 수 있었다. 계속되는 악형에도 이를 악물고 비명 소리 신음 소리 한 번 내지 않았다. 통감부 헌병 사령관을 지낸 아카시[明石元二郎]란 놈이 짜낸 일본 경찰의 고문 방법은 제정 러시아가 폴란드인 독립운동가에게 가하던 기술을 배워온 것이었다. 세계 최악의 기술을 최고로 모방했다. 기막히게 본떠 악랄하게 적용했다. 그럴수록 죽는대도 약한 모습을 보이기 싫었다. 피에 주린 이리와 같이 날뛰는 놈들에게 허약한 외마디 소리로 추임새를 넣을 수는 없었다.

—야, 너 무슨 죄로 들어왔니?

몇 날 며칠 살피죽이 터져 나가고 피가 엉겨 붙기를 거듭해 덧난 상처에 종기가 생겼다. 시퍼런 칼날을 들이대고 무작스럽게 종기를 도려내던 일본 군의관이 문득 물었다. 앓는 소리는커녕 눈썹 하나 까딱 않고 앉은 내가 기이하게 느껴졌던가 보다.

─나, 도적놈이다!

내 나라 내 강토를 너희 것이라 우기니, 나는 포악한 도적이 되어서라도 그것을 되찾고야 말리라. 찔러도 피 한 방울 나오지 않을 듯 쌀쌀맞게 생긴 군의관이 웃지도 않고 말했다.

─그래? 너 도적질깨나 했겠다.

그런데 1911년의 '안악 사건'과 그에 이어진 '105인 사건'으로 서북 지역의 독립운동 세력은 제대로 도적질 강도질 한번 해보지 못한 채 총검거되었다. 철저히 일제에 의해 조작된 사건이었다. 안중근 의사의 사촌동생인 안명근이 거병을 위해 자금을 모으다 체포되면서 일이 시작되었다. 계획과 전망이 없는 열정은 무모한 도발에 지나지 않는다. 안악의 양산 학교로 찾아온 안명근에게 장기적인 독립운동 기지 건설의 필요성을 설득했지만 혈기에 넘친 그를 막을 수 없었다. 안악 사건이 터지면서 조선 총독부는 이를 기화로 신민회를 일망타진하고자 데라우치 총독 암살 음모 사건인 소위 105인 사건을 꾸몄다.

검거와 투옥, 고문과 허위 자백 강요, 그리고 사상 전향 시도로 이어지는 잔혹한 조작극이었다.

질풍 속에서야 굳센 풀을 알아볼 수 있으리니, 숱한 이들이 죽거나 불구가 되었다. 누군가는 밀고를 하여 일신을 보존했다. 많은 이들이 가혹한 고문을 못 이겨 없는 사실을 무고했다. 후회는 쓰리고 패배감은 깊었다. 놈들이 원하는 것이 바로 그것이었다. 서로를 믿지 못하고, 스스로 미워하게 되는 것.

악에는 악으로 맞서고 깡으로 버티면 되지만 밥의 양을 줄이고 사식조차 허락지 않아 굶기는 벌을 가할 때는 나도 몹시 흔들렸다. 사람이 하루를 굶으면 거짓말을 하고, 이틀을 굶으면 남의 집 담을 넘고, 사흘을 굶으면 살인을 한다던가. 반항을 포기하고 고분고분한 자들에게만 차입되는 고깃국과 김치 냄새에 배창자가 삼대 주린 걸신인 양 환장해 날뛰었다. 젊은 아내가 몸이라도 팔아서 맛난 음식을 넣어주었으면 하는 생각이 머리를 스치는 지경에 이르러서는, 인간의 본성은 사라지고 짐승의 본능만이 남은 자신에 대한 혐오와 자책을 멈출 수가 없었다.

놈들은 그토록 허약해진 몸과 마음을 고문과 배고픔보다 더 견디기 어려운 회유의 공작으로 꼬드겼다. 아아, 인간이란 얼마나 약한 존재인가! 비록 철천지원수일망정 웃는 낯, 다정한 말 한마디에 왈칵 더운 감정이 복받치기까지 하였다. 내가 받은 십칠 년 징역, 서대문 감옥 13방에서 수인 번호 56호로 보낸 오 년의 시간은 낱낱이 크고 작은 싸움의 연속이었다.

투쟁을 지속하는 데 걸림돌이 되는 알짬은 두 가지다. 하나는 상대의 세력을 지나치게 강하게 여겨 겁을 내는 것이고, 다른 하나는 우리가 너무 약하다고 생각하여 낙심하는 것이다.

제국주의 국가 일본은 강대했다. 최신 무기를 보유한 육군과 정예 공군이 포진했고 영국, 미국과 더불어 세계 최고의 해군력을 자랑했다. 세상의 중심이라 으스대던 중국이 뭉텅이로 영토를 내주고 꼬리를 말았다. 무적함대라 불리던 러시아의 발틱 함대도 대참패를 당했다. 우승열패, 자연 도태의 사회 진화론이 득세하던 시절에 일본은 새로운 강자이며 거침없는 승자였다. 조선에 대한 일본의 식민 정책은 승자의 오만과 강자의 냉혹함에서 비롯된 폭압이었다.

체포되기 전까지는 나 역시 일본을 크고 무서운 나라라고 생각했다. 일본인들은 모두 개화한 문명인이요 대국민인 줄 알았다. 소리 높여 독립을 외치면서도 문득 회의와 불안이 깃들기도 하였다. 그런데 일본 경찰에게 잡혀 신문을 받고 치도곤을 먹으면서 나는 전에 모르던 것을 새롭게 배웠다. 그 대단한 일본인들이 내게 중요한 사실을 가르쳐주었다.

—나는 가슴에 엑스 광선을 대고 있어서 대면만 해도 네 일생의 행적과 비밀을 모두 꿰뚫어 볼 수 있다. 그러니 숨길 생각 말고 낱낱이 불어라. 터럭만큼이라도 숨기고 털어놓지 않는다면 이 자리에서 너를 때려죽여버릴 테다!

경무총감부 최고 신문실에서 만난 와타나베[渡邊]란 작자는 얼토당토않은 엑스 광선 운운하며 나를 협박했다. 행여나 첨단의 엑스 광선이 이력까지 꿰뚫어 보려나 싶어 나는 엉뚱한 소리, 동문서답으로 그것을 시험했다. 그런데 엑스 광선은 개뿔! 와타나베는 지금의 김구가 십칠 년 전 인천에서 사형 선고를 받았던 김창수와 동일 인물이란 사실조차 알아채지 못했다. 송화에서 두 번째 체포를 당했을 때 검사는 백여 쪽짜리 『김구(金龜)』라는 책자를 펼쳐 보였다. 일본 관헌이 수년간 내 행적을 감시해 온 자료였다. 분명히 그 책자에 국모보수 사건이 기록되어 있을 텐데, 빈틈없이 치밀하고 집요하다는 일본 경찰이 간단한 확인조차 없이 허튼 으름장을 놓겠다!

미신은 깨어지기 직전까지 막강하다. 그러나 비밀의 베일이 한 겹 벗겨지는 순간부터 보잘것없는 속내를 맥없이 드러낸다. 그 후로는 놈들이 아무리 위협하고 공갈해도 두렵기보다 헛웃음이 났다. 일본의 제국주의적 성장에 뒷받침이 된 것은 국민들의 철저한 단합이었다. 일본인들은 개인을 버리고 국가에

복종했다. 그런데 국가라는 기계의 부품인 인물들이 하나같이 졸보에 좀팽이였다. 밑으로 형사와 순사로부터 꼭지로 경무 총감에 이르기까지, 웅지를 품은 대국민은 하나도 없고 나라의 위세에 기대어 깝죽대는 좀것들만 있었다. 태산처럼 크게 보이던 왜놈들이 겨자씨같이 작아 보이기 시작했다. 놈들의 변태적인 가학과 악랄무쌍한 탄압이야말로 집단 속에 숨은 나약한 자아의 비열한 악다구니질에 지나지 않았다.

놈들이 강하지 않을진대 우리가 지레 약할쏜가. 불평, 불만, 결핍, 공허, 우울, 비탄, 자조, 자학…… 경술국치 이후 힘이 없는 나라는 멸망하는 것이 만부득이하다는 논리가 지식인부터 숫백성에게까지 스멀스멀 퍼지고 있었다. 스스로를 부정하고 저주하며 의심했다. 그러나,

─철편이 식었구나, 다시 달구어 오라!

인현 왕후의 폐출에 맞서 진실을 간하던 박태보는 보습 단근질을 당하며 소리쳤다. 부젓가락으로 다리를 뚫고 배꼽을 쑤시며 칼로 팔을 끊어도 사육신은 낯빛 하나 까딱 않았다. 나는 잘난 황실, 유능한 매국노들이 팔아먹은 나라의 백성이다. 오갈 데 없는 망국노다. 하지만 그에 앞서 죽음으로 불의에 맞서 투쟁해 온 수많은 충신열사들의 후손이다. 적을 적으로 여기지 않는 대담부적(大膽不敵)의 핏줄이다.

놈들은 나를 뭉우리돌이라고 불렀다. 큼지막한 돌덩이가 기름진 논밭 한가운데 떡 박혀 있으니 파내지 않을 도리가 없다고 했다. 오냐, 나를 뭉우리돌로 인정해 주니 기쁘다. 죽어도 뭉우리돌의 정신을 품고 죽고, 살아도 뭉우리돌의 책무를 다하리라. 지금까지는 예수교인이자 학교 선생으로 신망을 받고 모범을 보이는 데 몰두했다. 스스로 책망하고 반성하되 남의 허물은 용서하고 사랑으로 감싸려 했다. 하지만 뭉우리돌은 감옥에서 더욱 단단하고 날카로워졌다.

지혜로운 자는 법을 만들고, 어리석은 자는 법의 통제를 받으며, 평범한 자는 법에 얽매이고, 현명한 자는 법을 고친다고 했다. 이제부터는 죽는 날까지 왜마의 소위 법률이란 것을 파괴하는 일을 멈추지 않으리라. 뭉우리돌의 유일한 즐거움은 왜마를 희롱하고 벌주는 것이다. 언제 어디서 무엇이거나 놈들과 관련이 있는 것이라면 미워하고 반항하고 부숴버리리라. 일생 보통 사람으로 맛보기 어려운 별종 생활의 진수를 맛보리라.

끼니때마다 껍질 반 모래 반의 싸라기밥에 소금 장아찌 반찬을 제물 삼아 기도했다.

—하늘이시여, 부디 전능을 베풀어 동양의 대악괴인 왜놈의 왕을 제 손에 죽게 하소서…….

감옥의 뜰을 쓸고 유리창을 닦으며 간절히 기도했다.

─언젠가 우리가 독립 정부를 건설하거든, 부디 제게 일감을 허락하소서. 내 손으로 그 집의 뜰을 쓸고 창호를 닦는 일을 해보고 죽게 해주소서…….

때려눕히는 자는 힘이 세지만, 일어나는 자는 그보다도 세다고 했다. 이제 나를 무너뜨릴 자는 아무도 없으니, 나 스스로 무너지지만 않으면 되는 것이다.

자욱한 슬픔

마지막 한 모금, 짤따란 몽당을 깊숙이 빤다. 불똥이 닥쳐들어 손끝이 뜨겁다. 끄트머리만 남은 꽁초를 눌러 끄기 전에 서둘러 새것을 물고 담뱃불을 옮긴다. 맵고 떫은 연기가 폐부를 휘돌아 콧구멍으로 뿜어 나온다. 혀는 깔깔하고 입술은 바싹 말라 가슬가슬하다. 담뱃진으로 누렇게 찌든 손가락이 볼썽사납다. 옷 솔기마다 머리카락 틈틈이 역한 담배 냄새가 배어들었다.

—백범은 철록어미요, 용고뚜리요? 그렇게 쉬지 않고 줄담배를 피우다 건강이라도 상하면 어찌하오? 혁명가는 자기 몸

을 자기 스스로 챙겨야지.

이시영의 걱정 어린 잔소리가 곧이라도 등 뒤에서 들릴 듯하다. 육 개월 집세 오백 원을 내지 못해 포석리에서 명덕리로 이사한 것이 지난여름의 일이었다. 두 해 동안 대한민국 임시 정부의 사무실로 삼았던 이층집을 정리하고 손때 묻은 집물들을 삼십 원에 팔았다. 빚만 주렁주렁 매단 임시 정부는 갈 곳이 없었다. 재무부장 이시영이 자기 집 이층 방 하나를 임시 거처로 내놓지 않았다면 고스란히 길바닥에 나앉을 판이었다. 정부도 임시요, 거처조차 임시다. 출범한 지 고작 사 년 만에 상해 대한민국 임시 정부는 이 작은 구석방까지 내몰렸다.

손끝에서 푸른 연기가 파들파들 지핀다. 다시 한 모금을 깊이 빨아 들이마신다. 나라고 이 질 나쁜 담배가 몸을 축낸다는 걸 모르는 바 아니다. 자고 나면 목이 붓고 혀가 굳고 침이 엉긴다. 예전과 달리 자주 숨이 차고 쉽게 피로를 느낀다. 동그란 통에 궐련 오십 개비가 들어 있는 통 담배는 중국인들 중에서도 인력거꾼이나 부두 노동자가 피우는 막담배다. 쓰고 독한 악초이자 독초다. 하지만 내게 이 싸구려 궐련은 무료해서 피우는 심심초가 아니라 분노를 달래는 홧담배요 울화를 눅이는 침묵의 벗이다. 분분히 날리는 재를 보며 속상한 일들을 곱씹는다. 왈랑대는 허파에 꾸역꾸역 독한 연기를 채워 넣는다.

청동화로 백탄 불을 이글이글 피워놓고

담바귀 한 대 먹고 나니 목구멍 속에 실안개 도네.

또 한 대를 먹고 나니 청룡 황룡이 꿈틀거리네.

해주 감옥에서 죄수들에게 귀동냥한 〈담바귀 타령〉 한 자락이 허공에 빙빙 돈다. 방 안은 연기로 몽몽하고 빽빽하다. 숨 쉬기는 고사하고 눈 뜨기조차 어렵다. 환기를 위해 꽁초를 비벼 끄고 창문을 연다. 훅, 차갑고 습한 밤바람이 한꺼번에 몰려든다. 바람결에는 누구도 모방할 수 없는 상해의 독특한 향기가 실려 있다. 값싼 향수와 마늘 냄새, 황포강의 해감내와 석탄 냄새가 한데 뒤섞여 코를 찌른다.

1923년의 마지막 날이 저물고 있다. 내일이면 1924년이 시작된다. 민국에서는 공식적으로 양력을 채택했지만 중국인들은 삼천 년 전부터 사용해 온 음력을 포기하지 못한다. 그래서 오늘 밤은 섣달그믐이되 섣달그믐이 아니다. 전설 속의 괴수 녠[年]을 무찔렀다는 광란적인 폭죽 소리 대신 서양 목관 악기의 연주가 어둠 속에 울려 퍼진다. 조계에 체류하는 프랑스인이 향수를 달래는 소리인가. 반 만 리 먼 곳에 고향을 두고 떠나온 망명자의 가슴이 낯선 서양 악기의 처량한 음조에 흔들린다.

전쟁과 혁명, 먹지 않으면 먹히는 짐승의 시대에 상해는 가장 비현실적인 현실의 도시였다. 국제 도시, 자유 도시, 동양의 여왕, 아시아의 매춘부……. 숱한 별칭과 악명 속에 상해는 오롯했다. 적당하고 온건한 것 따윈 아예 없었다. 혼돈의 일상 속에 비범함이 오히려 평범했다. 공포를 자아내는 욕망들이 넘쳤다. 수십 개의 다른 언어들이 제각기 삶의 몫을 외쳤다. 영국인 사업가와 미국인 사기꾼, 백계 러시아인 매춘부와 타르타르 용병, 유대계 독일인 음악가와 헝가리인 의사, 아무에게도 과거를 묻지 않는 상해로 도피해 온 범죄자와 동성애자와 미혼모가 뒤섞였다. 공자의 미덕과 강력한 신분 질서와 상업에 대한 혐오를 피해 몰려든 중국인들은 스스로를 '상하이니즈'라 구별해 불렀다.

피리파라 인력거의 가죽 나팔 소리가 귀청을 때렸다. 뛰뛰 자동차가 경적을 울려 인력거를 쫓았다. 전차가 뎅뎅 종을 울리며 돌진했다. 번드에는 고층 건물들이 하루가 다르게 우뚝우뚝 치솟았다. 황포강의 선박들은 각국의 깃발을 펄럭이며 뱃고동을 울렸다. 호객을 하던 러시아 여인과 중국 소녀가 선원을 가운데 두고 다툼을 벌였다. 거지 아이들이 옷을 잡아당기며 칭얼댔다. 환부를 벌겋게 드러낸 구걸꾼들이 길을 가로막았다. 교차로에서는 붉은 터번을 두른 시크 경찰이 호각을 불어댔다. 허벅지까지 찢어진 장삼을 입은 중국 여인이 하이힐을 또박대며 무단 횡단을 했다. 백주 대낮에 갱들의 총격전과 납치 사건이 벌어졌다. 부자에게 고용된 러시아인 보디가드가 자동차 발판에 매달려 거리를 질주했다. 너무나 다양한 사람들이 넘쳤다. 너무 많은 인생이 있었다.

그리고 그 삶의 난장 한가운데, 나라를 잃고 상갓집 개처럼 떠도는 우리가 있었다. 시베리아에서는 러시아인이 되었다. 만주에서는 중국인이 되었다. 하와이에서는 미국인이 되고, 대판[오사카]에서는 일본인이 되었다. 국적을 셋씩 넷씩 가져도 제 나라 하나를 갖지 못한 자는 비참했다. 한국인으로서의 옛날 여행권은 국경을 넘을 때마다 말썽을 일으켰다. 안창호는 미국에서 발행받은 임시 여행권을 보여주며 씁쓸히 웃었다. 'Without Passport.' 여권이 아닌 여권, 빙표 없는 방랑자. 그것은 국적 없는 백성이란 뜻이었다.

일본 관헌은 당연히 저희의 '신민'인 한국인에 대한 사법권을 주장했다. 중국 관헌도 자기 땅에 머무는 임시 체류자를 잡을 수 있었다. 상해 조계지의 영국과 프랑스 경찰도 우리를 '합법적'으로 체포할 수 있었다. 상해는 스파이의 천국이었다. 암중공작으로 악명 높은 상해 주재 일본 영사관은 대한민국 임시 정부를 추격하는 데 혈안이 되어 있었다. 일본 정부와 조선 총독부가 보내온 간첩과 부랑자와 밀정꾼들이 정보 밀탐과 보복 공격과 이간 공작을 벌였다. 이미 여러 독립지사들이 밀정과 자객에게 체포되어 국내나 일본으로 압송되었다.

아무도 우리를 보호하지 않았다. 우리를 지킬 것은 오직 우리 자신뿐이었다. 나는 지난 오 년 동안 임시 정부의 경무국장으로서 일본 영사관과 대립 암투했다. 기꺼이 천역을 자처하여 최전선에 섰다. 오랫동안 감옥살이를 했던 경험이 적정을 파악하고 상대를 제지하는 데 밑천이 되었다. 왜적이 파견한 밀정들 가운데 왔다가 다시 돌아가지 못한 놈들이 숱하였다. 내 손에 원수의 피가 얼룩진 만큼 놈들의 추격도 맹렬해졌다. 놈들에게 나는 눈엣가시요 백발이었다. 어디를 가나 미행이 붙었고 여러 번의 암살 모의가 있었다.

─사모님, 저희를 알아보시겠어요?

위험을 무릅쓰고 공동 조계지의 홍구 폐병원으로 문병을 갔던 임정의 젊은 일꾼 김의한과 정정화가 마지막으로 그녀를 만났다.

─선생님께 연락해 오시라고 할까요?

핏기 하나 없는 창백한 낯빛으로 그녀는 정정화를 바라보며 힘없이 고개를 저었다. 말도 하지 못할 정도로 탈진했지만 정신만은 말긋말긋했다. 그녀는 기억하고 있었다. 직업 혁명가는

적에게 체포되면 안 된다는 나의 신조를. 그녀는 이해하고 있었다. 프랑스 조계지 바깥으로 한 발자국도 나설 수 없는 내 상황을. 딱하고 가여울 정도로 너무 잘 알고 있었다.

—그러면 어머님을 모셔올게요.

그녀는 다시 고개를 좌우로 저었다. 천성으로 번거롭고 수선스러운 것을 싫어했다. 남에게 폐를 끼치는 일을 끔찍이도 꺼렸다. 남은 이들이 겪을 아픔과 슬픔까지도 다 껴안고 홀로 조용히 가겠노라 하였다. 소식을 전해 들은 어머니가 황망히 병원으로 달려갔지만, 그때는 이미 숨을 거두어 영안실로 옮겨진 후였다. 아무도 그녀의 임종을 지키지 못했다.

목이 잠겨 더는 피울 수가 없는데도 나는 다시 담배에 불을 붙였다. 매캐한 유황 냄새와 함께 연기가 피어올라 얼굴을 가렸다. 마지막 순간까지 원망의 말 한마디 없이 나의 아내 최준례가 세상을 떠났다. 실연기 한 자락이 들어갔는지, 나는 쓰라린 눈을 썩썩 비볐다.

❈

그 밤을 기억한다. 저녁 아홉 시부터 다음 날 아침 아홉 시까지 꼬박 열두 시간 동안 대한민국 임시 의정원 2차 회의가 열리던 밤. 프랑스 조계 변두리 김신부로의 작은 집에 칠십 명에 가까운 사람들이 속속 모여들었다. 무르익은 상해의 봄이 길갓집 화원에 활짝 피어 있었다. 남쪽에는 왕기빈이라는 자그마한 시내가 고향의 개울처럼 돌돌돌 흘렀다. 평상시에도 행인이 적을뿐더러 밤에는 프랑스 조계의 순라 기병대만이 이따금 순찰하니 비밀회의를 열기에 적당한 곳이었다.

그림자처럼 모여든 임시 의정원 의원들의 늠름한 면면을 보니 절로 가슴이 뛰었다. 열사흘간의 긴 여로, 고단한 망명길이 꿈만 같았다. 재목상과 좁쌀 장수를 가장해 국경을 넘고, 안동현에서 쇼의 도움으로 이륭양행의 배를 얻어 탔다. 아일랜드인 아버지와 일본인 어머니 사이에서 태어난 조지 쇼(George L. Shaw)는 자기 조국 아일랜드가 영국의 식민지인지라 동병상련으로 한국인들을 지원했다. 배 안에서는 추위에 벌벌 떨며 고생했고 상해에 도착한 첫날부터 동포의 집 구석방에서 맨바닥 잠을 잤지만, 우리도 정부를 갖게 되었다는 생각에 몸에 얼음이 박히고 등이 결린 것쯤은 아랑곳없었다. 더 서둘러 와서 국호와 연호를 제정하고 임시 헌장과 정강을 채택한 1차 회의에 참석지 못한 것이 안타까울 뿐이었다.

─이때야말로 내 생애에서 가장 보람을 안겨주는 순간입니다. 우리는 이제 군주제를 부활하려고 독립운동에 투신한 것

이 아닙니다. 세계적인 추세에 따라 이 나라에 민주제를 정착시켜야 한다는 사명감 속에서 회의를 진행하고 있는 것입니다.

임시 의정원 초대 의장 이동녕의 말마따나 우리 모두는 흥분과 감격에 들떠 있었다. 국호는 대한민국, 연호는 민국. 비록 남의 나라에서 세워진 임시 망명 정부일망정 한민족의 역사상 최초로 민주공화정체의 새 정부를 선포했다. 몇몇 명망가들만의 선언이 아니었다. 이천만 조선 인민의 피와 눈물이 맺어낸 결실이었다.

1919년 3월 1일. 나라를 잃은 지 꼬박 십 년 만에 전국의 민중은 만세 운동으로 궐기했다. 총독부의 선전대로 일본의 통치에 '감읍'해 '박멸'된 줄만 알았던 민족정신이 살아 있었다. 육군 대장과 해군 대장이 조선 총독으로 부임해 자행한 무단 정치도 한국인의 기개를 뿌리 뽑지 못했다. 일본인들이 요직을 독점하고 물샐틈없이 통제해도 소용없었다. 감옥을 증설하고, 집회 결사를 엄금하고, 민간 신문을 폐간하고, 애국 단체는 물론이거니와 일진회 같은 친일 단체까지 몽땅 해체시켜도 아랑곳없었다. 지배자의 권위를 보이기 위해 일반 문관은 물론 학교 선생까지 제복과 제모와 칼을 차게 했지만 한국인의 근성과 오기는 삭아 들지 않았다.

열네댓 살 소년 소녀들이 가두 행진을 하며 독립을 외쳤다.

거리에 일장기 대신 태극기가 내걸렸다. 공장은 파업을 하고 시장은 철시했다. 아낙네와 노인들까지 만세 행렬에 동참했다. 복종과 통합만 알지 거역과 항거 따윈 모르는 일본 제국주의자들은 평화 시위에도 화들짝 놀라 광기 어린 진압 작전을 벌였다. 경찰과 소방대가 물을 뿌려댔다. 맨손과 맨주먹뿐인 민간인에게 총칼을 휘둘렀다. 주모자들은 역전 광장에서 목만 내놓고 생매장되었다. 애국을 말하던 노인은 입을 베였다. 구경하던 여인들은 강물에 던져졌다. 놀라 도망치던 아이들은 개돼지처럼 두들겨 맞았다. 칠천오백 명이 살해당했다. 만 육천 명이 부상당했다. 사만 칠천 명이 체포되어 감옥에 갇혔다.

하지만 분노는 두려움을 넘어섰다. 서울의 한 여학생은 총독 사무실로 들어가려다 헌병이 휘두른 대검에 오른팔을 잘렸다. 여학생은 남은 왼팔을 휘두르며 외쳤다.

─네가 원한다면 이 팔도 자르라!

중국 용정촌의 한 남학생은 시위 행진을 하다가 일본 경찰에게 잡혔다. 왜놈은 학생의 엄지손가락에 노끈을 묶어 말에 매달고 거리를 달렸다. 사람이 아무리 빨라도 네 발 짐승을 따라잡을 수 없건만, 남학생은 손가락이 뽑혀 나가는 아픔을 견디며 헐떡헐떡 만세를 외쳤다.

―만세, 만세! 대한 독립 만세!

―차오시엔 두리완쑤에이!

―우라, 우라! 까레야 우라!

어느 나라 말로 해도 뜻은 하나, 세상 어디에 살고 있어도 핏줄의 마음은 한결같았다. 대한민국 임시 정부는 그 도저한 희생의 선혈로 세워졌다. 무력하고 비겁하다는 비평을 받아오던 민족이 최초로 세계 무대에서 자주와 자치와 자활의 저력을 인정받게 되었다. 복벽주의, 입헌군주론, 공화주의의 논란이 종식되었다. 정의와 인도의 원칙이 섰다. 상해 정부, 노령 정부, 한성 정부가 하나로 통합되었다. 하루 온종일 일해야 3불을 겨우 버는 미주의 동포들이 만 불이 넘는 성금을 보내왔고, 상해에서도 모금 운동이 벌어졌다. 무엇이라도 곧 일어날 듯했다. 모두의 기대와 열망대로라면 금방이라도 획기적인 무언가가 일어나야 했다.

그때 나는 대한민국 임시 정부의 둘째 줄 끄트머리쯤에 앉거나 서 있었다. 그 자리만으로도 영광스럽고 황공했다. 끌끌하고 쟁쟁한 인물들이 하도 많아서 바라보기만 해도 마음이 든든했다. 귀한 자리, 중요한 역할은 그들처럼 많이 배우고 많이 아는 사람들이 맡아야 한다고 생각했다. 나 같은 못난이는 문지기 정도를 맡아야 맞춤할 텐데, 나이며 신민회에서 담

당했던 역할을 따져 경무국장이란 중책을 맡겨준 것이 맥쩍을 따름이었다.

나는 미련하게 일했다. 조금이라도 긴장이 풀려 게을러진다 싶으면 서대문 감옥에서 맞았던 그 새벽을 돌이켰다. 놈들이 밤새워 일하고 있다. 온 힘을 다해 조지고 지르며 제 나라를 위한 사무에 충실하고 있다. 남의 나라를 송두리째 삼킨 놈들이 그러할진대 망국민인 나는 어찌해야 하겠는가? 잠을 줄이고 시각을 쪼개서라도 놈들보다 더 열심히 일해야 않겠는가? 슬렁슬렁 대충 해서는 안 된다. 내가 아니면 다른 누가 하겠지, 지레짐작으로 미루고서야 빼앗긴 나라를 되찾을 길이 없다. 그 차갑고 쓰라린 새벽에 벼락처럼 내리꽂히던 자각, 목울대까지 차오르던 눈물을 상기하며 나태해지는 자신을 다잡았다.

조국 광복은 지상 최대의 과제였다. 민족의 새 나라 건설을 가장 앞머리에 두었다. 조직의 이익과 동지와의 약속, 내가 맡은 책무가 무엇보다 우선했다. 나 자신은 뒷전이었다. 그리고 나의 가족, 그 아픈 인연들은 뒷전에서도 다시 후미로 밀리고 말았다.

미안하다고 말할 수 없었다. 고맙다고도 말할 수 없었다. 미안함과 고마움을 느끼지 않아서가 아니었다. 누군가는 세상의 모든 것에 꼭 들어맞는 하나의 표현이 있다고 하지만, 내 마음에 아귀가 맞는 말은 찾아낼 수 없었다. 미안하지만 미안함이 아니었다. 고마우나 고마움일 수만은 없었다. 그래서 끝내 말하지 못했다. 침묵으로 대신할 수밖에 없었다.

내가 준례를 처음 만났을 때, 그녀는 열여섯 살의 어린 소녀였다. 스물아홉 살의 나와 무려 열세 살이나 차이가 났다. 아무리 내가 묘랑들과 동무처럼 임의로이 지낸다 해도 언감생심 혼인 같은 건 생각지 않았다. 더욱이 여옥을 잃은 뒤 교육 사업에 매달려 분주하던 중 또 한 번 혼담이 깨어지는 사달을 겪은 터라 적잖이 그 문제에 의기소침해 있었다.

열혈 동지 최광옥의 소개로 만난 안신호는 나의 이상형이라 할 만한 여성이었다. 나는 구시대가 좋은 신붓감이라 칭하는 순종적이고 수동적인 여성에겐 흥미가 없었다. 약혼을 추진하던 중 오빠인 안창호가 맺어준 신랑감이 나타나자, 안신호는 양손에 떡을 들고 망설이느니 둘 다 버리고 의리를 지키는 편을 택했다. 짐짓 껄끄러워질 수 있는 사이에 먼저 찾아와 사과

하며 앞으로 오라버니로 섬기겠노라고 했다. 활발하고 명민한 성격에 걸맞은 쾌활한 결단이었다. 나는 그렇게 당차고 씩씩한 여성이 좋았다. 하지만 아무래도 내게는 여복이 없는 듯했다.

─백범도 내년이면 삼십 대에 접어드는구려. 아예 독신으로 살 생각이 아니라면 이제 적극적으로 결혼을 추진해야 옳지 않겠소? 마침 우리 교회에 백범에게 잘 어울릴 만한 여학생이 하나 있는데, 내가 다리를 놓을 테니 한번 만나보면 어떻겠소?

신천에서 예수교회를 꾸려가던 양성칙이 노총각 선생이 딱해 보였던지 중신아비를 자청했다. 과부인 모친 슬하 두 딸 중의 막내로 어려서는 제중원에서 고용살이를 하던 어머니를 좇아 서울에서 자랐고, 지금은 개업 의사인 형부를 따라 신천의 병원에서 살고 있는데…… . 양성칙이 주절주절 풀어내는 여학생의 신상담을 귓등으로 흘려듣던 중 어느 지점에서 내 귀가 번쩍 뜨였다.

─겉보기에는 아리잠직한 소녀인데 속내는 여간 옹글지 않더이다. 일전에 예배가 끝나고 나를 찾아와 대뜸 말하기를, 자유 결혼을 하려는데 뜻이 맞는 남자를 어떻게 만날 수 있겠는가 묻지 않겠소? 그래서 왜 그러는가 곰파보았더니 어머니가 자기의 뜻은 묻지도 않고 이웃 동네 청년과 약혼을 하여 갈등

이 생겼다고 하더이다. 그러지 않아도 전번에는 모친인 김 부인이 교회로 찾아와 한위렴과 군예빈을 붙잡고 한참 읍소를 하고 가지 않았겠소? 평생 딸자식만 바라보고 산 늙은 어미가 눈물로 호소를 하는 데야 미국 사람인 선교사들도 어쩔 수 없었나 봅니다. 최준례를 붙잡고 어머니의 뜻을 따르라고 설득하니, 준례가 문명국에도 강제 연애가 있느냐고 펄펄 뛰며 항의를 하는 바람에 교회에 큰 소동이 일어났지 뭡니까?

양성칙의 표정은 꽤나 심각한데 나는 목젖이 간질간질하여 웃음을 터뜨릴 뻔했다. 파란 눈의 코배기 선교사들이 땀을 삘삘 흘리며 강제 결혼을 권면하는 모습이며, 자그맣고 가냘픈 체구의 여학생이 개인의 자유를 주장하며 맞버티는 모양이 눈앞에 그려지는 듯했다.

신천에 가서 만난 최준례는 바로 상상 속의 그 모습이었다. 오종종한 이목구비에 예쁘지도 밉지도 않은 외모였지만 또렷한 눈망울만은 샛별처럼 밝았다. 우리는 한눈에 서로를 알아보았다. 이상은 이상이고 현실은 현실이라는 타협적인 태도를 단호히 거부했다. 원칙은 어디까지나 물러설 수 없는 원칙이었다. 우리는 서로를 꼭 닮은 고집통이었다.

작은 교회와 마을이 발칵 뒤집혔다. 정혼했던 집안에서는 선교사들에게 우리의 약혼이 부적절하다고 고발했다. 교인들이며 친구들이며 만나는 족족 붙들고 뜯어말리려 애썼다. 하지만 불어 끄려면 타오르는 게 잉걸불이고 잡아떼려면 다붙는 게 청춘 남녀다. 준례는 모태 신앙이나 다름없었지만 나와 한뜻으로 믿음을 박제해 교조로 만드는 것을 반대하였다. 교회의 이름으로 옳지 않은 것을 강요한다면 완강히 맞서야 한다고 생각했다. 나는 최준례와 정식으로 약혼한 뒤 경성의 경신 학교로 유학을 보내버렸다. 이러쿵저러쿵 입이 있으면 한마디씩 하던 사람들이 졸지에 닭 쫓던 개 먼 산 쳐다보는 격이 되었다.

이십 년 동안 부부가 되어 살면서 그나마 같은 지붕 아래 산 것은 신혼기 사 년, 가출옥하여 농감으로 일하던 사 년, 상해 시절 사 년이 전부였다. 나머지 팔 년은 옥살이와 망명 생활로 떨어져 지냈고, 함께 지낸 십이 년도 천고만난이었다. 헌신과 희생은 혁명가의 기본이었다. 스스로의 안일은 물론 가족의 안일에도 옭매이지 않아야 한다는 것이 혁명가의 불문율이었다. 하지만 혁명가에게는 자존과 긍지, 소중한 명예와 깨끗한 이름이라도 있었다. 똑같은 긴장과 위험 속에 살면서 생계와 집안일과 양육까지 떠맡은 여성들의 노고는 보상받지 못한 채 음지에 묻혔다.

일방적인 희생의 요구는 종종 가정 문제를 일으켰다. 매국

역적 이완용의 허파에 칼을 꽂고 교수형을 받은 이재명 의사는 자신의 뜻을 몰라주는 아내와 불화했다. 풍족한 집안에서 자란 이재명의 아내는 남편의 협기를 두려워했다. 이재명은 나라에 충성을 바칠 용기도 없이 구차하게 안일에만 빠져 있다고 단총을 뽑아 들고 아내를 윽박지르는 소동까지 벌였다. 마지막으로 헤어질 때에 이재명의 아내는 울지 않고 더 이상 말리지도 않았다고 하였다. 아내는 끝까지 남편을 이해하지 못했다. 남편은 끝내 아내를 설득하지 못했다.

─김구의 밥을 가지고 왔으니 들여보내주시오! 김구의 밥을 들여주시오!

내게 여자 복이 없다는 건 사실이 아니다. 경성 총감부에서 신문받던 석 달 동안 아내는 매일 아침저녁으로 밥을 이고 찾아왔다. 사식이 거부된다는 걸 번연히 알면서도 내게까지 들리도록 크게 외쳤다. 초췌한 몰골로 죄수 마차에 실려 재판장에 끌려온 나를 보고도 언제나처럼 담담했다. 어두운 낯빛을 보이거나 옷고름으로 눈물을 찍어내는 일 따위는 하지 않았다. 몸이라도 다칠까 상할까 노심초사하는 것이 사랑이라면 아내는 나를 사랑하지 않았던 게다. 하지만 몸보다 정신이 불구가 되는 것을 꺼리는 나를 알았기에 눈물 바람을 하기보다는 미소로 격려했다. 별종인 나를 위한 별종의 사랑을 하였다.

미안하다고 말할 필요가 없었다. 고맙다고 말할 필요도 없었다. 속된 사람들이 폄하하듯 무책임하고 이기적인 혁명가라서가 아니었다. 최준례는 여필종부의 도덕관념에 얽매인 연약한 규방의 안주인이 아니었다. 그녀는 나의 아내이자 고난의 시간을 함께한 평생의 동지였다. 동지에게는 미안하다고 말하는 대신 그의 몫까지 싸워야 한다. 동지에게는 고맙다고 말하는 대신 그가 원하던 바로 그것을 쟁취하여 바쳐야 한다.

1920년 말을 고비로 대한민국 임시 정부는 급격히 쇠퇴하기 시작했다. 기대를 걸었던 파리 강화 회의와 태평양 회의에서의 외교 활동이 좌절되고, 국내와 연계된 교통국과 연통제가 파괴되었다. 임정의 군사력이었던 만주의 서로 군정서와 북로 군정서도 경신참변과 자유시 사변으로 크게 약화되었다. 1차 세계 대전에 연합군으로 참전했던 일본은 더욱 강대해져 애국 세력에 대한 탄압이 극심해진 반면, 민족 해방 운동의 총지휘부인 임시 정부는 분열과 대립으로 치달았다.

초대 대통령 이승만은 미국에 위임 통치 청원서를 보낸 사실이 밝혀져 탄핵되었다. 초대 총리 이동휘는 소련의 레닌에게서 지원받은 자금을 독식한 문제로 사퇴하였다. 이념 갈등 중에 파벌 싸움까지 겹쳤다. 유치하고 저열한 당색과 지방색마저 나불거졌다. 망한 나라의 노예들끼리 문중의 높낮이며 노론 소론 남인 북인 따지는 짓거리라니! 코딱지만 한 나라에서 기호파니 서북파니 패거리를 갈라 대거리하는 꼴이라니!

모이기는 어려웠으나 흩어지긴 쉬웠다. 1923년 통합을 위해 열렸던 국민 대표 회의가 대분열로 해산하면서 독립운동은 완전히 분산되었다. 사실상으로 '무정부 상태'가 되었다. 기대가 사라지면서 사람이 떠났다. 한때 천여 명에 이르던 독립운동자의 수가 차차 줄어 마침내 상해에는 수십 명이 겨우 남았다. 사람이 떠나면서 돈도 사라졌다. 하와이, 연해주, 용정 등에서 푼푼이 모아 보내오던 애국금마저 끊겼다. 남은 정부 요인들은 거지나 다름없는 몰골로 시장 뒷골목에서 동전 한 닢짜리 중국 국수 찌꺼기로 배를 채웠다.

파한 잔치의 뒷자리는 황량했다. 지키고자 하였으나 저지할 힘이 없었다. 길을 찾고 싶었으나 떠날 수는 없었다. 간신히 정부의 간판이 끌어 내려지는 것까지는 막았으나 주위를 둘러보니 어느새 동지들은 흩어진 뒤였다. 나도 모르는 사이 둘째 줄 끄트머리쯤에서 칼바람을 맞받는 앞면으로 밀려 나왔다. 물러서려야 물러설 곳이 없었다. 내가 대한민국 임시 정부여야만

했다. 소녀의 잘린 팔과 소년의 뽑혀 나간 손가락에서 뿜어 나온 뜨거운 피로 지어진 바로 그것이 되어야 했다. 잔치가 끝나도 누군가는 너저분한 잔칫상을 치워야 한다. 그래야 새로운 축제가 시작될 수 있다.

1924년 1월 2일, 아내가 죽은 바로 다음 날부터 국내 신문에는 「민족적 경륜」이라는 해괴한 논설이 닷새 연속으로 게재되었다. 한마디로 일본의 지배를 인정하고 그들이 허용하는 범위에서 민족 자치 운동을 하자는 타협의 궤변인데, 문제는 그것을 쓴 작가라는 작자였다. 대한민국 임시 의정원의 초대 서기요, 기관지 《독립신문》의 주필이었던 이광수가 국내로 돌아가 공개적인 전향 선언문을 발표한 것이었다. 몇 남지 않은 임정의 요인들은 엄청난 충격에 휩싸였다. 특히 이광수의 재주를 아껴 흥사단의 부단장으로까지 임명했던 안창호의 상심과 후회는 옆에서 보기에도 참담했다. 도산이 지금껏 주장해 온 '민족 인격 양성론'이 고스란히 '민족 개조론'으로 변질된 것이었다.

세계의 축소판과 같은 화려한 국제도시에서 우리의 존재는 쌀알 한 개의 크기만도 못했다. 주목을 끌기보단 위협을 받았다. 바깥 세계와는 거의 단절된 폐쇄 사회에서 불투명한 미래에 의지하여 살았다. 고립감은 참담하고 유혹은 강렬했다. 고국을 떠나올 때에는 왜놈의 학대에서 벗어난 것만으로 통쾌하고 환희 만만했으나, 남의 나라에서 이방인으로 떠도는 동안 향수는 깊어져 절망이 되었다. 누가 절망을 마음의 자살이라 하였던가. 세상의 냉소와 박해보다, 고달픈 애옥살이보다 치명적인 것은 희망을 잃고 병들어가는 마음이었다.

뭉우리돌이 한 무더기로 쌓여 있을 때는 모두 다 같은 뭉우리돌로 보인다. 하지만 일부에는 석회질이 함유되어 있어 소금물에 닿으면 부옇게 풀린다. 어떤 것이 푸석돌이고 어떤 것이 차돌인가는 바다에 던져진 후에야 가려진다. 위에서는 비가 새고 아래에서는 습기가 오르는 상루하습(上漏下濕)의 간고한 망명 생활은 그것을 변별하는 냉정한 짠물이었다.

뭉우리돌은 오직 뭉우리돌이어야 한다. 독립운동의 목표는 오로지 독립운동이어야 한다. 그것으로 부귀를 얻으려는 자의 운동은 부귀를 얻는 순간 끝난다. 그것으로 이름을 얻으려는 자의 운동은 이름을 얻으면 끝난다. 독립이 되기도 전에 운동이 먼저 끝나버린다.

어쩌면 식초병보다 병마개가 더 시다고 하였던가. 천하에 매국노로 낙인찍힌 이완용이나 송병준보다도 한때 애국자로 명성을 얻었던 이들의 배신이 독립운동에 더 큰 타격이 되었다. 임시 정부 군무 차장이었던 김희선, 임시 의정원 부의장이었던 정인과, 주필 이광수와 함께 《독립신문》을 만들었던 주요한이 그러했다. 여운형의 일본 방문에 통역으로 활약했던 장덕수와 3·1운동 독립 선언서를 쓴 최남선, 최린을 비롯한 민족 대표 33인의 대부분이 스스로 인생의 후반을 더럽히고 역사에 죄를 졌다. 투항 후 과거의 적으로부터 받는 의심을 벗고 충성을 인정받기 위해 그들의 부역은 한층 열렬했다. 변절의 자괴심을 떨치기 위해 옛 동지들을 더욱더 악랄하게 공격했다. 그들은 한때 '우리'의 것이었던 무기를 고스란히 반대로 돌려 '우리'의 심장에 꽂았다.

모든 순정한 길은 외롭고 고단하다. 온전한 자신의 선택일지라도 너무 평탄하고 순조롭다면 제대로 가고 있는지 다시금 확인해야 한다. 작은 투쟁들이 하나하나 쌓여 큰 투쟁이 된다. 마찬가지로 작은 타협들도 하나둘 쌓여 끝내 돌이킬 수 없는 큰 타협이 된다. 좌절이 결결이 틈입했다. 그러나 분발하며 맞섰다. 절망이 때때로 내리눌렀다. 하지만 각오로 앙버텼다. 내가 한 걸음 뒤로 물러서면 적들은 그 자리로 한 걸음 전진한다.

십여 년 전 평양 사범 강습에서 처음 만났던 이보경은 재기발랄한 열일곱 살의 소년이었다. 동학에도 참여하였고 신문물 신문화에 누구보다 민감했다. 그러나 그때 영민한 눈을 반짝이며 애국 계몽을 말하던 이보경은 더 이상 세상에 없었다. 궁핍을 견딜 지구력과 고난을 이겨낼 의지가 없는 귀족주의자 이광수가 그를 죽였다. 그는 스스로 죽었다.

⊙

싸움은 이기기 위해 한다. 나는 한 번도 패배를 상정하고 싸움을 벌인 적이 없다. 싸움을 두려워해 본 적도 없다. 마음에 두려움이 깃드는 순간 승패는 이미 결정된다. 하지만 이 세상에 단 하나, 내가 피하고 꺼린 싸움이 있었다. 이길 수가 없었다. 질 수밖에 없었다. 끝내 두 손을 번쩍 들고 무조건 항복을 외쳐야 했다. 그토록 무서웠던 싸움의 상대, 나의 아름다운 적수가 지금 싸늘한 주검이 되어 돌아와 무덤구덩이에 묻히고 있다. 이역만리 프랑스 조계 숭산로의 공동묘지에 서른여섯 해의 고달픈 삶을 부리고 있다.

흙 한 삽이 철썩, 나무 관에 얹힌다. 얼떨하여 구경하듯 지켜보던 가슴이 덜컥한다.

—당신이 서대문 감옥에 계실 때에 푼돈이나마 벌어보려 갓난것을 어머니께 맡기고 토지국의 책 만드는 공장에 나갔더랬지요. 그때 어느 서양 여자가 학비를 대줄 테니 공부를 하라며

나를 꼬드기더이다. 그런데 왜 내가 공부를 포기했겠습니까? 설움에 겨운 어머님과 어린것이 눈에 밟히지 않았다면 내가 어쩌자고 그 좋은 기회를 포기했겠습니까?

세상의 하고많은 싸움 중에 가장 어려운 것이 내외간의 싸움이다. 나는 부부싸움에 턱없이 약했다. 백전백패, 이길 도리가 없고 요량조차 없었다. 아내가 세간의 여자들처럼 생활고 따위를 책잡았다면 점잖게 꾸짖으며 맞설 수라도 있었을 테다. 하지만 최준례가 곱씹어 속상해하는 것은 오직 하나, 나의 옥바라지를 하다가 배움의 기회를 놓친 것이었다. 여성 교육을 강조하는 평소의 신념 때문이 아니더라도, 훌륭한 교사로 무한한 가능성을 갖고 있었던 아내의 희생은 괴롭고 무거운 빚이었다. 나는 결코 좋은 남편이 될 수 없었다.

또 한 삽의 흙이 철퍼덕, 초라한 관 뚜껑을 친다. 여섯 살배기 상주 인이가 닭똥 같은 눈물을 주먹으로 훔친다. 이제 막 걸음마를 시작한 신이는 제 어미 무덤이 지어지는 줄도 모르고 사방팔방을 돌아친다. 어쩌자고 이 어린것들을 남겨두고 가는가. 하늘나라에서 앞서간 세 딸을 만나 얼마나 모녀간에 재미나려고 이렇게도 서둘러 가시는가. 이름도 지어주지 못하고 잃은 첫 딸, 고작 일곱 살에 어른인 양 듬쑥하여 죽으면서도 감옥의 내게 소식을 알리지 말라고 당부했다는 둘째 화경이, 또 맥없이 세상을 떠난 셋째 은경이……. 자식을 앞세운 참척의 슬픔은 나에게도 그러했지만 아내에게는 헤일 수 없이 큰 고통이었을 테다.

그래도 준례는 참으로 꿋꿋했다. 영경방 삼층집의 단칸방에서 다섯 식구가 궁색하게 살면서도 싫은 낯 못마땅한 기색 한 번 보이지 않았다. 너무 깔끔하고 너무 염치를 차리는 것도 허물이거늘, 조촐하고 담백한 성품이 끝내 그녀의 명을 재촉했다. 아내는 둘째 신이를 낳고 몸조리를 하던 중 층계에서 실족해 낙상하고 말았다. 시어머니에게 받는 해산구완이 그리도 황공했던지 직접 세숫물을 버리러 가다가 계단에서 굴러떨어진 것이었다. 허약한 몸에 낙상의 후유는 늑막염이 되고, 늑막염은 결국 폐병이 되었다. 폐결핵에는 개고기가 좋고 서양 약이 효과적이라 하였지만, 그때의 처지는 진찰받은 보통 의원의 치료비조차 댈 형편이 못 되었다. 병이 악화되어 외국인 선교회의 무료 병원으로 실려 갈 때에 우리는 이미 영이별을 예감했다. 마지막으로 내 손을 맞잡았던 아내의 야윈 손이 스르르 풀려나갔다. 나는 빈손을 아프게 잡쥐었다.

—ㄴㄹㄹㄹ해 ㄷ달 ㅊㅈ날(단기 4222년 3월 19일)에 나서, 대한민국 ㅂ해 ㄱ달 ㅊㅈ날(대한민국 6년, 1924년 1월 1일)에 가다.

검약하게 조용히 치르려던 장례가 동지들의 부조로 격식을 차렸다. 생전에 최준례가 한 일은 단순한 내조가 아니라 나라를 위한 것이었다는 그들의 주장에 나는 고개를 숙일 수밖에 없었다. 한글학자 김두봉이 묘비에 글을 지어 새겼다. 나중에 아이들에게 보여줘야 한다는 동지들의 재촉에 두 아들과 어머니와 함께 사진기 앞에 섰다. 어른처럼 의젓한 표정을 지은 인이 무덤 옆에서 차렷 자세를 하였다. 어머니는 며느리를 앞세웠다는 사실이 민망하신지 비석 뒤에 몸을 옹그렸다. 이곳이 어디인지 지금이 어느 때인지도 모르는 신이는 내 품을 빠져나가려 용틀임을 하였다. 아직 어머니라는 말도 모르는 젖먹이 어린애였다. 나는 시큰한 허리를 굽혀 되똥되똥하는 신이를 지탱해 세웠다.

긴장한 채 사진기 앞에 섰을 때, 문득 중국 악기 얼후의 가락이 귓전을 스쳤다. 언젠가 준례와 함께 외출을 했다가 거리의 악사가 연주하는 구슬픈 음색을 들었다. 다시 못 할 그 짧은 나들이에 새콤한 게찜, 짭짤한 돼지고기 한 접시 사주지 못한 것이 그렇게 후회될 수가 없었다. 그 순간 사진기의 플래시가 번쩍 터졌다. 낭패스럽다. 나는 아무래도 눈을 질끈 감은 것만 같다.

고독한 슬픔

한 사내가 있었다.

잔인한 20세기가 시작되던 해 유달리 덥던 여름에 세상에 났다. 아버지는 소실을 둘씩이나 거느린 한량이었다. 어머니는 사랑을 잃고 의기소침한 여인이었다. 배다른 형제까지 6남 1녀, 아무도 병약한 둘째 아들을 귀애하지 않았다. 바람과 함께 컸다. 먼지 덩이처럼 구르며 자랐다. 귀 얇은 아버지가 교활한 일본인에게 사기를 당하면서 집안은 몰락했다. 상급 학교 진학을 포기하고 일자리를 찾았다. 열다섯 살에 몰씬한 단내를 좇아 일본 과자점에 취직했다. 화과자와 모찌는 먹기 아까울 정도로 예뻤지만 가난한 점원에겐 그림의 떡이었다. 열일곱 살의 생일은 말라리아와 함께 왔다. 열병 끝에 관절염이 생겼다. 그 후로 계절이 바뀔 때마다 뼈마디부터 저리고 아팠다. 짧은 생애가 삐걱거렸다.

형은 등짐을 지고 숯을 팔았다. 형수는 옷가지와 패물을 싸 들고 전당포를 들락거렸다. 어머니는 매일 땅이 꺼져라 한숨을 쉬었다. 작은집에 간 아버지는 돌아오지 않았다. 조금이라도 수입이 많은 곳을 찾아 일본 약국으로 자리를 옮겼다. 창고에서 독한 약내를 맡으며 먹고 잤다. 은단을 사러 온 손님이 바깥에 난리가 터졌다고 했다. 조선인들이 개떼처럼 몰려다니며 만세를 부르고 있다고 했다. 노랑이 사장은 행여 유리창이라도 깨질세라 서둘러 약국 문을 닫게 했다. 일찍 퇴근을 하게 되어 기분이 좋았다. 일을 못 한 만큼 월급을 깎을까 봐 조금 걱정이 되기도 했지만, 휘파람을 휙휙 불며 꽃바람 속을 달렸다.

열아홉 살에 용산역에 임시 인부로 취직했다. 열심히 일해서 정식 역부가 되었다. 전철수가 되고 연결수가 되었다. 칠팔원을 겨우 벌던 과자점 점원이 오십 원에 가까운 월급을 받는 역무원이 되었다. 뒤늦게 키가 커서 오 척 사 촌까지 자랐다. 양복 한 벌을 맞춰 입었다. 앞코가 날렵한 구두도 맞춰 신었다. 깨진 앞니를 금이빨로 박았다. 씩 웃어보니 황홀한 금빛이 번쩍거렸다. 요릿집에 가면 접대부들이 죽은 오라비 살아온 듯 반겼다.

신바람에 취해서 즐겁게 일했다. 젊은 몸과 튼튼한 일자리가 있으니 천하태평이었다. 흑막이 걷히기 전까지의 일 년은 마냥 달콤한 밀월이었다. 전철수와 연결수의 다음 단계는 조차계의 견습이었다. 그런데 경력도 실력도 못한 후임들이 거듭 승급해 따라잡을 때까지 승진의 기회는 오지 않았다. 일 년이 지나서는 거꾸로 예전의 후임들 밑에서 일하는 처지가 되었다. 상여금에서도 크게 차이가 졌다. 눈치가 없었다. 그제야 역 안에 떠돌던 유행어가 무슨 뜻인지 깨달았다. 하여간 왜놈의 용대가리에서 떨어져야 한다고. 반병신 빙충이라도 일본인이기만 하면 문제없다고.

깜박 잊고 있었다. 그는 조선인이었다. 식민지의 영원한 이등 국민이었다. 체념해야 살아남을 수 있었다. 설혹 억울하게 내던져지고 차여도 말없이 견뎌내지 않으면 안 되었다. 하지만 아무리 냉정하게 마음을 다잡아도 눈앞에서 자행되는 차별과 부당한 대우를 보노라면 가슴속에 불바람이 펄펄 일었다. 이리저리 흔들렸다. 갈팡질팡 헤매었다. 갈 바를 몰랐기에 바람이 부는 대로 쓸려 갔다. 술을 마시며 고뇌를 잊었다. 도박에 몰두해 현실에서 도망쳤다. 함부로 여자를 안고 흥청망청 돈을 썼다. 자포자기의 시간이 덧없이 흘러 남은 것은 사오백 원에 이르는 거액의 빚뿐이었다.

소위 본토라는 곳에 가면 다르려니 했다. 만류하는 친구들을 뿌리치고 일본행 배를 탔다. 남의 의견을 쉽게 받아들이지 않는 기질이었다. 한번 마음먹은 일은 반드시 해내는 성격이었다. 하지만 조선에서는 차별 대우를 받을지라도 일본에는 차별이 없다는 소문은 사실이 아니었다. 순진한 믿음으로 또다시 속았다. 노동으로 잔뼈가 굵은 몸이었다. 일본인도 까맣게 속을 만큼 일본어에 유창했다. 하지만 직업소개소에 수수료를 내고 소개장을 받아 찾아가도 번번이 퇴짜를 맞았다. 바로 며칠 전에 다른 사람을 고용했다 하였다. 나이가 너무 많아 곤란하다 했다. 경력이 없어 안 되겠다 했다. 고향에 전보를 쳐가며 마련한 호적 등본과 신원 증명서가 무용지물이 되었다. 아니, 바로 그것 때문이었다. 서류상 조선인임을 확인하는 순간 그들의 낯빛은 돌변하였다. 기노시타 세이죠[木下昌藏]라고 이름을 바꾸어 가스 회사에 취직했다. 신일본인(新日本人)이 되어보려 기를 썼다. 그러나 객지살이 삼 년이면 골이 빈다더니, 덜컥 각기병에 걸려 병원 신세를 졌다. 어머니가 죽었다는 소식을 들었다. 부두의 짐꾼이 되어 막노동을 했다. 몰아치는 바닷바람을 안고 배다리를 건넜다. 일은 익숙해져 가는데 임금은 점점 낮아졌다. 일본인이 아니라 조선인이라는 사실이 발각 나면서 오히려 품삯을 깎였다. 밑바닥에 밑바닥까지도 민족 차별은 뿌리박혀 있었다.

출장소 공작계의 상용 인부로 취직해 작은 조의 십장이 되었다. 그해 가을 히로히토[裕仁]의 황제 즉위식이 경도[교토]에서 거행되었다. 조선 역사는 배운 적 없고 일본 역사도 알 바 없지만 나라를 다스리는 왕의 얼굴만큼은 직접 보고 싶었다. 같은 하숙집에 머물던 친구들과 함께 밤차를 타고 경도에 갔다. 행사장에는 경찰관의 몸수색이 있었다. 그런데 양복저고리에 꽂아둔 편지가 문제가 되어 현장에서 체포되었다. 한글과 한문이 섞인 그것은 착실하게 일해서 빨리 출세하라는 고향 친구의 격려 편지였다. 황제 즉위식을 구경하려다 아흐레 동안 유치장에서 철창 신세를 졌다. 어지러운 돌개바람에 맴돌렸다. 차가운 시멘트 바닥에 꿇어앉아 도리질하고 또 도리질했다. 조선인이지만 조선인이 아니었다. 일본인이지만 일본인이 아니었다. 아무것도 아니었다.

─우세야가레, 아맛쵸(꺼져버려, 계집년아)!

물건을 사러 들어온 조선 여인이 좀도둑 취급을 받으며 쫓겨났다. 한마디만 하고 나서면 간단히 해결될 문제였다. 하지

만 입을 열 수 없었다. 조선말도 알고 일본말도 알았지만 조선
말도 일본말도 하지 못했다. 인정머리 없는 얼병어리가 되어
멀거니 소동을 지켜보았다. 친구들과의 교제를 모조리 끊었
다. 멀지 않은 곳에 사는 조카에게조차 연락하지 않았다. 조
선말은 한마디도 쓰지 않았다. 철저히 일본인으로 위장해 살
아보려 했다. 새로 취직한 비누 도매상에서는 아무도 조선인이
라는 사실을 눈치채지 못했다. 그러나 모두를 속여도 자신만
은 속일 수 없었다. 조선인에게 퍼붓는 일본인의 욕설이 심장
에 날카로운 비수처럼 꽂혔다. 차가운 비애와 자조가 뜨거운
분노가 되어 치밀었다. 이것은 변신이 아니라 거짓된 삶이다.
조선인은 조선인으로 살아가지 않으면 안 된다. 또다시 정체를
알아챈 주인이 임금을 깎기 시작하면서 수금한 돈을 지닌 채
도망쳤다. 마쓰이 가즈오[松井一夫]라는 가명으로 이곳저곳을
유랑했다. 아버지가 죽었다는 전보를 받았다. 서른 살의 천애
고아가 되었다.

　오라는 데도, 갈 곳도 없었다. 나라도 없고, 가족도 없었다.
재산도 없고, 직업도 없고, 없고, 없고……. 그러나 아무것도
없기에 더없이 가벼웠다. 남은 것은 어머니가 낳아준 몸뚱이
와 아버지가 지어준 이름 석 자, 그리고 압박과 차별과 수모를
겪으며 차곡차곡 쌓인 분노와 원한뿐이었다. 우연히 중국 상

해에 조선 독립운동을 하는 임시 정부가 있다는 말을 들었다. 뼛속에 사무친 바람이 들썩거렸다. 그곳에서라면 떳떳하게 조선인의 이름으로 살 수 있으리라. 누군가 손을 내밀어 이끌어주기만 한다면, 무엇이라도 의미 있는 일을 할 수 있으리라.

1930년 겨울, 대판에서 상해로 가는 여객선을 탔다. 한바탕 풍랑이라도 일어나려는지 바람꽃이 피어 고야산이 흐릿했다. 티끌세상 속을 나부끼며 살아와 폭풍 한가운데로 뛰어든, 그 사내의 이름은 이봉창이었다.

🌐

—당신들은 독립운동을 한다면서 왜 일본 황제를 죽일 생각은 하지 않습니까?

화장실에서 볼일을 보고 나와 집무실로 향하는 계단을 오르려는 찰나, 뜻밖의 한마디가 내 발길을 멈춰 세웠다.

—허, 이 사람이 세상모르는 소리를 하는구려. 우리는 뭐 마음이 없어서 못 하겠소? 일개 문무관 한 놈도 죽이기가 쉽지 않은데, 적의 수도 한가운데 경호병들이 철통같이 둘러싸고 지키는 일본 왕을 어찌 쉽게 죽이겠소?

사무를 마친 민단의 젊은 일꾼들이 주방에서 한잔 걸치고 있는 모양이었다. 취기로 긴장이 눅은 목소리가 생뚱맞은 말을 뱉은 사람을 반농담조로 힐난했다. 무슨 예감이 있었는지 무심히 지나치지 못하고 솔깃이 귀를 기울여 그들의 대화를 엿들었다. 그런데 물정 모른다는 놀림을 받던 사람의 대꾸란 것이 엉뚱하고도 놀라웠다.

　─내가 작년에 동경에 있을 때 일본 황제가 하야마[葉山]*에 거둥하는 걸 구경한 적이 있습지요. 행인들을 모두 길에 엎드리라고 하기에 납작 엎드려서 생각해 보니, 지금 만약 나에게 총기나 작탄이 있다면 저놈을 간단히 죽일 수 있지 않을까 하였습니다!

　순간 등줄기에 아스스 잔소름이 돋았다. 허풍이라면 허풍, 허세라면 허세였다. 아무도 심각하게 여기지 않는 술자리의 허튼수작이었다.

　─그럼요, 우리 일본 영감이라면 얼마든지 하실 만한 일이지요! 말로야 황궁도 때려 부수고 천당도 짓지 못하겠습니까?

　모두가 폭소를 터뜨리며 술잔을 부딪쳤다. 그럼에도 문밖에 기대선 나는 웃을 수가 없었다. '일본 영감'이라는 다분히 경멸적인 별명으로 불리고서도 그는 아랑곳없이 껄껄 웃었다. 다

---

* 동경에서 멀지 않은 곳으로 천황의 별장이 있음.

른 이들의 평가대로 속이 없거나 모자란 것이 아니라면 기이할 정도로 협협한 사내였다. 짧지만 강렬한, 근거를 대어 설명할 수는 없는 직감이 나를 관통했다.

천장이 낮은 집무실은 무더웠다. 거리를 향한 창문을 열어젖혔다. 굼실대는 어둠을 응시하며 나를 사로잡았던 날카로운 감각을 곰곰 되새겼다. 4월 하순에 벌써 상해는 이른 더위로 후텁지근했다. 청사 집무실 노대에서 내려다보면 뜰에 피어난 홍초와 글라디올러스가 불꽃처럼 붉었다. 뜨거운 꽃향기가 코를 찔렀다. 무슨 재담을 했는지 또 한 번 왁자한 웃음소리가 들려왔다. 우울한 철학가와 매사에 비분강개하는 청년 지사만이 독립운동자의 전부는 아니다. 슬픔과 분노 속에서도 젊은 이들은 웃어야 한다. 고통과 비관을 떨치기 위해서라도 낙천적인 생활 태도를 가져야 한다. 어쨌거나 그가 나타나면 사람들은 웃었다. 기가 막혀서 웃고 어이없어서 웃고, 더러는 손가락질하며 비웃기도 했다. 하지만 자신을 보고 웃는 사람들 앞에서 그는 성을 내는 대신 더 크게 웃었다. 얇은 입술을 열어 금니를 드러낸 채 어린아이처럼 활짝 웃었다.

오늘까지 고작 세 번이었다. 그조차 아주 짧은 순간이었다. 처음부터 평범한 궤도를 벗어난 묘하고 야릇한 만남이었다.

—여기가 조선 가정부(假政府) 맞습니까? 백래니몽 마랑로

보경리 사 호, 전차 차장이 가르쳐준 주소는 바로 여긴데! 당신들을 찾느라고 내가 얼마나 쓰토메루(애쓰다) 했는지 아십니까? 지나 말을 모르니 인력거도 못 타고 전차도 못 타고 순전히 도보로 상해 바닥을 헤맸지요. 프랑스 조계에 가면 조선인들이 많다는 말만 믿고 찾아왔는데, 쓰이테루(운이 좋다)! 다행이네요!

그는 바람을 타고 날아온 반딧불처럼 한밤중에 느닷없이 불쑥 나타났다. 조직은커녕 소개인이나 소개장도 없이 혈혈단신으로 민단 사무소를 겸한 정부 청사에 무작정 들이닥쳤다. 1931년 1월, 때마침 이 층 집무실에서는 비밀회의가 열리고 있었다. 입구에서 망을 보던 청년들이 의심하여 저지하자 그는 일본어 반 한국어 반이 섞인 말투로 장황하게 자기의 용무를 설명했다.

나는 한 발쯤 뒷전에 비껴 선 채 그 소란을 지켜보았다. 호리호리한 몸매지만 체격이 좋았다. 육체노동으로 단련된 옹골찬 몸이었다. 광대뼈가 높은 긴 얼굴에 턱이 갸름하고 피부는 가무잡잡했다. 드문드문 섞어 쓰는 일본말 때문에 얼핏 보면 일본인 같기도 하지만 자세히 살피면 조선인의 골격이 분명했다. 새치가 섞인 머리에 주근깨가 박힌 얼굴이 노인 같기도 하고 소년 같기도 했다. 우스꽝스럽기도 하고 슬퍼 보이기도 했다. 들어오려는 그와 막으려는 청년들 사이에 실랑이가 벌어졌다. 반갑고 억울한 심정을 동시에 표현하려다 보니 몸짓이 점점 과장되었다. 그의 친절하고 다정한 태도를 첩자의 간살로 여긴 청년들은 자못 험악하게 몸싸움을 벌일 태세였다. 내가 나서야 할 때였다.

─가정부는 왜놈들이 헐뜯으며 폄하해 부르는 말이고, 정식 명칭은 대한민국 임시 정부이지요. 나는 상해 민단에서 일하는 백정선이라 하외다. 그런데 선생은 무슨 일로 대한민국 임시 정부를 찾아오셨소?

─저는 경성 용산 출신인 이봉창이라고 합니다. 여기 오기 전에 일본에서 노동일을 하다가 상해에 조선 가정부, 아, 죄송합니다, 망명 정부가 있다는 소리를 듣고 독립운동을 하고 싶어서 찾아왔습니다.

─상해에 독립 정부가 있는 건 사실이오. 하지만 아직 운동가들을 먹이고 입힐 역량이 없으니 자기 생계는 자기 힘으로 꾸려야 하지요. 선생은 가진 돈이 좀 있으시오?

─지금까지 번 돈은 여비로 다 쓰고 남은 건 불과 십여 원뿐입니다. 들기로는 상해의 영국 전차 회사가 조선인들을 우대한다던데, 정부에서 취업을 도와줄 수는 없습니까?

─임시 정부 민단 사무소는 상해에 체류하고 있는 한국인

의 직업 소개와 상호 친목을 도모하는 것을 사업 목적으로 하고 있지만, 영국 회사에 취업을 알선하는 것은 능력 밖이오. 그게 아니라면 생활 문제를 해결할 방법이 따로 없소?

─그런 것은 근심할 필요가 없습니다. 저는 철공장에서 일할 수 있습니다. 그런데 노동을 하면서는 독립운동을 할 수 없습니까?

나는 그 질문에 대답하는 대신 그의 눈을 똑바로 쳐다보았다. 왜놈들이 살모사 대가리처럼 빳빳하다고 혀를 내두르는 나와 눈이 마주친 이들은 대개 시선을 피하거나 고개를 떨어뜨리기 마련이었다. 내 눈을 마주 보며 생글생글 웃는 이는 오직 천진난만한 어린애들뿐이었다. 일체의 거짓과 계산 없는 사람만이 진실을 두려워 않고 진정으로 맞받는다. 이봉창, 그가 그러하였다. 웃으면 반달이 되는 가느다란 눈이 내 의심과 경계까지 꿰뚫을 듯 반짝거렸다.

그는 3월쯤에 다시 나타났다. 명화 철공소에 대장장이로 취직되었다는 그를 붙잡고 일본 현지 사정을 두루 물었다. 동경에는 얼마 동안이나 살았는지, 한국인에 대한 대우와 생활 상태는 어떠한지, 일본 왕이 나들이를 갈 때의 경계는 얼마나 엄중한지를 꼬치꼬치 캐물었다. 그리고 대화 끝에 진담 반 농담 반의 어조로 한마디를 툭 던졌다.

―한 번 더 일본에 갈 일은 없겠소?

―무슨 이유로 말입니까?

―폭탄을 들고 일본에 가서 무언가 세상을 놀라게 할 큰일을 해볼 생각이 있느냐는 말이오.

고작 두 번을 만난 사람끼리 나누는 농담치곤 지나치게 섬뜩했다. 진담이라면 더욱 무시무시했다. 하지만 그는 놀라거나 꺼리는 기색도 없이 심상하게 대답했다.

―그러잖아도 일자리는 잡았지만 마음이 편치 않습니다. 떳떳한 한국인 이봉창으로 살기 위해 상해에 왔지만 영어도 중국어도 못하니 또다시 일본인으로 위장해 취직할 수밖에 없었지요. 제가 생각해 봐도 한심스럽습니다. 만약 임시 정부에서 폭탄이든 권총이든 적당한 무기를 입수한다면 백 선생이 저를 사건의 주역으로 추천해 주시렵니까? 일본 내의 경계가 엄중하지만 하려고 마음만 먹으면 못 할 것도 없지요.

옛사람이 말했다. 죽음을 각오하면 반드시 용기가 넘치게 된다. 죽는 것 자체가 어려운 것이 아니라 죽음에 처하기가 어려운 것이다. 하려고 마음만 먹으면 못 할 것이 없다. 의롭게 죽고자 한다면 죽음에 처할 기회는 얼마든지 있다.

술자리의 흥취가 도도한지 열린 창틈으로 노랫가락이 들려왔다. 처량한 곡조의 창가와 비장한 독립군가에 이어 뜬금없

게도 사케와 나미다카 다메이키카 어쩌고 하는 일본 엔카[演歌]가 뽑혀 나왔다. 또 무슨 지청구를 듣고 멱살을 잡히려고 오해받을 짓을 스스로 하는가. 그러나 일말의 저의도 사심도 없는 천연덕스러운 음색에 나도 모르게 헛웃음이 터져 나왔다. 그리고 그 순간, 직감은 확신이 되어 머릿속에 새로운 지도를 그렸다. 그에게는 그만의 방식이 있는 것이다. 단순하고, 선명하고, 그물에 걸리지 않는 바람같이 자유로운 방식이.

매국노 이완용은 죽기 얼마 전 일본인 기자에게 세상에서 제일 처신하기 힘든 일 세 가지가 쇠약한 나라의 재상, 파산한 회사의 청산인, 빈궁한 가정의 주부라고 지껄였다. 나라를 팔아먹은 놈의 횡수작이지만 아주 틀린 말은 아니다. 하지만 그 세 가지를 모두 합쳐도 '문패를 달고 집을 지키는 동향회'라는 야유를 받는 쇠락한 망명 정부의 재무부장만 하겠는가. 나에게 그것은 처신이 아니라 생존이었다. 자신의 부귀영화를 위해 동포를 파는 처세술이 아니라 민족을 위해 내 영혼까지도 저당 잡혀야 할 사투였다.

출범한 지 십 년이 넘은 대한민국 임시 정부의 몰골은 초라

했다. 안팎으로 나아질 기미라곤 전혀 없이 국무위원 몇과 의정원 의원 십여 명이 지키는 고립무원의 외딴 성이 되었다. 이름만 있고 실체는 없다는 세간의 평가가 무참했다. 러시아 혁명 이후 시작된 민족주의 세력과 사회주의 세력 간의 노선 투쟁은 건강한 경쟁이 되기보다 대립과 분열의 단초가 되었다. 열 사람이 모이면 열 개의 뜻이 나왔다. 겨우겨우 두 개의 당을 합치면 세 개의 당이 만들어졌다. 궁한 집구석은 가난으로 망하는 것이 아니라 식솔들의 머리끄덩이 싸움질로 망한다. 1920년대 말 통합을 위한 민족 유일당 운동이 실패하면서 상해는 다시 무주공산이 되었다.

무장 투쟁이 활발히 벌어졌던 만주의 상황은 더 나빴다. 정의부, 신민부, 참의부가 쇠퇴해 가던 중 만주 군벌 장작림과 일본의 협정이 이루어졌다. 민심마저 이반하여 주민들의 밀고가 줄을 이었다. 한인 독립운동자들의 잘린 머리통이 몇십 원, 심지어 삼사 원의 헐값에 일본 영사관에 팔렸다. 끝내 괴뢰 만주국이 탄생해 만주가 '제2의 조선'이 되기까지 이방에서 벌어진 혈투는 처절하고 잔혹했다.

국내라고 나을 것이 없었다. 아내의 마지막을 지켜준 김의한의 처 정정화는 독립 자금 모금을 위해 다섯 번이나 밀령을 품고 국내로 잠입했다. 하지만 그 야무지기가 댕돌같은 여인도

1931년을 마지막으로 더 이상 국경을 넘지 않겠노라 하였다.

—후동 어머니, 나 밥 좀 해줄라우?

—아이고, 아직도 점심을 안 하셨어요? 애 좀 봐주세요. 제가 얼른 점심 지어드릴게요.

낯을 많이 가리는 정정화의 아들 후동이 내 품에서는 울지도 않고 잘 놀았다. 염치없는 상거지 꼴에 밥값이나마 하는 게 기뻐 아이를 어르며 넌지시 국내 사정을 물었다. 입이 무거워 좀처럼 속내를 드러내지 않는 그녀가 쥐코밥상을 차려내며 씁쓸히 말했다.

—전에 그리도 가까이 지내던 이가 저를 보고 그러대요. 난생처음 보는 사람인 양 누구시더라…… 하대요. 선생님, 저는 이제 조선에 안 갈래요. 독립이 되기 전까지 다시는 안 갈래요.

매국과 변절과 친일 부역만이 아니었다. 방관과 냉소, 무관심과 이기주의가 우리의 발밑에 허방을 팠다. 한국 독립운동의 취약점 중 하나는 운동가를 지원하고 보호하는 후방 기지를 갖지 못한 것이었다.

무엇이라도 해야 했다. 어떻게든 해내야 했다. 내가 잘나서가 아니라 조직이 못나져서 얻은 민단장과 재무부장의 감투를 끌어안고 필사적으로 몸부림쳤다. 매월 삼십 원의 집세, 이십 원의 고용인 월급이 언제나 머릿속에서 뱅뱅 맴돌았다. 알량한 집세를 내지 못해 집주인에게 소송을 당한 것이 수차례였다. 그 처지를 너무 잘 아는 어머니는 아내의 장례를 치른 뒤 신이를 데리고 고향으로 돌아갔다. 인이도 곧 불러들였다. 나를 위해 나를 떠났다. 벗이라곤 오로지 내 그림자뿐이었다. 잠은 정청에서 자고 밥은 직업이 있는 동포들의 집을 돌아다니며 얻어먹었다. 발바닥이 다 닳은 헝겊신을 꿰어 신고 흩어진 사람들을 모으러 다녔다.

일단은 경제적인 곤란을 해결해야 한다. 나는 쓰레기통에서 배춧잎을 주워 먹을망정 사업 자금부터 마련해야 한다. 사업이 있어야 인재도 있다. 임시 정부 주위에 더 이상 인재가 없다는 한탄은 게으른 불평일 뿐이다. 어느 시대나 인재가 없지 아니하다. 진리를 찾는 자는 언제나 있다. 다만 그 인재를 제대로 활용할 사업이 없는 것이다.

민중을 의심하라. 그것이 현실에 매몰되지 않고 미래에 대비하는 혁명가의 자세다. 그러나 다시 민중을 믿으라. 그것이야말로 현실에 좌절하지 않고 미래를 개척하는 혁명가의 재산이다. 흔들리는 석유등 아래서 유서와 같은 『백범일지』를 쓰다가, 문득 자금을 얻을 방도에 대한 착안을 얻었다.

─편지를 쓰자. 동포들에게 임시 정부의 형편을 알리고 도움을 구하자. 열 통을 써서 한 통의 답장을 받는다면, 백 통의

답장을 받기 위해서는 천 통을 쓰면 되지 않겠는가?

나는 그때부터 매일 밤낮으로 편지를 쓰기 시작했다. 대상은 해외의 한인 동포였다. 해외라 해도 만주와 러시아와 일본에는 의뢰할 형편이 아니었고, 유일한 희망은 미주와 하와이, 멕시코와 쿠바에 사는 일만여 명의 동포였다. 그들은 생계를 위해 고국을 떠난 노동자이지만 서재필과 안창호, 박용만과 이승만 등의 활동으로 애국심이 강렬했다. 손가락에 굳은살이 박이도록 편지를 썼다. 살려달라고, 살려내자고. 영어를할 줄 아는 엄항섭과 안공근의 도움을 받아 편지를 부쳤다. 수신인이 없어 반환되어 돌아오는 편지도 더러 있었다. 세 통의 편지에 우표 값이 9전이나 들어 하루에 한 끼는 냉수로 때웠다.

마침내 간절한 마음으로 떠나보낸 기러기가 돌아왔다. 편지에 대한 회답이 도착하기 시작했다. 제일 먼저 시카고에서 2백 달러를 보내왔다. 일면식도 없는 임정 인사 아홉 식구의 한 달 생활비를 부쳐왔다. 하와이에서, 샌프란시스코에서, 멕시코와 쿠바에서 집세를 내지 못해 정부의 문을 닫는 일은 있을 수 없다며 속속 성금을 모아 보냈다. 작은 돈이기에 고마웠다. 큰 돈이라서 반가웠다. 질식해 가던 임시 정부의 숨통이 트였다. 나는 그것을 차곡차곡 모았다. 허리띠를 졸라매고 동포들의 눈물과 땀과 피와 맞바꾼 돈을 관리했다.

　—정부를 지키고 있는 것을 감사하게 생각합니다. 그런데 당신은 무슨 사업을 하고 싶습니까? 우리 민족에 큰 도움이 되는 일이 있다면 그에 필요한 돈을 주선하겠습니다.

　그러던 어느 날, 하와이 애국단 명의로 한 통의 편지가 도착했다.

　—무슨 사업을 하겠다고 말할 필요는 없으나, 간절히 하고 싶은 일이 있습니다. 그러니 조용히 돈을 모아두었다가 보내라는 통지가 있을 때에 보내주십시오.

　짧은 회신을 바다 건너로 띄워 보내고, 나는 심호흡을 크게 내뱉었다. 마침내 기다리던 때가 왔다.

　이봉창의 취중 진담을 들은 그날, 한밤에 그가 머무는 여관을 찾았다. 나를 이끄는 높바람을 좇아갔다. 운동이고 혁명이고 사람이 한다. 사람을 사는 것이 아니라 사람을 얻어 한다. 얻기 위해선 버려야 한다. 일말의 회의와 불안까지 다 버리고 알몸과 온정신을 드러내야 한다. 이것은 요행수를 바라는 도박이 아니다. 진실만을 무기로 한 육박전이다.

지난번과 똑같은 질문을 던졌다. 눈과 눈을 마주하고 다시 물었다.

―지금 당신 앞에 일본 왕이 지나간다면, 진짜로 그에게 폭탄을 던질 수 있겠소?

어디라도 갈 수 있는, 그러나 아무 데도 머무르지 않는 바람이 그의 얼굴을 서늘하게 스쳐갔다.

―할 수 있습니다. 일본에서 상당히 오랫동안 살았고 동경의 지리도 잘 알고 있으니, 제 손에 폭탄만 주어진다면 그것을 던지는 것은 어렵지 않은 일입니다.

―상대는 일본 제국주의의 상징인 천황이고 거사 장소는 일본의 수도요. 적진 한가운데로 들어가 괴수를 처단한다는 것이 무슨 의미인지 아시겠소?

―올해로 제 나이 서른한 살입니다. 세상을 이리저리 떠돌며 살 만큼 살았고 즐길 만큼 즐겼습니다. 앞으로 삼십일 년을 다시 산대도 지금껏 맛본 쾌락에 무엇을 더하겠습니까? 육신의 쾌락은 순간입니다. 이제는 영원한 쾌락을 얻고 싶습니다. 제 자신의 생명을 바쳐 대한의 독립과 이천만 동포의 자유를 얻게 된다면 이보다 즐거운 일이 또 있겠습니까?

고해하듯 진지하고 엄숙하게 말한 끝에 그가 빙긋 웃었다. 허허롭게, 흐뭇하게, 가볍고도 홀가분하게. 그가 웃었기에 나도 눈물을 참을 수 있었다. 벅차오르는 감동의 눈물은 마침내 승리할 훗날로 미루었다.

내가 '하고 싶은 사업'이란 낮이나 밤이나 하나였다. 어제고 오늘이고 다를 것이 없었다. 일본 제국주의자들을 때려 부수는 전쟁, 피로써 피의 원한을 푸는 전면전이었다. 하늘에서 뚝 떨어지는 독립 같은 건 없다. 남의 힘에 기대어 떡고물을 나눠 받는 해방 따윈 없다. 자유는 내딛는 한 발자국 한 발자국 피가 고인 길이다. 민중은 오직 스스로 흘린 피만큼만 배운다. 싸우지 않고 얻은 것들은 쉽게 빼앗기고 금세 잊혀진다.

하지만 당장의 형편이 여의치 못한 것은 삼척동자 후동이도 알았다. 우리가 피를 빨려 창백해질수록 놈들은 혈색이 좋아지고 피둥피둥 살쪘다. 1927년 육군 대장 다나카 기이치[田中義一]가 집권하면서 발동한 일본의 대륙 침략 정책은 1931년 9월에 일어난 만주 사변으로 결정적인 승기를 잡았다. 그야말로 놈들의 도발적인 깃발같이 욱일승천하였다.

만주 사변이 발발하기 두 달쯤 전에 중국 민족과 한민족을 이간질하는 만보산 사건이 터졌다. 만주 길림성 만보산에서 논물을 대는 수로 공사 문제로 시작된 농민들끼리의 다툼이 일제의 농간으로 민족 분쟁으로 번졌다. 국내에 호외로 뿌려진 신문 기사는 치밀하게 계산된 오보였다. 하지만 감정적으로 격앙된 민중은 전국에서 화교를 습격해 살해했고, 그 무지의 난동은 중국에서 활동하는 독립운동 세력을 외교적으로 고립시키는 결과를 낳았다.

이제 한국인은 중국인에게 가오리 방쯔(高麗棒子, 고려의 종)와 왕궈누(亡國奴, 망국노)라는 비칭 이외에 일제의 밀정이라는 의심까지 받게 되었다. 무릇 연나라와 조나라가 싸우면 진나라가 이익을 얻는 법이다. 날조와 뒷덫에 도가 튼 일본 제국주의자들은 손도 대지 않고 코를 풀었다.

변화한 상황은 새로운 방식을 요구했다. 집단적 전투가 불가능하다면 개별적 투쟁으로 대응해야 한다. 정면 대결로 이길 수 없다면 유격전으로 기습하고 교란하고 파괴해야 한다. 1920년 임시 정부는 '7가살(七可殺)'을 지정해《독립신문》에 발표했다. 적괴, 매국적, 창귀(倀鬼), 친일 부호, 적의 관리, 불량배, 모반자 등이 정의의 이름으로 처단할 대상이었다. 하지만 정부가 공식적으로 테러 활동을 벌일 수는 없기에 의열단, 구국 모험단, 독립군 결사대, 광복회, 천마산대 등의 단체들과 연계 지도하는 방식을 택했다.

나는 1922년에 여운형과 함께 한국 노병회를 만들었다. 십 년 동안 일만 명의 군사를 양성하고 일백만 원의 전쟁 비용을 준비하는 것이 목표였다. 허망한 세월이 흘러 그 야심찬 계획은 물거품이 되었지만, 지금 내게는 일만 명의 군사 못잖은 한 명의 철혈 남아가 있다. 의기와 용기와 결기의 삼기(三氣)를 갖춘 참사람이 있다.

옥과 돌, 참과 거짓, 선과 악, 현명함과 어리석음은 언제나 뒤섞여 있다. 문제는 그것을 어떻게 가려보느냐는 것이다.

―백범, 요즘 정부의 기강이 왜 이리 해이해졌소? 어쩌자고 조선인인지 일본인인지도 분간하기 어려운 혐의 인물을 청사에 자유로이 출입케 하는 게요?

국무회의에서 한인 애국단을 조직해 의열 투쟁을 하겠노라 보고하고 허락을 얻었지만, 어디에서 자금을 얻어 누구와 함께 무엇을 하리라는 것은 비밀이었다. 내게 전권을 위임한 국무위원들도 성패를 보고받기 전까지는 깜깜부지였다. 특무의 성공과 정부의 안전을 동시에 보장하기 위해서는 철저히 보안을 유지해야 했다. 그러니 내가 이봉창을 한인 애국단의 1호 요원으로 점찍어두고 있으며, 순전히 일본인으로 행세하면서 매월 한 차례씩 밤중에만 찾아오도록 지시한 것은 당연히 밝힐 수가 없었다.

―그 이봉창인가 기노시타인가 하는 자가 며칠 전에는 하오리 바람에 게다짝까지 끌고 정부 문을 들어서려 했다지 뭐요. 중국인 문지기가 깜짝 놀라 쫓아낼 정도였으니 그 꼴이 오죽

했겠소? 백범은 도대체 그자를 어떻게 믿고 이렇게 가까이에 두시는 거요?

상하와 노소를 가리지 않고 동지들은 이봉창을 미심쩍어 했다. 정체가 모호하고 행색이 괴상하니 신뢰할 수 없다는 것 이었다. 하지만 일 년 가까이를 지켜보며 나의 믿음은 더욱 강해졌다. 이봉창은 분명 남달랐다. 허랑방탕한 겉모습에 비범한 영웅의 기질이 숨어 있었다. 그는 빈손으로 청사를 찾는 일이 없었다. 영양 부족으로 까칠한 직원들의 낯빛을 살펴 월급날 마다 술과 고기와 국수를 사왔다. 술자리를 마련해 허리띠를 풀고 한바탕 신나게 놀았다. 단순하고 솔직했다. 대단한 사교 가이자 태산 셋을 넘어다보는 달관의 호걸이었다.

성품이 봄바람같이 따뜻한 반면 기개는 불꽃처럼 강렬했 다. 혈기 왕성한 외골수로 의협심이 강하여 불의를 보면 참 지 못했다. 언젠가는 철공장에서 까닭 없이 걸고 드는 시비꾼 과 맞붙어 칼부림을 하기도 했다. 한번 노하면 천만 명이라도 물리칠 기세였다. 남이 뭐라든 구애받지 않았다. 술과 도박과 여자에 탐닉한 무뢰한이라 손가락질받아도 콧방귀를 뀌었다. 파렴치한 시정잡배라 불러도 눈도 까딱 않았다. 입고 싶으면 하오리를 걸쳤다. 부르고 싶으면 일본의 엔카를 구성지게 뽑 았다. 일본 영사관에도 거리낌 없이 드나들었다. 일본 경관과

시시덕거리며 농담을 주고받았다. 그에게는 두 개의 얼굴, 분열된 삶이 없었다. 나는 온전히 하나의 삶을 사는 이봉창을 보았다.

　─일을 맡기면 의심하지 않고, 의심하면 일을 맡기지 않는다.

　나의 신조는 오랫동안 사람 보는 법을 연습한 끝에 얻어진 결론이었다. 맹자가 말하기를 군자는 알고도 속아줄 수 있다고 했고, 안창호는 동지를 믿어서 속으라고 했다. 하지만 야전군을 자처한 내게는 보다 교묘하면서도 단호한 결단이 필요했다. 사람을 바로 보기 위해서는 선입견부터 버려야 한다. 동학군에게 무례하게 군다는 비난을 받는 선비들을 직접 만나 군의 기율을 세우는 법을 얻었고, 스승에게서 사업을 함께하기에 앞서 사람됨을 먼저 살피는 방법을 배웠다. 서대문 감옥에서는 죄수들을 상대로 인격을 평가하는 훈련을 했고, 그곳에서 만난 불한당의 괴수 김 진사에게서 비밀 결사의 동지를 구하는 법을 얻었다.

　임시 정부의 경무국장 시절에도 사람 공부는 끝이 없었다. 인력 부족으로 취조관과 검사와 판사 노릇에 형 집행까지 도맡아 하며 한무릎공부를 단단히 했다. 속죄를 청하기에 풀어준 고등 정탐꾼이 있는가 하면, 운동가들의 뒷바라지를 해오던 이가 일본 영사관의 배후 공작으로 암살 음모를 꾸미고 있음을 간파하고 처단한 적도 있었다. 권총을 품고 나를 살해하러 왔다가 자수하여 방면한 이도 있고, 밀명을 띠고 접근한 정부 요인의 친인척이 적발되어 교수형을 받기도 했다.

사람의 문제에는 법칙이 없다. 내 안목도 언제나 정확할 수는 없었다. 이토 히로부미를 죽인 안중근 의사는 어렸을 때부터 알아주는 놀량패였다. 공맹의 수신제가 운운은 당치도 않았고 평생에 좋아하는 네 가지가 친구와 사귀고, 술 마시고 노래하고 춤추고, 사냥하고, 날랜 말을 타고 달리는 것이었다. 속마음을 숨기지 못하는 번개입 때문에 천주교 신부한테 두들겨 맞고 군중에게 몰매를 맞아 죽을 뻔도 했던 그가 철천지원수의 가슴에 총알을 박을 줄 어찌 알았던가. 매국노 이완용을 죽이겠노라 절규하는 이재명을 헛된 열정에 들뜬 청년인 줄만 알고 단총을 빼앗아 보관한 적도 있었다. 눈먼 내가 의사의 무기를 빼앗는 바람에 매국노의 명줄이 늘어났다. 후회는 언제나 늦다. 한탄과 자책은 무의미하다.

—엊그제 선생께서 속주머니를 뒤집어 천여 원의 거액을 제게 주셨지요. 그 돈을 받고 돌아가서는 온밤을 잠들지 못하였습니다. 눈물이 절로 흐르더이다. 누더기 단벌 장삼에 굶기를 밥 먹듯 하는 형편을 뻔히 아는데, 대관절 저를 어떻게 믿고

이같이 큰돈을 털컥 맡기십니까? 프랑스 조계에서 한 걸음도 나서지 못하는 선생께서는 제가 이 돈을 가지고 달아나 마음 대로 써버려도 찾으러 오지 못하실 테지요. 과연 영웅의 도량 이로소이다! 제 평생에 누가 저를 이토록 믿어주었겠습니까? 이토록 두터운 신임을 받은 것은 선생께 처음이요, 마지막입니다…….

상해 총우편국으로 도착하는 의연금을 찾기 위해서는 일본 지역인 홍구로 사람을 보내야 했다. 고이 찾아다 전해 준 이가 있는가 하면 노름에 탕진하고 도망친 놈도 있었다. 잃어버렸다고 발뺌하는 자도 있었다. 나는 돈이 생기는 즉시 주머니에 넣고 실로 꿰매어 봉해 버렸다. 돈은 참으로 거짓되고도 정직하다. 오로지 자기를 위해 쓰이는 것은 삿되다. 하지만 일하는 자를 위해 실밥을 풀 때 그것은 꾸밈없이 곧고 바르다.

다 털어주었다. 어쩌면 이봉창 자신보다도 내가 더 그를 믿었다. 믿음은 텅 빈 것이다. 여분을 남기지 않는 것이다. 믿음의 빈자리를 채울 수 있는 것은 오직 더 큰 믿음뿐이다. 어떤 손해를 보고 어떤 위해를 당할지라도, 나는 이런 천성을 평생 고치지 않을 작정이었다.

그 사내가 웃었다. 다정하고 슴슴하게 웃으며 말했다.

—어째 표정이 그러십니까? 저는 영원한 쾌락을 향유하고자 이 길을 가는 것입니다. 왜 슬퍼하십니까? 기뻐하셔야 합니다.

장사는 한번 떠나면 돌아오지 않을지니, 아무리 영광으로 기꺼울지라도 죽음이 어찌 기쁠 수만 있는가. 돌이킬 수 없는 길, 예정된 영이별에 나도 모르는 사이 안색이 참담하게 굳어졌던가 보다.

탁상에 놓인 것은 조선 독립 선서문과 태극기, 그리고 두 개의 수류탄이었다. 나는 그에게 폭탄의 사용법을 설명했다. 폭탄 주둥이의 나무 마개를 빼내고 금속으로 된 기계를 모두 끼워 넣을 것. 안전핀만은 실행 전날에 뺄 것. 폭탄은 머리가 무언가에 닿아야 터지니 될 수 있는 한 높이 던질 것. 하나는 흙바람으로 세상을 뒤덮고 사람을 미혹하는 괴물들을 물리칠 뇌성벽력의 무기였고, 다른 하나는 고독한 전사가 스스로 지옥의 문을 여는 자살용이었다.

고국의 형에게 보낼 독사진을 찍었다. 입아귀를 활찐 벌린 그의 얼굴은 장난꾸러기 소년처럼 천진무구했다. 선서문을 가슴에 달고 폭탄을 양손에 한 개씩 들었다. 벽에 걸린 태극기를 배경으로 마지막 기념사진을 찍었다. 그는 끝까지 활달하고 체체했다.

　―제가 지금 떠나가면 큰일 한 가지가 이루어지지 않습니까? 즐거운 얼굴로 찍으십시다.

　다시는 만날 수 없을 것이다. 하지만 빛바랜 사진 속에서나마 우리는 영원히 함께 머무르리라. 그의 은근한 지청구에 나는 가까스로 구겨진 얼굴을 폈다. 착잡하고 침울한 가슴에선 속바람이 들고 피눈물이 흐르지만, 그가 원하는 대로 웃었다. 울지 않으려 웃었다.

　1932년 1월 8일.

　마침내 적의 심장부 동경의 경시청 현관 앞에서 이봉창의 의거가 거행되었다. 일본 왕과 그의 오천만 괴뢰에게 복수의 폭탄이 던져졌다. 거사는 성공하지 못했다. 쇠가죽처럼 질긴 명줄을 가진 일왕은 폭탄의 성능 부족으로 더러운 목숨을 건졌다. 그러나 천황 도륙의 목표는 달성하지 못했을망정 동경 의거는 완전히 실패하지 않았다.

　두려움과 수치심으로 당황한 일본 제국주의자들의 야단법석은 봐줄 만했다. 황군의 무위(武威)를 과시하고자 열었던 신년 관병식이 난장판이 되었다. 내각이 사퇴서를 내고 경시청 간부들과 육군 헌병 대장들이 줄줄이 징계 처분을 받았다. 국내의 친일파들은 깊이 참회하고 근신한다며 천황 궁성 앞에서 사죄의 망배를 하는 추태를 부렸다. 중국 국민당 기관지《국민일보》는 특호 활자로 '한국 사람 이봉창이 일본 천황을 저격하였으나 불행히도 명중하지 않았다[不幸不中]'고 썼다. 그 '불행부중'이라는 문구가 문제가 되어 일본군과 경찰이 신문사를 습격하여 파괴하고 폐쇄하는 소동이 있었다.

일본 왕의 몸뚱이는 날려버리지 못했지만 한국인의 정신 속에서 천황은 죽었다. 세계로 전파된 동경 의거의 소식을 듣고 동포들의 격려 편지가 줄지어 날아들었다. 뜻있는 청년들의 문의도 이어졌다. 실패하지 않은 실패, 성공하지 못한 성공의 회오리 속에서 나는 그의 미소를 느꼈다. 당당하고 태연하게 휘몰아치는 그의 마지막 몸짓을 보았다.

고독하지만 자유로웠던 바람의 사내, 그의 이름은 이봉창이었다.

뜨거운 슬픔

상해의 봄은 축축하고 침침하다. 검뿌옇게 흐린 하늘이 무겁다. 새벽에 이미 한차례 비를 뿌렸지만 곧이라도 다시 퍼부을 기세다. 매실이 익는 계절에 내리는 비, 그 곁에 매화꽃이 떨어진대서 운치 있는 별칭이 매우(梅雨)라 하였다. 만개한 봄꽃들이 비와 함께 내린다. 애써 피어난 것들이 하릴없이 진다.

홀로 프랑스 조계의 가로수 길을 걷는다. 회색 도시를 가르는 초록은 깊이 팬 상처 같다. 비바람이 몰아치면 길섶에 푸른 피가 뚝뚝 떨어진다. 왕바차 왕바차, 호객하는 인력거꾼들의 쉰 목소리가 귓전에서 눅눅하다. 하루 종일 맨발로 거리를 달리는 그들은 마흔 살이 되기 전에 병들거나 죽는다. 오직 필사적인 이들만이 인력거를 끈다. 행복은 열 푼짜리 선술 한 잔에 있고 불행은 아편굴의 몽롱한 향내로 잊는다. 순자(荀子)는 인간의 욕망이 생명의 본질이라 했거늘, 대관절 삶이란 무엇이기에 이토록 지루하고 구차한가. 무거운 어깨가 까부라진다. 발길이 자꾸 비치적거린다.

동포의 상점에 들러 안창호에게 전할 편지를 썼다.

—오전 열 시경부터 댁에 계시지 마십시오. 무슨 대사건이 있을 듯합니다.

먹장구름이 점점 두터워지고 있었다. 엄항섭의 집에 머무르는 이동녕을 찾아가 사건의 대강을 보고하고 조완구와 이시영에게 연락을 넣었다. 빗방울이 하나둘씩 떨어지기 시작했다. 정정화를 불러 간단한 점심상을 부탁했다. 아무 일도 없는 듯 모든 것이 예사로운 금요일 낮전이었다.

—후동 어머니, 술 한 병과 신문 한 부만 사다 주시려오?

술을 입에 대지 않은 지 오래였다. 집안의 허다한 풍파가 모두 술 때문이니 나까지 술 마시는 꼴을 보면 자결하고 말겠다는 어머니의 협박 같은 훈계 덕택이었을까. 그러나 목이 말랐다. 흉곽에서 다시금 으르렁대기 시작한 짐승이 갈증으로 격렬하게 요동질했다. 혀를 빼물고 가쁜 숨을 몰아쉬었다. 뜨거운 목구멍으로 마른침을 모아 삼켰다.

그의 흉중엔 나와 꼭 같은 짐승이 살고 있었다. 미련한 짐승, 사나운 짐승, 그러나 결코 길들여질 수 없는 견결한 짐승. 그가 내 가슴 한복판을 가로질러 뚜벅뚜벅 걸어간다. 멈칫대거나 두리번거리지 않고 곧장 나아간다. 새 양복에 새 구두, 뿔테 안경과 스프링코트를 걸친 신사는 오만하고 늠름하다. 공원 북쪽에 임시로 가설한 사열대를 겹겹이 에워싼 육군 기관총 부대, 기병대, 보병대, 야포 부대, 치중 부대의 육천여 병사 중 누구도 감히 그를 막아 세우지 못한다. 해군 장갑차 부대, 구호 부대, 헌병대까지 총동원한 일만여의 막대한 호위 병력이 무색하다.

화염같이 들끓는 그의 눈을 통해 주위를 둘러본다. 하늘에는 수십 대의 비행기가 시위 비행을 한다. 땅 위에는 일찍부터 시가지를 누비고 온 기갑 부대가 가열했던 엔진을 헐떡거린다. 천지간에 오로지 힘, 무력의 과시다. 만주 사변으로 화북을 장악하고 상해 사변으로 화동의 중심까지 침략의 마수를 뻗친 일제는 제 힘에 도취하여 광란의 축제를 벌이고 있다. 커다란 플래카드가 사방을 에워싸고 깃발들이 곳곳에서 바람에 나부낀다. 살아 있는 신으로 떠받드는 천황의 생일이란다.

승전의 축하를 겸하는 천장절(天長節) 기념식이란다. 나막신을 짝짝 끌고 모여든 일본인들이 목을 빼고 거물들의 등장에 환호한다. 중국 지역 갑북(閘北)을 불바다로 만들어 남녀노소를 가리지 않고 태워 죽인 세계 일등국 군벌의 권세를 찬양한다.

─반자이! 반자이! 덴노헤이카 반자이!(만세! 만세! 천황 폐하 만세!)

흔들리지 않는다. 덕을 믿는 자는 일어나고 힘을 믿는 자는 멸망하는 진리를 믿기에 눈썹도 까딱하지 않는다. 망설이지 않는다. 강력한 악인들이 일시적으로 득세할지라도 천도가 순환하여 반드시 화를 내리는 이치를 알기에 만만세의 잡소리 따윈 간단히 물리친다. 갈증이 인다. 어깨에 비스듬히 걸쳐 멘 물통을 단단히 거머쥔다. 배가 고프다. 오른손에 든 도시락을 힘껏 움켜잡는다. 왼손에 잡은 일장기를 한 번 내려다본다. 시뻘건 태양의 상징이 위협적이라기보다 후줄근하다. 곧 배를 채우고 목을 축일 수 있으리라.

수차례 현장 답사를 통해 둘러본 공원은 손바닥 안의 손금처럼 환하다. 까치발을 디뎌 선 군중을 헤치고 식장 뒤편 중앙을 향해 서서히 다가간다. 오늘이 제 젯날인 줄도 모르고 일본군 장성과 흉수들이 차곡차곡 귀빈석을 메워간다. 가슴팍에 훈장들이 번쩍번쩍한다. 남의 땅 따먹기, 사람 죽이기 시합에서 드러나게 공로를 세워 얻은 휘장이다. 개기름이 흐르는 얼굴과 야욕으로 가득 찬 골속까지 꿰뚫어 볼 수 있는 지점에서 발길을 멈춘다.

—지금일까? 이때쯤이 좋을까?

그러나 식단에는 아직 각국 대사관 대표들이 착석해 있다. 무고한 이들의 인명 피해는 막아야 한다. 그것이 무차별적 테러와 정의로운 의열 투쟁의 다른 점이다. 그리 오래 기다릴 필요도 없다. 부슬부슬 비가 내리기 시작한다. 침통한 하늘이 눈물을 흘린다. 점점 빗발이 굵어지자 관병식을 참관한 대사들이 퇴장한다. 곧이어 교민회가 주최한 천장절 기념식이 시작된다. 지루한 개회사가 끝나고 간살스러운 일본 국가가 울려 퍼진다. 천황의 통치는 모래가 바위가 되어 이끼가 낄 때까지 계속되리라고, 사악한 욕망에 영혼을 판 족속들이 감히 영원의 노래를 부른다. 확성기가 삑삑 새된 비명을 지른다. 순간 장내가 술렁술렁 어수선해진다.

기막히게 골라 남아주었다. 경축 단상 한가운데 일본 상해 파견군 총사령관 시라카와와 일본 해군 제3함대 사령관 노무라가 서 있다. 좌우로 육군 제9사단장 우에다, 주중 공사 시게미쓰, 일본 거류민단장 가와바타, 주중 총영사 무라이가 도열해 있다. 차렷 자세로 빳빳이 서서 다가올 심판을 기다리고 있다. 어깨에 멘 물통을 풀어 잡쥔다. 온몸의 힘이 한데로 몰린다. 차곡차곡 쌓여온 분노와 통한이 오른팔의 근육에서 울끈불끈 들논다. 기미가요의 마지막 구절이다. 스물한 발의 축포가 허공에 울려 퍼지기 직전이다. 바로 이 순간이다!

안전핀을 뽑은 물통 폭탄이 아득한 포물선을 그리며 날아간다. 국운이 날로 흥성할 것을 축하하고 천황의 만수무강을 축원하는 예포가 터지려는 찰나, 일본 제국주의의 종말을 알리는 조포를 날린다. 단상의 정중앙에, 전쟁 괴물의 심장 한복판에 불방망이를 꽂는다.

쫘르릉쫘르릉 쾅쾅!

귀청을 찢는 폭음이 모든 소음을 단번에 지운다. 천지가 부르르 진저리를 치며 흔들린다. 예닐곱 척은 족히 되는 높다란 단상에 분화구 같은 구멍이 뻥 뚫린다. 땅바닥에도 검고 깊은 구덩이가 팬다. 벌겋게 달아오른 파편이 사방으로 튄다. 시뻘건 불길이 단상을 휘감고 널름거린다. 매캐한 검은 연기가 하늘로 치솟는다. 구경꾼들이 머리를 싸쥐고 비명을 지르며 흩어진다. 아비규환의 수라장이다. 피와 불의 지옥이다. 그러나 물러서지 않는다. 이 장관을 하나라도 놓칠 수가 없다. 도망치지 않는다. 이를 악물고 눈을 부릅뜬 채 놈들의 최후를 낱낱이 지켜본다.

폭탄은 시게미쓰와 가와바타 사이에 떨어졌다. 배때기를 정통으로 꿰뚫린 거류민단장 가와바타가 꾸역꾸역 삐져나오는 창자를 끌어안고 쓰러진다. 자위대 대장으로 낭인들을 지휘하며 살인 방화 사건을 일으켰던 홍수가 꿇어앉은 채 사람 살리라고 먹따는 소리를 한다. 놈은 다음 날로 염라국의 백성이 될 명운이다. 일본 공사 시게미쓰는 파편이 박힌 오른쪽 다리를 늘어뜨린 채 졸도한다. 상해 사변의 정전 대표로 거들먹거리던 놈은 며칠 후 정강이를 절단하고 절뚝발이가 된다. 훗날 일본 외상으로 미주리 함상에서 항복 문서에 서명하게 될 놈의 다리 한 짝이 십삼 년 전에 미리 날아간다. 노무라의 오른쪽 눈알이 빠져 팅겨 나간다. 십 년 뒤 진주만 공격에서 주미 대사로 사기극을 벌이게 될 놈을 꼴좋은 외눈박이 애꾸로 만든다. 시라카와는 얼굴에 피 칠갑을 하고 더듬거린다. 조선 주둔군 사령관, 육군 사관 학교 교장, 관동군 사령관, 육군 대신을 거쳐 상해 일본군 사령관으로 온갖 악업을 지은 놈은 당장에는 경상을 입었으나 지병이 도져 한 달을 넘기지 못하고 숨통이 끊긴다. 무라이는 오른쪽 목을 뚫렸다. 우에다는 왼쪽 발을 싸안고 주저앉았다. 하늘 무서운 줄 모르고 기고만장하던 악한들이 벌벌 떨고 질질 짜며 살아보겠노라고 버둥거린다. 보아라, 너희들 것 또한 다름없이 붉다! 뿜어 나온 놈들의 피로 사열대가 질펀하다. 복수와 징벌의 냄새는 알싸하다. 향긋하고, 시원하다.

─홍구 공원 천장절 경축대 상에 대량의 폭탄이 폭발, 시라카와 대장 등 문무 대관 다수 중상!

정정화가 가져온 호외를 펼쳐놓고 황주의 병마개를 딴다. 이동녕과 조완구와 잔을 부딪쳐 달콤한 축배를 든다. 메마른 입술이 화끈한 열기로 젖어 든다. 도깨빗국처럼 알알한 낮참이다. 빠르고 강렬한 취기가 온몸을 휘젓는다. 소리 없이 봄비가 내리는 한낮, 쓰고 독한 이별주를 마신다. 살아서는 만날 수 없는 그에게 저승에서나 다시 나눌 술잔을 바친다.

거기 윤봉길이 있었다. 피투성이 얼굴로 함박 웃으며 대한 독립 만세를 외치는 젊은이가 있었다. 거기 윤봉길이 있었다. 끌려가는 순간까지도 성난 사자처럼 용맹했던 사나이가 있었다. 거기 윤봉길이 있었다. 굳세고 우람한 화엄(華嚴)의 삶이 있었다.

사람은 지극히 약한 존재다. 옆 사람이 흔들리면 부지중에 따라 흔들린다. 하지만 사람이란 약하고도 강한 존재다. 선봉에 선 누군가의 의로운 인도가 흔들리던 이들을 곧추세운다. 힘없고 억눌린 자들에게 희생은 희망이다. 죽음이야말로 불멸의 약속이다.

그 무렵 상해에는 육천 명가량의 한국인이 살고 있었다. 빼앗긴 나라를 찾기 위해, 혹은 나라와 상관없는 삶을 살기 위해 떠나온 이들이었다. 뜻이야 어쨌든 현실은 하나같이 혹독했다. 고단한 젊은이들은 용광로처럼 들끓는 상해의 유흥과 향락에 쉽게 녹아들었다. 현실 도피주의자가 되거나 백수건달이 되거나, 망하거나 망가졌다.

이봉창 의거가 있기 전까지는 나도 젊은이들에게 무엇을 어떻게 하라고 말할 수가 없었다. 다만 청년들에게 실망을 안겨 줄 수 없으니 해외든 어디든 가서 배울 수 있는 사람은 배우라고 충고했다. 직장을 잡을 수 있다면 직장을 가지고, 생계를 꾸리면서 앞날을 설계해 보라고 설득했다.

동경 의거는 비록 미완의 거사였지만 독립 투쟁의 새로운 전환점이 되었다. 이봉창이 꺼져가던 잉걸불을 풀무질했다. 절망 속에 고립되어 있던 젊은이들이 하나둘 임시 정부의 주변으로 모여들기 시작했다. 일제 총독부가 규정한 '불령선인 제1호'인 내게 어찌하면 더 불온하고 속속들이 불량할 수 있는가를 물어왔다. 내게는 돈이 없었다. 대단한 병력도 없었다. 하지만 싸우는 데 꼭 필요한 한 가지 무기를 가지고 있었다. 그 한없이 약하고도 더없이 강한, 나의 유일한 무기는 사람이었다.

이봉창을 제1호로 결성한 한인 애국단을 비밀리에 확대해 갔다. 안공근과 김해산, 엄항섭, 김의한 등 임시 정부의 젊은 일꾼들을 포함한 수십 명의 결사대원이 조직되었다. 단장인 나 이외 대원들이 서로 알지 못하는 극비의 점조직이었다. 나는 그들을 철혈 남아라고 불렀다. 장광설이나 이론이 아니라 몸을 던져 수행하는 실천 행위가 철혈일지니, 높은 이상과 꿈을 가진 자는 별처럼 고독하다. 숱한 단체들이 독립이며 대한이며 광복이며 혁명을 이름 삼아 명멸했고, 많은 이들이 큰 소리로 해방 전쟁과 결사 항전을 외쳤다. 그들의 말이 다 거짓이요 허풍일 리는 없다. 하지만 심지가 곧지 못한 사람에게 격발한 의협심은 위태롭다. 충동으로 쏟아 내뱉는 구호는 높을수록 불안하다. 진정으로 싸우고자 하는 사람은 말을 행동에 앞세우지 않는다. 오직 행동으로 말을 앞질러야 한다.

일제의 식민 통치는 다른 어느 제국주의와도 비교할 수 없이 잔인하고 기만적이고 총체적이었다. 전쟁 말기의 발악으로 징병제를 실시하기 전까지 한국은 최소한의 자치대조차 허용

되지 않는 세계 유일의 식민지였다. 완전히 무장 해제 당했다. 동화라는 이름으로 민족이 말살되어 영구 식민지로 전락할 지경이었다. 그때로부터 작탄 투쟁이 시작되었다. 총을 사용할지나 평화롭고, 폭탄을 사용할지나 높고 귀한, 한민족의 의열 투쟁이 막을 올렸다.

장인환이 스티븐스를 쏘았다. 일제의 조선 지배를 미화하며 농간하던 충견을 죽였다.

의열 투쟁은 정의에 입각해 불의를 토벌하니, 자신의 이익을 위한 테러와 같을 수 없다.

안중근이 이토 히로부미를 쏘았다. 동양 침략의 야심에 들뜬 음흉한 수괴를 없앴다.

테러는 역사를 혼란과 함정에 빠뜨리지만, 의열 투쟁은 역사를 변화시켜 발전케 한다.

이재명이 이완용을 찔렀다. 천만 년이 지나도 용서치 못할 매국노의 심장에 칼을 박았다.

의열 투쟁의 정의는 보편적인 대의일지니, 스스로 정의를 주장하는 테러와 엄연히 다르다.

강우규가 사이토 마코토에게 폭탄을 던졌다. 양근환이 친일 모리배 민원식의 목을 땄다. 김익상이 육군 대장 다나카 기이치에게 폭탄을 던졌다. 불특정 다수에게 폭력을 가한 것이 아니라 구체적이고 명확한 대상을 응징했다. 익명의 가면 뒤에 음흉하게 몸을 숨기는 대신 만천하에 자신을 당당히 드러냈다.

김지섭이 일본 궁성 니주바시[二重橋]에서, 송학선이 조선 총독부 고관들이 드나드는 금호문에서, 조명하가 대만의 대중시(臺中市)에서 한뜻으로 희생했다. 정의의 공감대 속에서 정의를 실현했다. 음모와 뒷거래, 패권주의 따위의 사악함이 끼어들 틈이 없었다. 독립군 전쟁의 움이 일제의 독니에 끊겨 나간 막다른 골에서 살신성인으로 양심과 대의에 부응했다. 죽음을 각오하고 광란적인 보복을 감내한, 그것은 가장 장하고도 가장 슬픈 투쟁이었다.

─나는 적성(赤誠)으로서 조국의 독립과 자유를 회복하기 위해 한인 애국단의 일원이 되어 적국의 수괴를 도륙하기로 맹세하나이다!

이해하려 하지 말라. 이국의 음습한 구석방 태극기 아래 우뚝 섰던 그들의 얼굴에서 빛나던 환희를. 설명하려 하지 말라. 조선 독립 선서문에 서명을 하고 기념사진을 찍으며 죽음으로 새로운 삶을 약속하던 젊은이들을. 머리로 이해할 수도 말로 설명할 수도 없는 삶의 폭죽을, 작열하는 빛과 열기를, 가슴으로 느낄 수 없는 자 감히 왈가불가 떠들지 말라.

—선생님, 이제 제게 기회를 주십시오. 저는 모든 준비를 끝냈습니다.

능청하고도 천연덕스러운 충청도 사투리로 그는 한마디 한마디를 또박또박 내뱉었다. 더 이상 바쁜 마음을 말이 따라잡지 못해 뙤뙤거리던 말더듬이 소년이 아니었다. 말이 마음이었다. 마음이 곧 말이었다. 한 치의 오차도 없었다.

—제가 어쩌자고 부모와 처자를 버리고 이국땅에 와서 채소바구니를 등에 매달고 시장 바닥을 헤매겠습니까? 비굴하고 구차하게 목숨을 보존하길 바랐다면 애초에 압록강을 건너지 않았을 것입니다. 정든 고향을 떠나올 때에 아끼던 서적과 손때 묻은 공책들을 모조리 불살랐습니다. 과거를 다 지웠습니다. 남긴 것은 일곱 자의 출사표뿐이니, 장부출가생불환(丈夫出家生不還)이라, 뜻을 이루기 전에는 어디로도 돌아갈 수가 없습니다!

떡 벌어진 어깨가 태산 같았다. 부리부리한 눈이 이글거렸다. 상해 바닥은 사람이 많아도 아직 사람이 없다고 불평했다는 소리를 안공근에게 전해 들었다. 박진의 공장에서 말총 모자를 만들며 야간 강습회를 열고 한인 공우회를 조직하는 모습을 보고는 성실하고 염렴한 젊은이라고 생각했다. 홍구 시장에서 채소 장사를 시작했다는 소리를 들었을 때는 자수성가를 꿈꾸는 모양이라 짐작했다. 하지만 이 같은 불덩이인 줄은 미처 몰랐다.

불을 품고 태어났다. 싯누런 구렁이가 입을 파고드는 어머니의 태몽으로 세상에 났다. 불을 삼키며 자랐다. 어린 시절 별명은 따끔따끔 살가시였다. 원하는 물건을 손에 쥐면 좀처럼 놓지 않았다. 한번 하고자 마음먹으면 아무리 얼러도 소용없었다. 불구덩이 한가운데 놓였다. 열한 살에 예산 장터에서 난생처음 만세꾼들의 손에 들린 태극기를 보았다. 천지분간 못하던 왈패 소년은 온몸에 소름이 돋는 충격을 받았다. 사로잡힌 듯 하루 종일 행렬을 쫓아다녔다. 눈앞에서 사람들이 허깨비처럼 픽픽 쓰러졌다. 맨손 맨몸으로 총칼에 뚫렸다.

집으로 돌아가는 길을 잃었다. 타오르는 증오심과 싸늘한 무력감에 생눈이 멀었다. 고불고불 익숙한 들길을 따라갈 수 없었다. 험하고 높고 가파른 산길을 허겁지겁 기어올랐다. 가시덤불에 찔리고 쏠리며 이 산 저 산을 마구 쏘다녔다. 어디라도 갈 것 같았다. 어디로도 갈 수 없었다. 깜깜밤중이 되어서야 탈진하여 기다시피 집에 돌아왔다. 그러나 밤기운도 가슴속의 불덩이를 식히지 못했다. 어둠 속에서 더 붉고, 더 뜨겁고, 더 아프게 타올랐다.

　―하지만 고향에는 가족들이 있을뿐더러 윤 군이 매진하던 농촌 개혁의 사명이 있지 않소? 왜 거기가 아니라 여기라야 하오? 왜 그것이 아니라 이것이라야만 하오?

　―열한 살에 보통학교를 자퇴했습니다. 일본인 교장은 불령선인에게 동조하지 말라고 협박하고, 교사들은 밥그릇 걱정에 찍소리 한번 못했지요. 일본말을 배워 왜놈 종살이나 할 수는 없었습니다. 그때부터 독학을 하며 농촌 개혁 운동에 뛰어들었습니다. 무지하고 무식한 사람들을 일깨우면 조선 독립에 희망이 있을 거라고 믿었습니다. 제 힘이 닿는 데까지는 다 해보았습니다. 독서회를 조직하고, 야학을 열고, 『농민독본』을 써서 보급하고, 체육 진흥회와 위친계를 운영했습니다. 낡고 물들고 더럽고 못생긴 것을 무찔러버리고, 새롭고 순수하고 깨끗하고 아름다운 것으로 만들고자 발버둥질했습니다. 하지만 마침내 깨닫고야 말았습니다. 민족 해방 없는 농촌 개혁은 바랄 수 없는 목표라는 것을, 농촌 부흥과 국권 쟁취는 둘이 아닌 하나의 목표라는 것을!

　타민족의 지배를 받는 식민지에는 위아래가 따로 없다. 사악한 소수의 모리배와 우매한 인민, 그리고 배신자의 공포로 날뛰는 나팔수들이 있을 뿐이다. 노예에게는 질서가 필요 없다.

복종은 규율이 아니라 삶의 방식이다. 둔하고 비천해도 어리석음을 모른다. 비열하고 겁약해도 비겁한 줄 모른다. 살아가면서도 삶이 무엇인지 모른다.

—그래서 윤 군이 원하는 것이 무엇이오? 내게서 얻고자 하는 것이 무엇이오?

—제 뜻은 이제나 저제나 한결같이 마땅히 죽을 자리를 구하는 것입니다. 고국을 떠난 뒤 일 년 동안 오로지 그 자리만을 찾았습니다. 만주를 유랑하며 양세봉 장군이 이끄는 조선혁명군에도 가보았습니다. 하지만 지금의 형세로는 대오를 유지하는 것조차 무리한 지경이었습니다. 폭주하는 일본 제국주의를 저지하기 위해서는 한순간도 지체할 수가 없습니다. 상해 사변이 중국의 굴욕적인 정전 협정으로 끝나가는 마당에 무엇을 어떻게 더 기다리겠습니까? 기회를 주십시오. 몸과 마음을 다 바쳐 조국 광복의 길을 닦고 싶습니다. 독립을 쟁취할 수만 있다면 온몸이 폭탄이 되어 허울 좋은 제국주의를 산산이 부숴버리겠습니다. 동경 사건과 같은 경륜을 가지고 계신 선생님께서 이끌어주신다면 그 은혜는 죽어서도 잊지 못할 것입니다!

쩌렁쩌렁한 목소리가 나를 다그쳤다. 굳센 하관에 널찍한 제비턱이 격정으로 들썩거렸다. 두 자루의 칼 같은 눈빛이 곧장 날아와 꽂혔다. 무혈의 창상으로 가슴팍이 얼얼했다. 나는 그의 마음에서 폭탄을 보았다. 마음과 혼을 뒤흔드는 괴력의 무기, 진실을 보았다.

—뜻을 품은 자는 마침내 일을 이루고야 만다고 하더이다. 좋소! 안심하시오. 마침 내가 연구 중인 일에 마땅한 사람을 구하지 못해 고민하던 참이었소. 윤 군이 일생의 대목적을 달성하는 데 부족지 않을 거룩한 일을 함께 꾸며봄이 어떠하오?

—그 일을 제게 맡겨주십시오! 제가 하겠습니다! 고맙습니다. 이제야 번민이 깨끗이 사라져 마음이 편안하고 고요합니다. 무엇으로 이보다 더 기쁘고 행복할 수 있겠습니까?

박토를 옥토로 만든 억척스러운 개척자 윤두더지 영감의 손자, 선량한 농군인 아버지와 명민한 개화 여성인 어머니의 아들, 열다섯 살에 결혼한 순량한 아내의 남편, 여섯 살짜리 딸과 세 살배기 아들의 아버지는 더 이상 없었다. 누군가를 죽이기 전에 그는 스스로를 죽였다. 오로지 역경(逆境)을 끝까지 밟으려는 결심이었다. 굽힘 없이 굳센 사랑을 위해 혁명의 길을 걸을 뿐이었다. 용기란 죽음과 삶을 하나로 보는 마음이다. 범은 높은 산을 두려워하지 않고 물고기는 깊은 물을 두려워하지 않을지니, 온전한 한맘으로 살았던 사람만이 삶과 잇닿은 죽음의 동토를 겁내지 않는다. 그곳엔 삶이 없을뿐더러, 죽음조차 없다.

　⊙

　돌이켜보는 젊음은 낯설다. 싱그러운 육신에 발랄했던 기운은 시간 속에 가뭇없다. 팽팽하던 살갗은 주름살로 시들고, 흑발이 간 자리에 백발이 온다. 눈과 귀는 어두워지고 힘살은 굳어, 시르죽은 몸뚱이를 추스르기 고달프다. 하지만 애초부터 시간은 어루뀐 적이 없다. 몸은 다만 죽살이의 한길을 따라가는 것뿐이다. 한때의 패기와 야심, 숫된 희망을 앗아간 것은 얄궂고 애꿎은 세월이 아니다. 저항하지 않으면 몸보다 마음이 먼저 흐너진다. 젊음을 배신한 건 시간이 아니라 더 이상 꿈꾸지도 싸우지도 않는 늙은 마음이다.

　반백을 넘어서도 나는 여전히 젊다. 식탁 맞은편에서 아침밥을 먹고 있는 윤봉길을 거울 속의 나인 양 하염없이 바라본다. 그를 따라 가고 싶다. 그가 되어 가고 싶다. 반백을 넘어섰기에 나는 더 이상 젊을 수 없다. 묵묵히 숟가락을 놀려 밥공기를 비워가는 그를 찌르는 듯한 통증 속에 지켜본다. 그를 잃고 싶지 않다. 보내기에 너무 아프다.

—숭늉 좀 마셔가며 들게나.

　치밀어 오르는 사념을 삼키며 김해산이 들여온 뜨끈한 숭늉 그릇을 그를 향해 밀었다. 어제저녁 당부를 알뜰히 새겨 김해산 내외가 정갈하고 정성스러운 아침상을 마련했다. 나물도 맛나고 햇김치도 새뜻하다. 쇠고기보다 돼지고기를 좋아하는 중국인의 식성 덕분에 싼값에 즐기는 불고기가 아침거리로는 좀 엉뚱하다. 올밥에 고기반찬이 생목을 올릴까 걱정도 되지만, 이것이 우리의 마지막 만찬이다. 살아서 함께 나누는 최후의 밥이다. 잘 먹이고 싶다. 조금이라도 더 맛나게 먹이고 싶다.

　속에서 신물이 돌고 목이 메어 정작 내 숟가락질이 더듬거린다. 밀었던 숭늉 그릇을 다시 당겨 한 모금 마셨다. 그런데 식탁 맞은편에 앉은 이는 내 초조함을 눈치채지 못한 듯 태연하기만 하다. 수북한 고봉밥이 움푹움푹 굴축나고 불고기 접시도 바닥을 드러낸다. 어제 거사 위치를 확인하고 필요 물품을 마련하기 위해 홍구 공원에 다녀온 그에게 주었던 충고는 군걱정에 불과했나 보다. 식장 설비를 점검하던 시라카와와 맞닥뜨렸을 때 당장이라도 쳐 죽이고 싶었다는 그를 다독이며 치하포의 일화와 고능선 선생의 가르침을 들려주었다. 자신감과 냉정함을 잃지 않도록 조언했다.

늙은이의 잔소리나마 곰곰이 새겨듣는 기색이 작연하더니, 과연 대장부로고! 마음속으로 깊이 느껴 탄복한다. 예부터 우리 조상들은 왜 그리 밥 타령을 하였나. 들일 나가는 농부들이 잔입에 새벽밥을 꺼귀꺼귀 먹는 것은 당장의 허기를 메우기 위해서가 아니라 다음의 근기를 마련키 위함이다. 먹어야 일을 할 수 있기 때문이다. 일을 해야 식솔들을 먹일 수 있기 때문이다.

─윤 군을 만주로 보낸다고 하셨습니까? 제 깜냥에 무슨 중대 임무인지는 짐작할 수 없지만, 그것을 대신할 만한 사람이 따로 없겠습니까? 지금 상해의 상황이 시급한 지경인데, 어찌하여 윤 군 같은 인재를 다른 곳으로 파견하려 하십니까?

오늘따라 더욱 침착한 윤봉길의 모습이 듬쑥하게 보였던지, 영문 모르는 김해산이 조용히 권고했다. 같은 한인 애국단의 일원이라 해도 이 사람의 사업을 저 사람이 알 수 없다. 김해산은 엊저녁 내가 맡겼던 보자기에 민족의 생명수를 담은 물통과 독립의 양식을 채운 도시락이 들어 있다는 것을 까맣게 모른다. 그것을 만든 중국 기술자 왕백수(王伯修)와 그를 소개한 김홍일도 정작 언제 어디서 쓰일지는 알지 못한다.

비밀 병기창의 암굴에서 폭파 실험을 거듭한 끝에 완성된 스무 개의 폭탄은 값을 매길 수 없는 보물이었다. 만주 사변으로 동북 3성을 빼앗긴 중국인들의 분노와 항일 기운은 상해 사변으로 용솟았다. 상해를 지키려는 19로군과 중앙군 제5군의 사기는 하늘을 찌를 듯이 높았다. 하지만 그동안 일본과 싸우기보다 국민당과 공산당의 내전에 골몰했던 중국은 일본군의 막강한 화력에 맥없이 무너졌다. 평균 연령 20세, 빛바랜 무명옷에 운동화를 신은 병사들의 시체가 트럭에 실려 프랑스 조계의 병원에 부려졌다.

나는 그 모습을 바라보며 안타까워 울고 부러워서도 울었다. 싸우고 싶다. 싸워야 한다. 더듬더듬 말도 잘 통하지 않는 중국 기술자가 무료로 폭탄을 제작해 운반까지 도맡아준 데에는 그러한 한마음 한뜻이 있었기 때문이다. 중국인은 아예 천장절 기념식장의 출입이 금지되었다. 중한 민족의 주린 배를 채우고 타는 목을 축일 사명은 오롯이 한국인의 손에 맡겨졌다.

―모험 사업은 실행자에게 모든 과정과 결과를 맡기는 것이 좋지요. 윤 군이 어디서 무슨 소리를 낼는지, 우리는 잠자코 들어나 봅시다.

솔직하게 말할 수도 없고 거짓말도 하기 싫어 두루뭉수리로 넘어가는 대답 속에 뼈가 있었다. 천둥소리를 내야 한다. 벼락을 치고 소용돌이비를 뿌릴 것이다. 동경 의거 이후 상해 사변

중에 계획했던 세 건의 특무 공작이 연달아 좌절하고 실패한 상태였다. 중국인 용병을 이용해 황포강 부둣가에 정박한 일본군 사령부 이즈모[出雲]호를 폭파하려던 계획은 잠수부들이 공포심에 사로잡혀 머뭇거리는 사이 폭탄이 터지는 바람에 안타까운 희생만 남기고 끝났다. 일본군 강만 비행장 격납고와 부두의 무기 창고를 폭파시키려던 특공 작전은 시한폭탄을 준비하는 사이 휴전 성명이 내려져 좌절하고 말았다.

그때 윤봉길은 부두 노동자로 침투할 요원 중의 하나였다. 그는 산들어진 계획에 실망해 벼락틀에 갇힌 짐승처럼 게정내었다. 그러한 다혈한의 일면이 도리어 내 속맘에 깃들었던 일말의 회의를 말끔히 가셔주었다. 학식을 갖춘 진실한 청년인 것은 사실이지만 시를 쓰는 섬세한 감성이 무장 투쟁에 적합할는지는 의심쩍었다. 그러나 원수를 무찌르려는 맹렬한 의지는 이성과 감성을 뛰어넘었다. 이덕주와 유진식에게 조선 총독 암살의 임무를 맡겨 파견하면서 윤봉길을 결전의 용사로 남겨두었다. 국내로 파견된 이들이 체포되었다는 안타까운 소식을 전해 들은 후 한인 애국단의 다섯 번째 응전, 홍구 공원 의거를 계획하였다.

사발에 듬뿍이 담겼던 밥이 어느새 온데간데없다. 윤봉길은 빈 밥공기에 숭늉을 부어 후루룩 입가심한다. 밥상 앞에 고운 사람은 맛나게 잘 먹는 이다. 그런데 오늘은 그 좋은 식성이 애닳프다. 미뻘수록 착잡하고, 자랑스러워 더욱 서럽다. 옛사람이 말하길 오래 사귀어도 새로 사귄 것만 같은 자가 있는가 하면, 길에서 우연히 만나 잠시 이야기하고도 옛날부터 사귄 것 같은 사람이 있다고 했다. 윤봉길과 만난 지 고작 두어 달, 그러나 생사의 경계를 스스로 넘나들길 두려워 않는 사람에겐 분음이 십 년이요 촌음이 백 년이다. 그리하여 시간의 찰과를 느낄 사이도 없이 나는 그를 깊이 믿고 아끼게 되었다.

그를 보노라면 급박한 사업을 벌일 때마다 아쉽고 그립던 제자들의 모습이 떠올랐다. 조선 식산 은행에 폭탄을 던지고 총격전 끝에 자결한 나석주, 천진에서 체포되어 사형당한 이승춘이 저승길을 되짚어와 흰 이를 드러내고 씽긋 웃는다. 선생님, 선생님! 무어 배울 것이 그리 많다고 나를 우러러 뒤좇는다. 화적패는 봇짐을 털며 정답고 도둑 떼는 장물을 나누며 돈독해지니, 간사한 자들의 사교야말로 혓바닥을 희롱하는 단술과 같다. 그런데 우리는 아무것도 가진 게 없었다. 주거니 받거니 할 것이 없기에 가장 중한 것을 털어 주었다. 나석주는 전당포에 옷을 잡혀 나의 오순(五旬) 생일상을 차려주었다. 이승춘은 감옥에서 나오자마자 내가 새로 벌인 사업에 자원했

다. 단맛도 건더기도 없는 맹물의 교유였다. 무색투명한 우의
가 우리 사이에 흘렀다.

그에 대한 보답으로 내가 줄 수 있었던 건 오직 죽음의 임무
뿐이었다. 제갈량이 울며 마속을 베듯, 큰 목적을 위해 사사로
운 정을 가차 없이 버려야 했다. 언제쯤 그들을 따라갈 수 있
을까? 언제쯤 다시 만나 살아남은 치욕과 마음의 빚을 갚을
수 있을까?

시계가 일곱 번을 운다. 눈이 흐리다. 안경을 벗어 닦으며 눈
시울을 썩썩 비빈다. 윤봉길이 억실억실한 눈으로 나를 바라
본다. 보내야 할 시간이다. 가야 할 때가 왔다.

—선생님, 이거…….

그가 주머니를 뒤져 꺼낸 것은 반짝반짝 윤이 나는 새 회중
시계였다.

—어제 선서식을 마치고 선생님의 말씀에 따라 육 원을 주
고 이 시계를 샀습니다. 그런데 선생님의 시계를 보니 겨우 이
원짜리에 불과합니다. 제게 소용이 되는 건 한 시간뿐이니 이
런 좋은 시계는 필요치 않습니다. 제 것과 선생님 것을 바꾸시
지요.

명치끝이 꿰뚫린 듯 아팠다. 왈칵 핏물 같은 눈물이 솟구칠
듯해 대답조차 할 수 없었다. 나는 주섬주섬 낡은 몸시계를

끌러내어 충정의 기념품과 교환했다. 스물다섯 청년의 체온으로 데워진 시계는 매끈하고 따뜻했다.

—선생님! 택시를 잡았습니다. 윤 군, 어서 준비해 나오시게!

바지런한 김해산이 무정하였다. 실비가 조금씩 뿌리기 시작했다. 윤봉길은 자동차에 오르다 말고 다시 호주머니를 뒤졌다. 꼬깃꼬깃한 10여 원의 지폐가 그의 손에 끌려 나왔다.

—선생님, 이것도 받으십시오. 제게 필요하지 않습니다.

—약간의 돈을 가지는 것이 무슨 방해가 되겠소? 그냥 가져가시오.

—아닙니다. 자동차 요금을 주고도 오륙 원은 족히 남겠습니다.

성질 급한 택시가 부릉거리며 대화를 방해했다. 단술이 아무리 입에 붙어도 맹물처럼 일상으로 마실 수 없다. 요망한 맛이 없기에 오래가리라. 투명하여 영원하리라. 나는 서서히 움직이기 시작한 자동차를 따라가며 외쳤다.

—후일 지하에서 만납시다!

엉기어 막힌 목에서 짐승의 포효가 터져 나왔다. 절규인가 하면 신음 같았다. 그 소리를 과연 듣기는 했는지, 차창으로 나를 향해 머리를 숙이는 모습이 경적 소리와 함께 멀어져갔다. 길 한가운데 서 있었다. 한 손에 구겨진 종이돈 몇 장을 쥐고 다른 손에 날렵한 새 시계를 들고, 한참을 멍하니 붙박여 있었다. 윤봉길이 준 새 회중시계는 재깍재깍 잘도 갔다. 하지만 1932년 4월 29일, 우리의 시간은 그때로 정지되었다.

거기 윤봉길이 있었다. 영원히 빛나는 금강(金剛)의 삶이 있었다.

흐르는 슬픔

　안개가 짙다. 세상이 온통 희부옇다. 아득하다. 스멀대는 안개 속에 모든 경계가 지워진다. 땅과 물과 하늘의, 어제와 오늘과 내일의 구분이 부질없다. 먹먹하다. 생각하는 순간 그 생각이 없어진다. 건듯 불어온 강바람에 자욱한 물방울이 흩어진다. 그 틈새로 강기슭의 풍광이 떠올랐다 사라진다. 돌다리와 선착장, 미곡상 거리와 절반쯤 물에 잠긴 수상 가옥들이 휘늘어진 수양버들 아래 언뜻번뜻한다. 가물가물 불빛이 흘러나오는 곳은 십중팔구 두부 가게이거나 찻집이다. 흙과 돌을 섞어 쌓은 부뚜막 위에선 커다란 구리 주전자가 밤낮없이 펄펄 끓고 있을 게다. 사람들은 푸르고 붉은 팔보(八寶)를 찻잔 뚜껑에 건져내며 과자(瓜子)*와 땅콩 사탕을 무료하게 씹을 테다. 그러다 가끔 길 잃은 혼백의 옷자락처럼 펄럭이는 안개를 보고, 안개와 섞여 흐르는 강을 보고, 강과 잇닿은 하늘을 하염없이 바라보기도 할 것이다.

배의 이물이 기우뚱 쏠린다. 뱃전에 노가 닳아 쓸리는 소리가 음음적막한 고요를 깬다. 안개가 늙으면 비가 된다더니, 어느새 가랑비가 잔다랗게 흩뿌린다. 사공은 촉촉이 젖은 귀엣머리를 흔들며 한 발을 내딛고 올렸다 내렸다 노를 저어 방향을 바꾼다. 소매가 넓은 청람색 무명것이 문득 보였다 홀연히 없어진다. 배가 호수 한가운데를 향해 미끄러져 달린다. 물비린내에 섞여 서늘한 마름 향이 코를 찌른다. 길쭉하고 각진 초록의 열매가 여름내 익어간다. 가을에 붉게 익어 모서리가 무뎌진 마름의 알속은 싱싱하고 부드럽고 향기롭다. 안개의 맛이다. 머금은 순간 씹을 겨를도 없이 녹아든다. 가뭇없이 사라진다.

―장(張) 선생님!

높고 가는 목소리가 자우룩한 연무를 울린다. 멀리서 메아

* 호박씨나 해바라기 씨 등 각종 씨앗 종류.

208

리치는가 하면 귓전에서 속살대는 양 묘묘하다.

─장 선생님! 장 선생님!

거푸 들려오는 목소리에 선잠에서 깨어난 듯 퍼뜩 놀란다. 나를 부르는 소리인 줄 미처 깨닫지 못했다. 잠시 변성명한 내 이름을 잊었다. 다른 존재와 구별하라고 지어진 것이 이름이지만, 여러 층의 삶만큼이나 나는 다양한 이름을 지녀왔다. 동학에 입문하면서 아버지가 지어준 창암이라는 이름을 창수로 바꿨다. 출가해서는 원종이라는 법명을 받았고, 삼남을 방랑하면서는 김두래라고 자처하였다. 연하 김구(金龜)에서 백범 김구(金九)가 된 것은 서대문 감옥의 쇠창살 속이었고, 백정선이라는 이름으로 이봉창을 사지로 떠나보냈다. 그리고 쫓기는 몸이 되어 떠도는 지금, 나는 장진구(張震球), 중국인으로 가장한 장전치우였다.

─이리로 좀 나와보셔요!

휘장을 걷고 선실 밖으로 나갔다. 여전히 선상에서의 보행이 익숙지 않아 내딛는 발걸음이 조심스럽다. 하지만 대나무 상앗대를 갑판 위의 구멍에 틀어넣고 강바닥에 깊이 박아 정박시킨 배는 물 한가운데서 꼼짝도 않는다. 안도의 한숨이 새어 나온다. 한 손에 노를 잡은 채 지켜보는 사공의 입가에 미소가 번지는 걸 느낄 수 있다. 뭍에서는 어쩔는지 몰라도 물에

서는 그녀가 단연 윗자리다. 예닐곱 살 때부터 배를 타기 시
작해 스무 살이 되도록 뱃사공으로 살아온 노련한 전문가의
눈에 타고 내릴 때마다 뒤뚱거리며 쩔쩔매는 모습이 우스꽝
스럽기도 할 게다. 그녀가 한 발로 턱 짚고 서기만 하면 정신
없이 흔들리던 배는 얌전하게 중심을 잡았다. 짚과 띠를 엮어
만든 뜸집에 남포등을 켜면 마음까지도 환하고 따스하게 가
라앉았다.

　―저기 좀 보셔요.

　그녀의 손끝에 안개가 걸려 있다. 안개의 희고 긴 꼬리 끝에
섬이 있다. 섬에는 청나라의 강희제가 강남을 순시하던 중에
세웠다는 누각이 두루두루 실안개를 감고 서 있다. 남호(南湖)
의 아름다움은 빗속에 있고, 안개가 없다면 연우루(烟雨樓)를
연우루라고 부를 수 없다나. 정자 난간에 앉아 안개비를 바라
보기 위해 건륭제의 용선이 여덟 번 강을 건너 여섯 번 머물렀
다는 이야기는 진동생(陳桐生)의 푸진 입담으로 들은 바 있다.

　―장 선생님, 이 비 좀 맞아보셔요.

　머리에 썼던 도롱이를 벗고 그녀가 얼굴을 하늘로 향했다.
비단처럼 보드라운 비가, 안개가, 믿을 수 없이 가볍고 맑고 서
늘한 물기가 그녀의 이마와 나의 뺨에 내려앉았다. 도도록한
이마에서 흘러내린 물방울이 새카만 머리칼을 훑고 목덜미로

미끄러졌다. 맺힌 데도 맺을 데도 없는 몽몽한 안개 속에서 나는 순간 어질증을 느꼈다. 호숫가의 버드나무와 회화나무와 계수나무가 가지를 흔들며 아우성쳤다. 섬을 에워싼 붉고 흰 연꽃들이 일제히 더운 향내를 토해내었다. 물멀미인가 보다. 아무래도 수상생활에는 소질이 없는 게다.

세상의 풍파를 헤치며 살아온 야인에게는 수향(水鄕)의 절경이 서름하기만 하다. 다만 울렁대는 속을 다스리며 문득 궁금해한다. 그녀는 왜 나를 라오스[老師], 선생이라고 부르는 걸까? 이곳에서 내 정체를 아는 사람은 피신처를 제공한 저보성(楮輔成) 부자 내외와 그의 양아들인 진동생 부부뿐이다. 긴 장삼에 실크 모자를 쓰고 쥘부채를 손에 든 행색은 누가 보아도 외지에서 온 상인의 모습이다. 첫 번째는 월나라의 대장군으로, 두 번째는 제나라의 정승으로, 마지막으로는 노나라에서 거부로 살았다는 범려를 이상(理想)으로 삼는 중국인에게 선생이 사장보다 더한 존칭일 리도 없다. 그런데 돌이켜보니 그녀는 한 번도 나를 라오반[老板]이라고 부른 적이 없다. 뱃사람의 말로 배를 '전세' 낼 때에 진동생은 분명히 나를 광동에서 온 상인이라고 소개했다. 중국어에 서툰 내 형편에 한 성내에서도 광주 방언, 객가 방언, 조산 방언으로 갈라지는 광동어를 쓴다는 핑계만큼 맞춤한 것이 없었다.

사공은 일자무식의 문맹자였다. 제 이름 석 자조차 쓸 줄
몰랐다. 그래서 그나마 내가 중국인들과 소통하는 필담의 방
식도 통하지 않았다. 언어의 다리가 없는 인간관계란 섬처럼
고립적이었다. 하루 종일을 콧구멍만 한 배에 함께 타고 있어
도 저와 나는 멀고 먼 낯섬이었다. 그나마 주고받는 대화라곤
어린아이들의 유치한 말놀이나 다름없었다. 듣는 저도 답답하
고 말하는 나도 답답하여 무언가 말하려다 삼켜버리는 일이
수다했다. 맥없는 웃음으로 객쩍은 마음을 표현하는 것이 고
작이었다.

그런데도 부지불식중에 느껴지는 것이 있었던지, 그녀는 짐
짓 나의 내력에 무심했다. 무언가를 분명히 알면서도 아무것
도 모르는 체하였다. 급하고 빠른 사투리 대신 또박또박 천천
히 말을 걸었다. 넓고 아득한 물결의 말이었다. 비바람과 파랑
을 견뎌온 작은 배의 언어였다.

―연우루에 내리는 비는 아주 부드러워서 얼굴에 맞으면 마
음이 취한다고 해요.

그녀는 젖은 얼굴을 떨어뜨리며 깊은 숨을 쉬었다. 입김인
듯 안개가 어룽거렸다. 강바닥에서 상앗대를 뽑아내자 배가
다시 출렁댔다. 낡은 윗도리에 자잘한 꽃무늬가 어지러웠다.
앙증맞은 포도 모양의 매듭단추도 따라 흔들렸다. 기압이 낮

아 숨이 턱턱 막혔다. 가슴이 느긋거리며 목구멍에서 거위침이 솟았다. 나는 일렁이는 흐름과 물결을 잊으려 먼눈을 팔았다. 멀리도 가까이도 끝없이 흐릿한 안개의 평원이지만, 나는 자꾸만 자꾸만 멀리를 바라보려 애썼다. 물멀미를 다스리는 일은 생각보다 쉽지 않았다. 세상에는 여전히 생경한 통증들이 허다하였다.

*

기차가 가흥 역에 도착한 것은 삼경이 지난 한밤중이었다. 상해에서 항주로 가는 절강 철도가 남쪽으로 달려 아홉 번째 멈추는 곳이 가흥이었다. 특급 열차는 쉬지 않는 작은 정거장이었다. 항주행 완행열차가 지나고 나면 새벽까지는 정차하는 기차가 없었다. 희미한 등불이 매달린 대합실의 긴 의자는 유랑자와 거지들이 차지하고 있었다. 때에 찌든 누더기에 고약한 살내가 물씬했다. 모든 것을 포기한 사람들의 나른한 악취가 역사의 뾰족 지붕 아래 웅크려 있었다.

찻삯이 싼 덕택에 승객의 대부분은 농부이거나 노동자거나 소매상이었다. 북적대는 완행열차에 시달렸던 승객들은 기차에서 내리자마자 물밀듯 역사를 빠져나갔다. 그사이에 검은 장삼을 입고 챙 넓은 중절모를 눌러쓴 채 얽섞였던 나는 떠밀려 가다가 출입구에서 문득 멈춰 섰다. 열린 문틈으로 재빨리 바깥 동정을 살폈다. 막차가 떠난 역 광장은 을씨년스러웠다. 동쪽에는 음산한 어둠이 도사린 보루가 곧추서 있었다. 북쪽에는 서에서 동으로 흐르는 운하의 다리가 놓여 있었다. 깊은 밤이라 자동차를 막고 수색하는 경찰들은 보이지 않았다. 손님맞이 표지를 꽂아놓고 기다리는 인력거도 눈에 띄지 않았다.

　―어어, 밤 기차를 타고 왔더니 출출한데 어디 훈툰* 한 그릇 먹을 만한 곳이 없으려나?

　할머니와 손자로 보이는 일행이 지나쳐 갈 때 혼잣말하듯 배를 쓸며 중얼거렸다. 아무리 가는귀가 먹어도 남의 참견에는 전혀 지장이 없는 노파가 예상대로 발걸음을 멈추어 섰다.

　―저어기 앞에 보이는 장가농 골목에 가보시오. 입구에 얇은 만두피와 연한 고기로 이름이 자자한 훈툰 가게가 있다오.

　노파의 짓무른 눈에 가볍게 목례하고 총총걸음으로 역 광장을 가로질렀다. 새벽 장사도 끝물이라 가게 안은 한산했다. 구석 자리에 앉아 훈툰 한 그릇을 주문했다. 저녁 끼니를 챙

* 물만두를 탕 속에 넣고 끓인 중국 음식.

길 짬도 없이 기차를 잡아타 세 시간을 꼬박 달려왔지만 긴장한 탓인지 배는 별로 고프지 않았다. 진한 국물에 신선한 파가 향기로웠지만 맛을 느끼지 못하고 수저질을 했다. 뜨끈한 탕을 마셔도 날카롭게 곤두선 신경 탓에 좀처럼 몸이 풀리지 않았다.

몸값이 높아졌다. 무려 60만 원이었다. 늙고 냄새나는 가죽 주머니가 졸지에 모두가 탐내는 황금 덩어리가 되었다. 윤봉길의 폭탄 거사로 전 세계가 놀라고, 4억 중국인과 2천만 한국인이 환호하고, 만주의 2백만 교민이 종전의 의심을 벗고 격찬을 받게 된 대가였다. 한민족의 투쟁에 감화된 중국 정부가 원조를 약속하고, 해외 동포는 물론 탄핵 후 연락을 끊었던 이승만까지도 후원을 재개한 결과였다. 바둑이나 장기에서 국수(國手)란 교묘한 기술가가 아니라 기사회생의 명수를 일컫는다. 반쯤 죽었던 대한민국 임시 정부가 다시 살아나기 위해서라면 60만 원이 아니라 6백만 원이라도 금높다 말하지 못할 것이었다.

처음에는 20만 원이었다가 세 배로 뛰었다. 일본 외무성과 조선 총독부와 상해 주둔군 사령부가 사이좋게 20만 원씩을 출자해 현상금을 걸었다. 정거장과 부둣가와 비행장, 한길은 물론 골목골목에 전단이 나붙었다. 밀정과 사복 경찰들이 눈을 희번덕거리며 시내 곳곳을 헤집고 다녔다. 암살단의 총대장 김구를 기필코 검거하겠노라 하였다. 김구를 잡아 죽여 불온한 무리의 뿌리를 뽑겠노라고 하였다.

하지만 왜마를 희롱하고 벌주는 것을 일생의 즐거움으로 삼는 내가 호락호락 놈들의 바람대로 잡혀줄 리 없다. 놈들이 발악하며 날뛸수록 나는 더욱 치밀하게 암중공작할 테다. 절대로 잡히지 않고, 끝까지 적의 포로가 되지 않고, 숨이 붙어 있는 마지막 순간까지 괴롭혀줄 테다.

—맛이 어떠십니까? 국물을 좀 더 끼얹어드릴깝쇼?

지명 수배자의 생활은 일분일초가 아슬아슬한 줄타기였다. 빈 대접에 남상남상 탕국을 부어주는 인심 좋은 식당 주인에게마저 경계를 풀 수 없다. 사람을 의심하기보다는 돈을 의심했다. 쌀 한 가마가 2원이고 초등학교 교사의 월급이 20원이다. 그러니 쌀 30만 가마를 살 수 있는 60만 원이란 돈이 보통 사람들에게 어떤 무게로 다가오겠는가? 물론 중국인들은 한 목소리로 일본군을 귀신[日本鬼] 또는 짐승[獸兵]이라고 부르며 욕한다. 그러나 일본군을 증오하는 것은 사실일지언정 한 평생 아편을 피우고 서른여섯 명의 첩을 거느리고 살아도 다 쓸 수 없다는 60만 원의 돈을 미워하기란 쉽지 않을 것이다.

—초행인데도 잘 찾아오셨군요. 여행길이 고단하진 않으셨

습니까?

노년의 신사가 불쑥 가게 문을 열고 들어와 곧장 내 앞자리에 앉았다. 펄럭이는 푸른 장삼 자락에 새벽 공기의 청량한 기운이 묻어 있었다.

—고작 세 시간의 짧은 여행이었던걸요. 기차역에서 만난 친마[親媽]가 친절하게 일러주어서 훈툰 가게를 찾는 일도 어렵지 않았습니다.

—친마라고요? 허허, 벌써 이 지방 말까지 배우셨습니까? 이 일대의 시골에서는 모두들 할머니를 친마라고 부르지요.

—글쎄요, 이상하다면 이상한 느낌입니다. 가흥은 처음인데도 낯설지 않고 고향처럼 편안합니다. 상해와 멀지 않고 항주, 소주와도 가까우니 지리적으로도 참 좋은 위치입니다.

—'하늘에는 천당이 있고 땅 위에는 소주와 항주가 있다'는 말을 들어보셨는지요? 우리 동네 사람들은 그에 덧붙여 '그 중간에 가흥이 자리 잡고 있다'고 자랑한답니다. 그나저나 상해의 사업은 어떠합니까?

회갑을 막 넘은 노신사의 검은 테 안경 너머로 예리한 안광이 번쩍거렸다.

—한동안 장사가 잘되어 재미를 보았지요. 그런데 전쟁 이후로는 상해의 사정이 복잡해져서 일단 정리하고 관망할 작정입

니다.

─좋은 생각입니다. 지금껏 고생했으니 좀 쉬셔야지요. 일보 후퇴에 이보 전진이란 말도 있잖습니까? 가흥은 오월(吳越)의 각축전으로도 유명하지만 비단과 쌀의 집산지로 예로부터 번화했던 곳입니다. 큰 상점들도 여럿 있지요. 명승고적과 자연 풍광을 즐기면서 천천히 사업 구상을 해보십시오. 피곤하실 텐데 못다 한 이야기는 집에 가서 나누십시다.

마치 오랜 지인이거나 동업자인 양 스스럼없이 이야기를 나누며 가게를 빠져나왔다. 오동나무 기름을 먹인 두꺼운 천으로 휘장을 친 인력거가 골목 어귀에서 기다리고 있었다. 발을 낮게 드리운 인력거가 남문을 통과한 후에야 비로소 팽팽했던 긴장이 한풀 꺾였다.

─머무르실 거처는 저희 집에서 걸어서 오륙 분이면 닿는 곳에 마련해 두었습니다. 사항가는 미전 거리라 사람들의 왕래가 잦지만, 매만가는 주거 지역이라 점포가 거의 없어 한적하지요. 안쪽의 수상 가옥들은 집집마다 선착장을 따로 갖고 있고요. 가흥에는 수양 자식을 들여 키우는 풍속이 있어서 성장해서도 피붙이처럼 가깝게 지내는데, 집주인 진동생이 바로 제 양아들입니다. 믿을 만한 사람이니 걱정하실 필요가 없습니다. 불편하시지 않도록 여러 가지 당부를 해두었으니 내 집

처럼 편하게 지내십시오.

　점잖고 후덕한 인상의 저보성이 두순두순 건네는 말에 난뎃손님은 대꾸할 것이 없었다. 고작 한 번 만났을 뿐이다. 소개를 받아 잠시 인사를 나눈 것뿐이다. 나라를 잃은 떠돌이, 의지가지없는 망명자로서 상해 법과 대학 총장이며 가흥의 명망가인 그를 만났다. 적(敵)의 적은 친구요 동지라지만, 그러한 원한과 분노만으로는 단 한 번 만난 인연으로 위험을 무릅쓰고 피신처를 제공하는 후의를 설명할 수 없다.

　─이 은혜를 무슨 말로 감사하리까? 무엇으로 자손만대에 보은의 당부를 전하리까?

　─그런 말씀은 접어두십시오. 중국의 전통 문화는 주머니에서 물건을 꺼내듯 백만의 적군 앞에서 두목의 수급을 자르는 영웅을 숭앙했지요. 모시게 되어 저희가 오히려 영광입니다.

　다정하고 담백한 자유인의 우정은 국경을 뛰어넘는다. 하지만 이 모두가 나의 복이 아니다. 이봉창과 윤봉길, 죽음을 담보로 정의를 구한 지사들의 은덕이다. 뜻이 있고 벗이 있고 의리가 있는 사람은 외롭지 않을지라. 나는 혜승(慧僧), 지혜로운 승려라는 호를 가진 세 살 연상의 저보성에게서 세상의 셈속을 초월한 인간애를 느꼈다.

　피 한 방울 섞이지 않고도 진정은 닮아 있다. 매만가 76호에서 만난 진동생은 각이 진 큰 얼굴에 눈이 맑은 사람이었다. 집도 그곳에 사는 사람들을 닮는다. 동서양의 건축 양식이 결합되어 지어진 이층집은 정갈하고 아늑했다. 진동생의 아내 허씨가 푸른 벽돌이 깔린 뜰을 조심조심 가로질러 와 시원한 감주를 내고 갔다. 빠끔히 문이 열린 안방에서는 아버지를 꼭 빼닮은 사내아이 둘이 새근새근 잠들어 있었다.

—오래 비어 있던 방이라 좀 설렁합니다. 하지만 조용하게 지내시기엔 여기보다 더 좋은 데가 없을 겁니다.

미리 와서 기다리던 저보성의 아들 저봉장이 다락방의 창문을 열며 말했다. 그는 미국 MIT 공대를 졸업하고 귀국해 화풍 제지 공장에서 일하는 젊은 기술자였다. 서남호를 향해 열린 창을 통해 신선한 밤공기가 들이닥쳤다. 천장이 낮고 비좁은 다락방이지만 수배자의 은거 생활을 위해 고심한 흔적이 역력했다. 방 안은 주목나무 침대와 옷장과 차탁으로 깔끔하게 꾸며져 있었다. 남쪽의 창문 이외에는 삼면이 모두 벽이었고, 북쪽의 벽 장식은 망루의 기능을 하는 들창이었다. 창문에는 미닫이 덧문이 있어 불빛이 새 나가지 않으면서 주변을 둘러볼 수 있었다. 서쪽의 벽장문을 잡아 빼면 곧바로 판자벽으로 차단된 좁은 회랑이 이어졌다. 회랑을 따라 내려가면 곧바로 남쪽의 선착장에 닿아, 비상시에 탈출구로 이용할 수 있었다.

　—앞쪽으로 출입하기 불편하시면 수로를 이용하십시오. 언제든지 쓰실 수 있게 배를 전세 내어두었습니다. 만일을 위해 창가에 표식을 걸어둘 테니, 흰색 천을 보시면 집으로 들어오고 적색 천이 걸리면 피신하십시오.

　계란과 단 계피를 넣은 감주는 감칠맛 있게 달았다. 못다 나눈 이야기는 다음 날로 미루고 어서 쉬라고 모두들 물러갔다. 까마득히 길었던 하루가 비로소 끝났다. 하지만 종일토록 켕긴 몸은 단번에 느슨해지지 않았다. 창틀에 기대어 서 어둠에 잠긴 호수를 바라보았다. 불빛이 어룽거리는 물 위에 작은 배 한 척이 떠 있었다. 대나무 지붕을 엮어 얹은 나룻배였다. 뱃머리에는 푸른 꽃무늬의 휘장이 드리워져 있었다. 바람이 불면 바람을 따라, 물결이 일렁이면 물결에 실려 흔들렸다. 흔들리며 흘러가지 않았더라면 배는 물을 견디지 못했으리라. 순간 걷잡을 수 없는 졸음이 쏟아져 옷도 벗지 못하고 침대 위에 쓰러졌다.

　그 밤의 꿈은 수선스러웠다. 밤새 목이 아프고 입이 마르도록 누군가와 수다를 부렸다. 오해도 없고 타산도 없고 의심이나 경계 같은 것은 더더욱 없는, 나는 물의 말에 달변가였다.

멀리서 새가 운다. 은방울을 굴리는 듯한 금조의 울음소리에 이어 자고새와 알락할미새가 화답하듯 운다. 우리네 조상들은 왜 새가 노래한다지 않고 운다고 했을까? 눈물 마를 날 없는 사람들의 마음속에서 눈물도 없이 새가 운다. 보이지 않는 소리, 손에 잡히지 않는 슬픔이 하늘 멀리서 메아리친다.

오늘도 나는 물 위에 떠 있다. 물 위에 떠서 맥없이 흘러간다. 싸움터를 떠난 전사는 이빨 빠진 호랑이 같다. 분에 넘치는 융숭한 대접을 받으면서도 하루하루가 송곳방석이다. 일본의 압력으로 더 이상 프랑스 조계의 협조를 구하기 어려워지자 대한민국 임시 정부는 항주로 이전했다. 만 13년의 상해 시대가 마감되었다. 하지만 호사다마라더니 윤봉길의 쾌거로 임시 정부가 회생하는 기미가 보이자 곧바로 혼란스러운 내분이 뒤따랐다. 문제는 늘 그러하듯 돈이었다. 권력이었다. 김구가 과격 행동으로 위험을 초래하고, 김구가 명성과 지원금을 독점한다는 비난이 터져 나왔다.

정부에 몸담은 지도 십여 년이 지났으니 말하자면 나는 정치인이다. 하지만 언제나 정치의 현장 한가운데 있었으되 나의 행동은 정치적이지 않았다. 내게 정치 이념이 있다면 그것은 자유, 사랑과 평화와 문화로 넘치는 자유의 나라를 세우는 것뿐이다. 세력을 만들고 세력의 이익을 확보하여 추종자들의 충성을 얻어내는 일 따위는 애당초 내 취미가 아니다. 중상모략 같은 건 개의치 않는다. 비방과 음해는 아랑곳없다. 진실일 수 없거니와 사실조차 아닌 것에 일일이 대꾸할 필요가 없다. 나까지 진흙탕에서 뒹굴며 개싸움을 할 수는 없다. 내 싸움의 상대는 그들이 아니었다. 작별 인사도 하지 않고 가흥으로 돌아왔다. 고독한 은거의 시간이 시작되었다.

—오늘 오후에는 동문 밖으로 가보는 게 어떨는지요? 거기 광장에 구경거리가 꽤 있답니다.

바지런히 노를 젓던 사공이 뒤돌아보며 말을 건넸다.

—그러시오. 좋을 대로 하시오.

내가 자연 풍광을 보는 걸 좋아한다는 소리를 진동생에게서 전해 들은 뒤 사공은 매일 동서남북으로 쏘다니기 바쁘다. 남호의 연우루며 북문 밖의 낙범정은 벌써 여러 차례 다녀왔다. 동문 밖으로 십 리나 저어 가 글만 읽는 바보였던 한나라의 문신 주매신의 묘를 찾기도 했다. 서문 밖 사원 삼탑에서 보았던 혈흔 화상은 도피 생활에 지친 나의 심장에 불을 지폈다.

명나라 시절 왜병들이 침입해 처녀와 유부녀는 물론 노인과 아이까지 가리지 않고 욕보일 때, 삼탑의 승려는 여인들이 갇혀 있는 대웅전의 문을 열어 탈출을 도왔다. 다음 날 아침 절 문 입구의 돌기둥에 묶여 맞아 죽으면서도 승려는 마지막 순간까지 중생을 구제하는 관세음보살을 외웠다. 수백 년이 흘러도 변할 수 없는 것은 변하지 않는다. 나는 거칠고 차가운 돌기둥 앞에 오래 서 있었다. 그 돌짬에 스미어 지워지지 않는 핏자국을 바라보며 어지러운 마음을 다시금 잡죄었다.

잔인한 계절들이 빠르게 지났다. 오해보다 쓰라린 것은 상실이었다. 동지들을 잃은 외로움에 나는 소리 없이 깊게 앓았다. 안창호가 체포되어 한국으로 압송되었다. 윤봉길 의거 직후 이유필의 집에 갔다가 잠복한 일본 경찰에게 잡히고 말았다. 내가 전한 쪽지를 받았음에도 그곳에 갔던 까닭은 소년단의 행사에 요청받은 지원금을 전달하기 위해서였다. 일생을 두고 도산이 사랑한 것은 진실과 젊은이와 민족뿐이었다. 농담으로라도 거짓을 말하지 않고, 꿈에라도 성실을 잃으면 반성하리라던 그였기에 소년과의 약속을 지키기 위해 위험을 무릅쓴 행동을 책망할 수 없었다. 다만 머리를 짜볼 대로 짜보았지만 지척에 있는 일본 영사관에 갇힌 그를 구출할 수 없었던 것이 천추에 씻지 못할 통한이었다. 항상 정결하고 단아한 신사의 모습으로 문지방 앞에 흩어진 신발들을 하나하나 정돈

하던 그를 떠올리면 창자가 미어지고 가슴이 에였다.

대련에 파견되었던 한인 애국단원 유상근과 최흥식 등도 체포되었다. 관동군 사령관 혼조와 남만 철도 총재 우치다를 암살하기 위해 떠났던 이들이 뜻을 이루지 못한 채 적의 포로가 되었다. 불우한 소년기에 인생고초를 겪고 스무 살을 갓 넘긴 그들은 나의 수족이나 다름없었다. 나는 손을 잃고 발을 잃었다. 손과 발을 모두 잃은 채 배를 밀어 땅을 기었다. 죽지 못한 것이 치욕이었다. 살아 있다는 것이 모지락스러운 저주였다.

그해 가을에는 이봉창이 죽었다. 이치가야 형무소에서 교수형을 받고 순국했다. 그로부터 두 달 뒤에는 윤봉길이 죽었다. 대판 교외의 미고우시 공병 작업장에서 열 명의 무장 군인에게 총살당했다. 이듬해 봄에는 공동 조계의 육삼정(六三亭)에서 열리는 일본 군부 거물들의 회합을 습격하려던 무정부주의자 백정기가 체포되었다. 그가 품에 지녔던 폭탄은 내가 상해를 떠날 때 남화 한인 연맹에 맡겼던 것이었다. 하늘의 이치가 야릇하여, 백정기는 윤봉길과 같은 날 같은 시각에 홍구공원에서 거사를 실행하려다 지나친 조심성으로 실패한 내력이 있었다. 무기 징역을 선고받은 백정기는 결국 일본의 감옥에서 병사했다.

잇몸이 저리도록 이를 사리물고 「홍구 공원 작탄 사건의 진상」과 「한인 애국단 선언」과 「동경 폭탄 사건의 진상」을 썼다. 중국어로 쓴 『도왜실기』를 한인 애국단의 명의로 발행했다. 일찍 피어나 너무 빨리 져버린 젊은이들의 꽃 같은 영혼을 위해 피 울음을 삼키며 제문(祭文)을 썼다. 결단코 그들의 희생을 개죽음으로 만들지 않겠노라 맹세하는 서약서를 썼다. 이리 떼처럼 간교하고 독사처럼 표독한 제국주의자들과의 혈전을 선포하는 포고문을 썼다. 흔들리는 배 안에서, 희미한 남폿불 아래서 한 자 한 자 혈서를 새겨 넣었다.

—시장하지 않으신가요? 쫑쯔[粽子]가 거의 익어가니 조금만 기다리셔요!

점심참이 다가오자 사공은 요깃거리를 마련하느라 분주하다. 오랫동안 홀로 물길을 헤쳐 온 그녀는 억세지만 순량하다. 노를 가볍게 한 번 젓기만 해도 배는 눈썰매처럼 날렵하게 미끄러진다. 뱃머리가 거의 들린 작은 배라도 저항하는 물의 무게까지 셈하면 이삼백 근은 족히 나갈 테다. 그럼에도 나무로 만든 노는 부러지지 않는다. 갈래머리를 팔랑이는 호리호리한 처녀 뱃사공도 비틀거리지 않는다. 그들은 물을 이기려 들지 않기 때문이다. 물의 방식으로 물과 하나가 되어 흘러가기 때문이다.

찹쌀 속에 대추와 고기소를 넣어 대나무 잎으로 싸서 찐 종자는 향기로웠다.

—가흥에는 단오절의 쫑쯔를 먹으려면 세 번은 추위를 겪어야 한다는 속담이 있어요.

쌀쌀한 꽃바람이 마치 제 탓인 양 사공은 내게 미안해하였다.

—시원하니 좋구먼. 꽃샘이 아무리 매워도 오는 봄은 막지 못하지. 구냥[姑娘]은 단오에 열리는 용선 경기의 선수라고 들었는데…… 매일 이렇게 다니느라 연습을 못 해서 어떡하오?

—괜찮아요. 올해는 용주 시합에 나가지 못한다고 말을 전해두었어요. 단오절은 해마다 돌아오니, 한 번쯤 거르는 게 무슨 문제가 되겠어요?

—그래도 미안하구려. 낮밤으로 내 심부름을 하느라 수고가 많소.

—그런 말쓸 마셔요. 어르신이 상해로 돌아가시며 특별히 부탁하신 일인데 이 정도는 수고라고 할 것도 없어요. 손님들 비위 맞추기에 취미가 없어 유람선보다는 화물선을 주로 저어왔지요. 그러니 장 선생님을 모시고 명승고적을 찾아다니는 건 제게 일이라고 할 것도 없어요. 이렇게 자유롭게 놀아본 것은 뱃사공이 된 후로 처음인걸요.

손사래를 치며 극구 부인하는 모습이 짠하다. 저보성 댁 주방에서 일하는 귀머거리 노파가 사공의 양어머니랬다. 광주리에 담겨 문간에 버려진 갓난이는 암죽과 미음을 받아먹으며 자랐다. 어려서부터 잘 울지도 않았단다. 팔심이 어지간해진 때부터는 작은 배를 집 삼아 먹고 잤다. 헤쳐 온 물결이 그녀의 운명이었다. 노를 저어 방향을 바꾸고, 때때로 남의 선착장에 닻을 내리고 머물렀다. 햇볕에 타고 강바람에 거칠어진 낯빛이 처연하다. 그 모습이 왠지 낯설고도 익숙하여 가슴이 설렁했다. 나는 재빨리 남은 종자를 입안 가득 욱여넣었다.

해를 넘겨 사건의 여파는 수그러들었지만 나를 쫓는 일본 경찰의 추격은 더욱 가열해졌다. 상해 사변 이후 중국 대륙으로 침략의 마수를 뻗치기 시작한 일제는 상해와 항주에 특무대의 수색망을 펼치고 한국 애국지사들에 대한 섬멸 작전을 벌였다. 임시 정부와는 거리를 두고 관망하는 상태였지만, 한편으로 나는 비밀리에 중국 정부와의 접촉을 시도했다. 나를 '한국의 혁명 영수'로 지목한 중국 국민당 장개석 장군과의 회담이 곧 성사될 예정이었다. 그에게서 우방의 대우와 물심양면의 후원을 약속받게 된다면 대한민국 임시 정부의 재건은 물론 독립운동 세력 전체가 큰 힘을 얻게 될 것이었다.

그런데 이처럼 중요한 시기에 뜻밖의 일이 벌어졌다. 동문으로 가는 대로변 광장에는 군경의 조련장이 있었다. 오가는 사람들이 발길을 멈추고 군대가 훈련하는 광경을 구경했다. 군대 양성은 언제나 중요한 관심사였기에 나도 그 틈에 끼어 목을 늘였다. 유별난 차림새도 아니고 돌출 행동을 하지도 않았기에 별일이 있으려나 방심했더니, 안목이 남다른 군관에게는 평범한 사람들이 무심히 지나치는 무언가가 보였나 보다. 어디서 온 사람이냐는 군관의 질문에 나는 얼른 광동에서 온 장사꾼이라고 대답했다. 순간 그의 날카로운 눈빛이 번뜩거렸다.

—레이 헤웅하 하이 삔 또우?(당신 고향 마을은 어딘데?)

갑자기 그의 입에서 뜻 모를 말이 새어 나왔다. 뒤를 끄는 듯한 말투가 광동어가 분명하니, 가짜 광동 사람이 진짜 광동 사람에게 제대로 덜미를 잡힌 셈이었다. 지난여름 저보성의 사돈 주씨네의 해염 별장에 머무르다 수상한 인물로 지목되어 경찰 조사를 받은 후 피난처를 포기했던 일이 재현되는가 싶었다. 보안대 본부로 끌려가 취조를 받았다. 단장 대신 얼굴을 내민 부단장에게 할 수 없이 나는 한국인이며 장진구란 이름으로 저봉장의 소개를 받아 진동생의 집에 머무르고 있음을 고백했다. 중국 경찰이 자백의 사실 여부를 확인하기 위해 저보성과 진동생의 집으로 조사를 나간 사이, 배에서 기다리던 사공이 사고가 생겼음을 알고 놀라 달려왔다.

—장 선생님은 수상한 사람이 아니에요. 광동에서 오신 저 보성 어르신네 손님이셔요!

돌아가는 형편도 모르는 채 매달리는 사공을 보안대의 문지기는 귀찮은 듯 내쳤다. 등 떠밀려 쫓겨나는 그녀의 얼굴 가득 흥건한 물기가 번들거렸다. 울고 있는가? 나를 위해, 정체도 모호하고 말도 잘 통하지 않는 늙은이를 위해, 왜 그녀가 울어야 하는가?

—아이바오[愛寶], 나는 괜찮으니 걱정 마시오. 배에 가서 기다리면 곧 뒤따라가겠소.

더듬대는 내 말과 손짓에 그녀가 서서히 뒷걸음쳤다. 왜냐고 묻지 않았다. 무엇이 어찌 된 일이냐고 따지지도 않았다. 묻기에 앞서 믿고, 따지기 전에 따랐다. 물에서는 의젓하고 성숙해 보이던 그녀가 뭍에서는 작고 여린 소녀처럼만 느껴졌다. 걸음마저 되똥되똥 위태로웠다. 그러다가 결국 털썩 엉덩방아를 찧고 말았다. 주저앉아 흙바닥을 구르면서도 그녀의 눈은 내게서 떨어지지 않았다. 갑자기 숨이 밭고 입이 탔다. 손잡아 일으켜주지도 못하고 멀거니 지켜볼 수밖에 없는 내가 미워, 나는 그만 질끈 눈을 감아버렸다.

자그러운 쇳소리로 울리는 사이렌은 아무리 들어도 익숙해지지 않는다. 사이렌과 사이렌 사이에는 귀가 먹먹한 폭음이 이어진다. 초저녁 내내 그것에 시달리다 겨우 풋잠에 빠져든 터였다. 맹렬하기로 악명 높은 남경의 더위가 겨드랑과 등판을 척척히 적셨다. 꿈인지 생시인지 혼곤한 잠결에 문득 콩 볶듯 요란한 총소리를 들었다. 기관총 소리는 소낙비처럼 공중에서 수직으로 내리꽂혔다. 본능적으로 벌떡 일어나 방문을 나섰다. 그 순간 와지끈 벼락 소리와 함께 천장이 폭삭 무너져 내렸다. 내가 누웠던 바로 그 자리에 시뿌연 먼지 기둥이 치솟았다. 온몸의 땀이 싸늘하게 식었다.

—아이바오! 아이바오!

그녀의 이름을 부르며 뒷방으로 달려갔다. 벽이 무너져 뒤얽힌 파편들 사이에서 작은 물체가 꿈틀거렸다. 머리에 뽀얀 흙먼지를 들쓴 주애보가 내 목소리를 따라 엉금엉금 기어 나왔다.

—저 여기 있어요. 저 살아 있어요. 선생님은 괜찮으셔요?

중국 속담에 만약 행운이 기다리고 있다면 숨을 이유가 없고, 재앙이 기다리고 있다면 숨을 곳이 없다던가. 참혹한 재앙

속에서도 용케 찾아온 행운에 내가 얼마나 감사했던지, 그녀는 아마 눈치채지 못했을 것이다.

1937년 여름은 유난히 무더웠다. 중경, 무한과 함께 중국의 3대 찜통으로 꼽히는 남경은 불가마처럼 달아올랐다. 사람들은 이것이 임박한 전쟁의 신호일 거라며 수군거렸다. 불볕더위와 함께 중일 전쟁이 시작되었고, 곧이어 국민당의 수도 남경을 겨냥한 일본군의 공격이 개시되었다. 하지만 8월 15일 첫 항공 공습이 시작될 때만 해도 중국인들은 별로 불안해하거나 두려워하지 않는 기색이었다. 전쟁 중에도 진회하와 현무호수 공원의 유람선은 성황을 이루었고, 등화관제가 실시되고도 냉방이 되는 시내의 극장들은 성행하였다. 중국 병사들은 공중을 선회하는 일본 전투기에 무의미하게 총을 난사하며 과장된 사기를 올렸다.

어쩌면 이방인의 눈에 더 잘 들여다뵈는 것들이 있다. 우리는 오랜 투쟁을 통해 일본의 잔악성과 집요함을 알고 있었다. 중국 신문에서 떠들어대듯 상황이 낙관적일 리 없었다. 섣부른 낙관주의는 인민을 우둔하고 안일하게 만들 뿐이다. 서안사변 이후 국민당 정부는 내전을 멈추고 일본에 대한 비타협노선을 채택하겠노라 선언했지만, 이미 불평등 조약에 길들여진 중국인들은 조금 더 영토를 내주는 것 따위는 아무것도 아니라는 태도마저 보였다. 중국은 섬나라 딸깍발이들이 감히 삼킬 수 없는 대륙이다. 하지만 고래처럼 단번에 삼키지 못한다면 누에처럼 부단히 뜯어먹겠다는 것이 일본의 간교한 전술이었다. 희망 사항들만 늘어놓기 바쁜 언론에 속아 사태의 심각성을 깨닫지 못한 중국인들은 결국 그 대가를 치러야 했다. 그것이 바로 35만 명이 사망하고 2만 명이 강간당한 전대미문의 남경 대학살이었다.

나는 그 참상을 미리 보았다. 폭탄이 떨어진 곳은 생지옥이었다. 하늘은 이글거리며 솟구치는 불꽃으로 붉은 담요를 펼친 듯했다. 사방에 시체들이 나뒹굴었다. 무너진 건물 틈새와 길섶마다 앉아서 죽고, 누워서 죽고, 토막 나 죽은 송장들이 즐비했다. 살았어도 죽은 것이나 진배없는 부상자들의 신음과 비명이 음산하게 울려 퍼졌다. 온몸에 피 칠갑을 한 사람 하나가 주정뱅이처럼 비틀거리며 걸어오다가 내 발치에서 픽 쓰러져 죽었다. 인간이 만들어낸 인간의 지옥, 짐승보다 못한 야욕이 빚어낸 짐승의 시간이었다.

사방을 돌아다니며 동포들의 안전을 확인했다. 상한 사람이 없으니 천만다행이었다. 지난 다섯 해 동안 숱한 곡절을 겪었지만 대한민국 임시 정부는 또다시 살아남았다. 나는 가흥과 남경을 오가며 선상(船上) 임시 회의를 열고, 한국 국민당을

조직하고, 마침내 한국 독립당과 조선 혁명당과 한국 국민당
을 하나로 묶어 임시 정부를 옹호 지지하는 광복진선(한국 광
복 운동 단체 연합회)을 결성했다. 내분을 극복하고 조직을 강화
해 중일 전쟁에서 우리 몫의 항일 전선을 구축하는 것이 당면
목표였다. 중국과 협력해 군사 투쟁을 벌이기 위해서는 국민당
정부와의 지속적인 접촉이 무엇보다 중요했다. 그러다 보니 내
게 주어진 책무는 더욱 커졌다.

　남경 정부가 중경으로 천도할 것을 발표한 때는 상해 방어선
이 무너지기 시작한 11월이었다. 술과 여자, 오페라와 부동산
이 대성황을 이루었던 남경은 삽시간에 황폐해졌다. 자동차가
사라진 거리에 오가는 사람들은 경찰과 헌병, 그리고 막 입대
한 군인들뿐이었다. 광복진선의 요인과 가솔 백여 명은 남경을
떠나 호남성 장사로 이주하기로 결정했다. 영국 윤선을 이용해
선발대가 문서와 장부를 운반하고 중국 목선을 빌려 백여 식
구가 뒤따르기로 했다. 소집령을 내려 인원을 점검하고, 문건을
처리하고, 호남성 정부와 연락해 피난처를 구하는 일로 분주
한 나를 지켜보면서도 주애보는 한마디 말이 없었다.

　가흥에서부터 그녀와 나는 가짜 부부로 행세하기 시작했
다. 일본 경찰의 추격을 피하고 주위의 의심에서 벗어나기 위
해 염치없으나마 광동 상인과 돈에 팔려 결혼한 처녀 뱃사공

시늉을 했다. 그녀는 나를 위해 물 위의 집을 지었다. 민첩하게 움직여 안전한 곳을 찾아냈다. 양(洋)다리는 어두워서 숨기에 안성맞춤이고, 허화양은 수면이 넓고 조용하여 좋다고 했다.

언젠가는 호수 한가운데서 소용돌이에 휘말렸다. 작은 배가 기우뚱거리며 한자리를 맴도는데도 그녀는 전혀 동요하지 않았다. 우선은 노를 놓고 다리를 엇갈리게 놀려 배를 안정시켰다. 그리고 흐름을 탄 채 몇 바퀴를 맥없이 따라 돌았다. 배가 맴돌이에 익숙해져 완전히 자리를 잡을 즈음 갑자기 노를 잡아당겨 중심에서 벗어났다. 감히 자연을 이겨먹으려 드는 대신 그로부터 배워 터득한 지혜가 놀라웠다. 배는 평정을 잃지 않고 순행하는데 흔들리며 어지러운 건 나뿐이었다. 초승달과 잔별이 물낯에 내려 부서졌다. 잔물결이 일렁이며 반짝거렸다. 뱃머리를 등진 채 선실에 앉아서 어둠에 잠긴 강기슭을 바라보았다. 배가 지날 때마다 갈대숲에서 들오리들이 분분히 날아올랐다. 그녀에게서는 아득한 물비린내가 났다.

─전에는 늘 혼자 배를 저으면서도 외롭다는 생각을 하지 못했어요. 장 선생님을 위해 배를 젓던 날들이 얼마나 좋았었는지 떠나신 후에야 깨닫게 되었어요.

열여섯 달 만에 남경에서 다시 만난 주애보는 그렁그렁 눈물 고인 눈으로 말했다. 남경의 형세는 날로 긴박해져 사흘이 멀다 않고 경찰의 호구 조사가 이어지던 터였다. 마침내 내 족적을 쫓아 남경까지 일본의 암살단이 파견되었다. 처음에는 운남 사람으로 행세하다가 정체가 들통나는 바람에 다시 해남 사람으로 가장하기 위해 부득이 가흥에서 주애보를 데려왔다. 매월 15원을 양어머니에게 보내 간신히 염치를 차렸지만 나를 위한 그녀의 희생과 헌신의 값어치엔 턱없이 모자라기만 했다.

　—내 남편의 고향은 광동 해남이에요. 지금은 시내에서 고물상을 하고 있어요.

　원앙의 호수 남호가 맺어준 연분이 그리도 질겼던가. 누이도 아니고 동지도 아닌, 그녀는 내게 아주 낯선 여인이었다. 하지만 흐르는 물처럼 거스를 수 없이 도도한 인연이었다. 언어와 민족과 까마득한 나이 차까지 뛰어넘어 그녀는 가짜 남편을 진심으로 옹호했다. 천진한 그녀의 용기와 믿음이 거짓말까지도 진담으로 만들었다. 남경 회청교의 작은 집에서 한 배를 타고 숱한 역경을 넘나드는 동안, 가짜 부부는 어느새 진짜 부부처럼 되어버렸다.

　—아무래도 이쯤에서 헤어져야 할 것 같소. 나는 한구를 거쳐 장사로 가야 하오. 아이바오는…… 어디로 가겠소?

　사람이라면 생에 한 번쯤 어리석은 사랑에 빠진다. 외롭기 때문이다. 사람이기 때문이다. 외로운 사람이기 때문이다. 하지만 나는 마음대로 어리석거나 외로울 수도 없는, 가장 어리석고 외로운 사람이었다. 임정의 대가족을 피난시키고 다음 투쟁을 준비하려면 아무래도 주애보를 데려갈 방도가 없었다. 스스로도 용서할 수 없는 냉정한 조처에 저항하지 않는 그녀가 더욱 아팠다. 처음부터 왜냐고 묻지 않았다. 정체가 무엇이냐고 캐묻는 대신 있는 그대로의 나를 감싸 안았다. 그녀는 끝내 내 정체를 몰랐다. 그러나 그녀는 나조차도 모르는 나를 알았다.

─가흥으로 돌아갈래요.

─하지만 가흥은 며칠 전 일본군에 함락되었다지 않소? 어떻게 그 위험한 곳으로 가오?

─그러기에 더욱 가야지요. 양어머니의 안부도 걱정되고……. 어쨌거나 그곳이 제가 나고 자란 고향인걸요.

남경에서 장사까지는 물길로 3천 리였다. 나는 뱃전에 기대어 서서 양자강의 검붉은 탁류를 하염없이 바라보았다. 기차표를 사고 남은 돈은 백 원이 고작이었다. 전날 중국 목선의 계약금을 치른 탓에 주머니를 다 털어도 그것밖에 되지 않았다. 유감천만이다. 유감천만이다. 뒷날을 기약하리라고, 언젠가 다시 만날 수 있으리라고 쓰린 속을 달래보아도 내미는 손이 부끄러웠다. 그럼에도 주애보는 천금을 받아 든 듯 그것을 가슴에 꺼안은 채 한참 동안 나를 바라보았다. 그녀의 젖은 눈망울이 감파랗게 빛났다. 그녀가 '커다란 용'이라고 부르던 기차가 긴 기적 소리를 토했다. 디뎌 선 땅이 뒤틀리며 화쳤다. 그렇게 우리는 메별하였다.

배의 꽁지부리로 물이랑이 너울댄다. 흙바람이 몰아치는 회색 산줄기가 흐릿하다. 문득 북동풍을 타고 희끗희끗한 것들이 날린다. 첫눈이다. 북쪽의 새털 같은 가루눈과는 달리 강남의 눈은 윤기 있고 싱싱하다. 송이송이 가쁜 숨을 새근덕거린다. 무엇에라도 달라붙어 반짝반짝 빛난다. 나는 쓰린 눈을 썩썩 비볐다. 난분분 흩날리던 눈가루가 그만 눈에 들어갔나보다.

거룩한 슬픔

　어머니는 작고 못난 여인이었다. 유난히 작달막한 체구에 얼굴까지 박박 얽었다. 어머니는 못 배워 무식한 여인이었다. 쉬운 한글 몇 자와 아라비아 숫자 외에는 고무래 놓고 정(丁) 자 모르는 까막눈이었다. 그래서 어린 나는 어머니와 닮았다는 소리에 칠색 팔색을 하였다. 못난 어머니를 닮기 싫었다. 무식한 어머니를 닮을까 봐 두려웠다.

　외모에 대한 열등감에 밑불이 된 우묵우묵한 마마 자국은 고스란히 어머니의 무지가 빚어낸 산물이었다. 기억에 없는 서너 살쯤에 나는 천연두에 걸려 몹시 앓았다. 고뿔처럼 시작되어 온몸에 종기가 돋고 물집이 잡혀 고름이 찼다. 흉물스러운 몰골로 고열에 시달리던 나를 어머니는 맨손으로 끌어안았다. 어딘가에서 종기가 났을 때 화침질을 하면 낫는다는 소리를 주워들었다. 고름을 다 짜내면 헌데가 나으면서 새살이 돋아나리라 믿었다. 대나무 침을 들어 얼굴과 팔다리와 몸통과 손발 바닥에 돋아난 열꽃을 따기 시작했다. 울며 버둥질하는 나를 숨 막히게 끌어안고, 누르무레하고 걸쭉한 물집을 하나하나 파냈다. 어머니의 대침이 모지락스레 파고든 데마다 곰보가 되었다. 속신에 의지한 어리석은 사랑이 영영 지워지지 않을 흔적으로 팼다.

종두법까지야 그렇다 치더라도 딱지가 저절로 떨어지기 전까지는 손대지 말아야 한다는 상식조차 모른 어머니가 미웠다. 피부라도 고우면 미모는 아니더라도 박색은 면할 텐데, 사춘기의 아들이 책망하며 엉두덜대는 소리를 듣고 어머니는 아예 한술 더 떴다.

—시두손님 맞아서 살아난 것만으로도 하늘의 복이니 허튼소리 말아라. 호랑이보다 오랑캐보다 더 무서운 게 두창인데 그깟 얼굴 좀 얽은 게 무슨 대수냐? 그리고 네 못난 얼굴을 보는 사람이 괴롭지, 달고 다니면서 보지도 못하는 네가 괴로울 게 무엇이더냐?

아무튼 어머니에게 맞대들어서 한 번도 본전치기를 해본 적이 없다. 뻣뻣하기는 풀 먹인 베적삼이요, 억세기는 탱자나무 가시 저리 가라였다. 아버지는 겉으로만 불공불손한 말뼈였지 속내평은 다감하고 자애로웠다. 엽전 스무 냥을 훔쳤다가 회초리를 맞은 일 말고는 아버지에게 손찌검을 당한 기억이 없다. 말썽꾸러기를 혼꾸멍내며 회초리질을 하는 건 언제나 어머니의 몫이었다. 잘못을 저지르면 인정사정없었다. 꾸짖는 말 한마디 한마디가 눈물이 쏙 빠지도록 매서웠다. 그런데 더 억울한 것은 돌아서 곱씹으면 그 말이 하나도 틀리지 않는다는 것이었다. 인정할 수밖에 없는 바른말이라서 더 이상 불평할 수도 없다는 것이었다.

―하루는 자다가 꿈을 꾸었지. 혼자 산길을 허위허위 걸어가는데 갑자기 밤나무에서 푸른 밤송이가 벌어지더니 크고 붉은 밤 한 톨이 치마폭으로 툭 떨어지대. 그게 얼마나 싱싱하고 먹음직스럽던지 아무도 주지 않고 혼자 먹으려고 깊이깊이 감추었지. 그 밤은 구워 먹지도 삶아 먹지도 못했는데, 대신 배 속에 아기가 들어섰대!

재미나게 태몽 이야기를 하는 걸 보면 내가 문간에 버려졌던 업둥이가 아닌 건 분명한데,

―하이고, 그런데 그 밤톨이 얼마나 여물었던지, 배 속에서

아예 나올 생각을 않고 데굴거리는 거야. 하필이면 같은 날 시어머니가 돌아가셔서 초상이 났는데, 야밤중에 모래집물이 터지면서 산통이 시작되었지 뭐야. 제사상 차리다 말고 삼신상 차리게 생겼지. 그런데 하루가 지나고 이틀이 지나 이레가 다 되어가는데도 나오라는 녀석은 나오지 않고 내가 다 죽게 생겨버렸어. 죽을 뻔했지. 정말 죽는 줄 알았어. 오죽하면 고집이 쇠심줄인 너희 아버지가 소가죽을 쓰고 지붕에 기어올랐겠어? 그러니 낳아놓고도 오죽이나 예뻤겠니?

—그럼 옴마이는 내가 한 번도 예쁘지 않았다고요?

—예쁘기는커녕 딱 꼴도 보기 싫더라. 뱃구레는 커서 웬만큼 먹어도 기별이 안 오는지 빈 젖을 물고 빽빽 울어대는데, 아이고, 저거 그냥 죽어버렸으면 좋겠다는 소리가 절로 나오더라!

이런 소리를 들을라치면 계모도 아닌 친모에게 구박받는 처지가 서러워 눈물이 질금질금 배어 나왔다. 약이 올라 눈물을 짜는 내 모습을 보면서 어머니는 뻥그레 웃었다. 못나기로 평안도의 박씨 부인 못잖은 어머니가 자기를 꼭 빼닮은 아들을 바라보며 웃었다. 때로는 애정에 눈이 가려 자식이 악해도 악한 줄을 모르고 기어이 속고자 하는 이가 부모일지니, 정작 부모가 자기 자식을 알기란 쉽지 않다. 하지만 나의 어머니는 배운 적 없는 본능으로 애정과 정의를 분별했다. 못난 것을 예쁘다 속이지 않았다. 그러나 못난 채로 못나게 사는 것도 용납지 않았다.

자식이 부모를 알기도 쉽지 않다. 아들이 어머니를 이해하기는 더욱 어렵다. 맹목적으로 의존하거나 사랑이란 이름으로 희생을 강요하기 십상이다. 하지만 누군가를 진정으로 이해한다면 결코 그를 미워할 수 없는 법이다. 어머니가 아닌 한 여자, 한 인간을 이해하고서야 나의 헛된 원망과 삿된 오해가 풀렸다.

세 집안이 딸을 바꾸어 혼인시키는 물레 혼인으로 열네 살에 상놈의 집에 시집온 여인, 어린 나이에 허랑한 남편 하나에 의지해 고된 노동과 더부살이까지 감내한 여인, 그녀가 핏덩이를 낳아 쓸어안은 것은 열일곱 살 때였다. 열일곱, 찬란하고도 불안한 나이. 믿을 수 없었을 게다. 도망치고도 싶었을 게다. 어미라는 뜨겁고 무거운 이름이 버겁기도 하였을 게다.

평생토록 가난이 그녀의 꽁무니를 바싹 쫓았다. 아이를 낳던 해에는 흉년이 들었다. 몸을 풀고도 산모는 충분히 쉬고 배불리 먹을 수 없었다. 골골에 명화적이라는 도적 떼가 들끓었다. 한밤중에 이글거리는 횃불을 들고 관청을 습격해 알곡을 탈취했다. 젖이 부족한 아이가 숨이 넘어갈 듯 울어댔다. 밤새

위 들쳐 업고 좁은 방 안을 맴돌아도 배고픈 아이는 잠들지 못했다. 방곡령이 내려 방출된 비축미는 모래와 잡티가 절반이었다. 먼지 같은 밥이 지분대며 씹혔다. 암죽을 쑤어 먹이고 젖동냥을 했다. 낯선 젖에 체해 왈칵대며 토하는 아이를 안고 같이 울었다. 그 와중에도 해안 지방에서는 양곡만 골라 실은 배가 일본을 향해 기적을 울렸다. 가난한 나라의 가난한 어머니는 죽기를 각오하고서야 살았다.

무지할 수밖에 없었고, 무지해서야만 가능했던 사랑. 일평생 그 사랑에 옭매였던 작고 못난 황해도 해주 텃골의 아낙, 그녀가 나의 어머니 곽낙원이었다.

남경 회청교에서 일본 전투기의 항공 공습을 당한 날이었다. 동이 트자마자 난장판이 된 거리를 달려가 어머니의 집 문을 두드렸다. 그때 나는 얼마간 얼떨떨하고 멍하였던가 보다. 어디라고 할 것 없이 죽고 상한 사람으로 가득한 광경이 너무도 잔혹해 비현실적이었다. 한동안 안에서 인기척이 없기에 다시 주먹으로 쿵쿵 문을 두드렸다. 부연 재티와 함께 먼지내가 훅 풍겨와 목구멍이 갈근갈근하였다. 그때 나무 문이 삐죽 열리며 어머니가 모습을 드러냈다.

—놀라셨지요? 괜찮으십니까?

안부를 묻는 내 목소리가 떨렸거나 멍한 표정을 숨길 수 없었던지, 어머니는 피식 웃기부터 했다.

—놀라기는 무얼 놀라. 밤에 자다 보니 침대가 좀 들썩들썩하더군. 왜놈들의 지랄병이 또 도졌구나 하였네. 그래, 사람이 많이 죽었는가?

어머니는 그야말로 눈도 깜짝 않았다. 낯빛은 고요하다 못해 무심하기까지 했다. 옆에서 폭탄이 터지는데도 잘 주무셨단다. 천지가 진동하는데도 편안히 쉬셨단다. 사람들은 나더러 담이 크다 하지만 어머니의 담력에 비하면 새 발의 피다. 어머니의 키를 넘어선 것은 열두 살 먹던 그때였지만, 어머니는 아무래도 숨겨둔 키가 따로 있나 보다. 아무래도 내려다볼 수가 없다. 까치발을 딛고 올려다봐야 겨우 엿볼 지경이다.

—예, 오면서 보니까 저희 동네만이 아니라 이 근처에서도 사람이 상하였던데요.

—그럼 집에서 곧장 여기로 온 건가? 우리 사람들은 상하지 않았는지 살펴보았나?

어머니의 짧은 다리는 또 얼마나 날랜지, 못난 아들은 아무리 발을 재게 놀려도 따라잡을 수가 없다. 대답을 바치는 목소리가 절로 머무적댔다.

─글쎄올시다. 지금 나가보렵니다.

헤어진 지 꼬박 아홉 해 만이었다. 아내가 죽은 후 아이들을 데리고 고향으로 돌아갔던 어머니를 가흥 땅에서 다시 만났다. 일본 경찰의 주목을 받게 된 처지인지라 더 이상 가족을 적의 수중에 둘 수 없었다. 처음에 어머니는 내가 일하는 데 방해가 된다며 굳이 오지 않겠다고 고집을 부렸다. 하지만 어머니가 움직이는 것이 개인의 문제가 아니라 임정의 문제라는 설득에 어머니는 결국 노구를 일으켰다. 이봉창 의거와 윤봉길 의거로 발톱을 곤두세우고 감시하던 일본 경찰의 포위망을 뚫고 국내를 탈출한 어머니의 이야기는 한 편의 진진한 무용담이었다.

순사대가 집을 포위한 채 경계하고 있었다. 공갈을 놓고 협박으로 을러메는 데 도가 튼 놈들이었다. 아직 중학생인 인이와 어린애인 신이가 고스란히 어머니의 책임이었다. 타관 만리 까마득한 여정에 어떤 위험이 도사리고 있을 지 알 수 없었다. 하지만 어머니는 거죽만이 아니라 도량도 헌걸찬 박씨 부인이었다.

─안악을 떠나 중국으로 가겠으니 허락해 달라. 이제 늙어 죽을 날이 며칠 남지 않았으니 생전에 손자들을 제 아비에게

맡겨야 하겠다.

선수를 쳐서 안악 경찰서에 출국 허가를 요청했다. 공개적
으로 당당히 청하는 데야 지방 경찰은 거절할 명분이 없었다.
하지만 정보를 얻어 듣고 경성 경시청에서 득달같이 달려온 요
원들은 출국을 절대 허락할 수 없다고 으름장을 놓았다.

―상해에서 우리 일본 경관들이 당신 아들을 체포하려 해
도 찾지 못하는 터에 노인이 간다고 찾을 수 있겠소? 공연히
나섰다가 죽도록 고생이나 하고 말 것이오.

―아이고, 고맙기도 해라! 고양이가 쥐 걱정을 하는구나. 내
아들을 찾는 데는 내가 너희 경관보다 나을 것이니 그깟 걱정
따윈 붙들어 매라. 언제는 출국을 허가한다기에 살림살이를
다 처분했는데, 이제 와서 출국을 허락할 수 없다니 이 무슨
해괴한 망발이냐? 너희가 무슨 권리로 나를 막아서느냐? 남
의 나라를 빼앗아 이같이 정치하고도 오래갈 줄 아느냐?

불령선인, 암살단의 수괴, 특별 지명 수배자……. 온갖 괴악
한 이름으로 쫓기는 아들을 둔 어머니의 분노가 폭발했다. 어
머니의 눈이 불을 뿜었다. 들끓는 눈이었다. 뜨겁게 살아 있는
눈이었다. 어느 외국인 선교사는 한국인들의 눈을 들여다보
고 신기하여 이 눈도 보이는가 하고 손가락으로 쿡 찔러봤다
던가. 미개할수록 눈에 힘이 없다고, 일제의 학정에 영양실조

로 총기를 잃어 흐리멍덩한 눈끔적이들을 조롱했다던가.

하지만 눈빛은 부른 배에서 나오는 것이 아니다. 싸우고자 하는 각오, 스스로 살고자 하는 의지로부터 배어난다. 어머니는 흥분하여 기절할 때까지 서슬이 시퍼런 일본 경찰들을 향해 삿대질하였다.

상대의 허를 찔러 따돌려내는 기술은 기실 잔꾀가 아니라 대담성에서 비롯된다. 어머니는 『손자병법』, 『육도삼략』을 읽지 않고도 알았다. 어지럽게 엉킨 실을 풀려고 할 때 주먹으로 쳐서는 안 된다. 싸우는 사람을 말리려고 할 때도 사이에 끼어들어 주먹만 휘둘러서는 안 된다. 급소를 치고 빈틈을 찌르라. 형세가 불리하면 저절로 물러나는 법이다. 아무리 항의해도 정식으로 출국 허가를 얻을 수 없으리라는 사실을 깨달은 어머니는 방법을 바꾸었다. 겁을 먹고 출국을 포기한 척했다. 체념하고 살 궁리에 몰두하는 시늉을 했다. 목수를 불러 집을 고쳤다. 낡은 고리짝과 이 빠진 주발들을 내다 버리고 살림살이까지 새것으로 개비했다. 누가 봐도 떠날 기색이 보이지 않았다.

어머니가 흉중에 깊이 품은 각오는 얕은수를 쓰는 잡인들이 들여다볼 수 있는 것이 아니었다. 시간까지도 치밀하게 흘렀다. 몇 달 뒤 경찰의 감시와 경계가 약해졌다 싶을 즈음 어머니는 친지의 병문안을 구실 삼아 집을 나섰다. 간단한 옷가지를 넣은 단봇짐을 머리에 이고 어린 손자의 고사리 손을 옴켜잡았다. 신천과 재령과 사리원을 지나 평양에서 만주 안동행 직행열차를 타고 상해를 거쳐 다시 가흥으로…… . 어머니는 끝내 나를 찾아내었다. 수많은 경찰과 밀정들이 눈에 핏발을 세우고 찾아도 못 찾는 나를, 끝내 찾아내어 내 곁에 오셨다.

―어비, 자꾸 울면 에비가 와서 업어 간다!

―말썽 피우고 떼를 쓰면 에비에게 잡혀간다!

두려움이 두려움을 가르친다. 아이들에게 무슨 일인가를 하지 못하게 하려고 어른들은 세상에도 없는 무서운 것을 지어낸다. 고작 울음을 그치고 성가시게 보채는 것을 막기 위해 현실에 없는 가상의 공포를 만들어낸다. 두려움까지도 물려받는 것이다. 어머니는 내가 어려서부터 무서운 것도 모르고 아픈 줄도 모르는 별종이었다고 근댔지만 나는 하늘에서 뚝 떨어진 아이가 아니었다.

어머니는 내가 어렸을 때 에비, 이것이 무섭고 저것이 겁나다 장난으로나마 으른 적이 없었다. 뱀이며 박쥐며 문둥이 따위에 놀라 호들갑을 떠는 어머니를 한 번도 본 적이 없다. 어머니는 『삼국지』의 맹장 조자룡처럼 작은 몸 전체가 담(膽) 덩어리였다. 단단하고 옹골찬 여장부였다. 아무것도 두려워하지 않는 어머니의 아들은 헛것에 질려 뒷걸음치지 않았다. 온몸을 밀어 그것을 깨부수고 나갔다. 나는 다만 두려움 없는 어머니의 두려움 모르는 아들이었다.

　　　　　　　　　　🌑

　─나는 지금부터 '너'라는 말을 고쳐 '자네'라고 부르겠네. 잘못하는 일이라도 말로 꾸짖고 회초리를 쓰지 않겠네. 듣자니 자네가 군관 학교를 하면서 여러 청년들을 거느리게 된 모양이니, 남의 사표가 된 마당에 나도 체면을 세워주자는 것일세.

　아홉 해 만에 다시 만난 어머니의 첫 말씀이었다. 나이 육십이 되어 나는 어머니의 매를 면하게 되었다. 황공하게도 높임말까지 듣게 되었다. 하지만 어머니가 베풀어주신 은혜에 마냥 기뻐할 수 없는 마음의 조화가 야릇했다. 호랑이보다 무섭고 태산보다 크던 어머니는 이제 희수(喜壽)의 백발노인이었다. 그 회초리를 맞으면 얼마나 아플 것인가? 이놈 저놈 소리를 안 듣는다고 얼마나 감격스럽고 뿌듯할 텐가?

　세상의 말로는 설명할 수 없다. 부모와 자식은 천 번을 태어나고 백겁이 지나도록 은혜와 사랑을 끼치며 사는 인연이라고 했다. 그것은 천상에 속하는 것이다. 겹겹의 삶과 아득한 시간이 만든 신비다. 그러나 지상의 인간은 누추하고 비루하여 후회할 것을 알면서도 후회할 일을 한다. 가지고서는 모르고 잃고서야 깨닫는다.

아프다. 사랑받은 만큼 더욱 아프다. 못난이로 낳아줬다고 불퉁거리기나 하는 아들에게 어머니는 아낌없이 베풀고 또 베풀었다. 어린 마음으로 상놈 팔자를 고쳐보겠노라고 나부댈 때에 어머니는 먹과 붓을 사주었다. 책은 빌려다 읽을망정 글자 연습은 마음껏 하라고 격려했다. 해주에서 나는 먹은 향기가 은은한 참먹이었다. 어머니는 내게 그것을 사주기 위해 하루 종일 뙤약볕에서 김을 맸다. 밤새워 길쌈하여 품을 팔았다. 그것을 갈아 쓴 글자에서는 비치근한 어머니의 땀내가 났다. 동학 접주로 지도자 노릇을 한다고 나섰을 때에 어머니는 곱솔 고운 명주 저고리를 지어 보냈다. 그런 매끄럽고 좋은 옷은 처음이었다. 어머니는 일평생 몸에 걸쳐보지 못한 옷치레였다.

그러나 나는 좋은 아들이 아니었다. 좋은 남편도 좋은 아버지도 될 수 없었다. 세상이 말하는 봉양과 양지(養志)의 효자가 되고자 했다면 애당초 독립운동 근처에는 얼씬하지 않았어야 했다. 어차피 타협할 수 없는 일이었다. 잃지 않고서는 아무것도 구할 수 없었다. 나진포에서 인천으로 가는 나룻배 위에서 참척을 당할 바에야 같이 죽는 게 낫다고 손을 이끌던 어머니를 생각하면 불효자의 가슴이 뻐개어졌다. 어머니보다 먼저 죽지 않으리라고 맹세했다. 결단코 조국의 해방을 보지 못한 채로는 눈감지 않겠노라고 다짐했다. 아들의 옥바라지를 위해 객주의 식모살이를 하며 밥을 빌어다 먹이던 어머니를 위해서라도 나는 그리 쉽게 죽을 수 없었다. 누군가의 사랑으로 세상에 난 이상, 내 목숨이라도 내 것이 아니었다.

모든 진정한 것들은 마침내 한곳에 닿는다. 어머니의 도저한 희생과 순정한 헌신은 점점 크고 넓어져갔다. 감옥은 내게만이 아니라 어머니에게도 학교였다. 어머니는 타고나길 좋은 학생이었다. 자기가 배운 알량한 지식으로 삶을 재단하지 않고 자신의 삶으로부터 끊임없이 배웠다. 처음에 인천 감옥 문 앞에서 울고 섰던 어머니는 그저 자식 걱정에 겨운 맹목의 촌부였다. 느닷없이 살인범에 사형수가 된 아들을 뒤받칠 방도라곤 하루 세끼 밥 한 그릇씩 먹이는 것밖에 알지 못했다. 하지만 옥바라지를 하며 노심초사 애태우던 어머니에게 어느덧 밥보다 더 소중한 것들이 생겨났다.

―김창수는 이인(異人)이오. 평범한 우리네가 언감생심 꿈도 못 꾸는 일들을 당당히 하였소.

―안심하시오. 어쩌면 이렇게 호랑이 같은 아들을 두셨소?

나를 동정하고 칭송하는 사람들의 말 한마디 한마디가 깜깜나라에 갇힌 어머니를 깨우는 빛줄기였다. 그들에게서 얻어듣는 세상 이야기와 나라 걱정에 차츰차츰 쇠귀가 트였다. 근심으로 찌푸렸던 어머니의 얼굴에 기쁜 빛이 돌기 시작했다. 그른 일을 한 것이 아니다. 스스로 분별하여 옳은 일을 했다. 설령 그른 일을 했을지라도 어미 된 죄로 자식의 마지막 편짝이 될 수밖에 없었을 테지만, 옳은 일이기에 고난마저 달갑게 받아들일 수 있다. 굳은 확신이 어머니의 가슴에서 올찬 희망으로 싹텄다. 내게 사형 선고가 내려졌다가 기적적으로 취소되었다는 사실을 알게 된 뒤로는 어머니의 태도가 사뭇 달라졌다.

—어쩐지 강화 갑곶을 지나오면서 강물에 같이 빠져 죽자고 했을 때 자기는 결코 죽지 않을 거라고 뻗장이더라. 창수는 그때 이미 자기가 죽지 않을 줄 알았던 게야. 살아남아서 할 일이 있으니 그리 쉽게 갈 수가 없었던 게야.

옛사람들은 자식을 기르는 일을 연날리기 같다고 했다. 연을 띄울 때는 무작정 잡아당기거나 허투루 풀어서는 안 된다. 연을 키우는 것은 하늘이다. 바람의 흐름으로 하늘의 호흡을 읽는다. 연줄에 돌가루와 아교를 먹여 끊어지거나 엉키지 않게 다독이고, 때로 얼레를 감아 팽팽히 당기고 때로 느슨히

풀어야 한다. 하지만 연날리기의 알속은 언젠가 그 연을 하늘로 놓아주어야 한다는 것이다. 까마득한 점이 되어 날아오르도록, 미련을 버리고 연줄을 끊어야 한다는 것이다. 어머니는 나를 위해 나를 버렸다. 자식을 향한 고집스럽고 끈질긴 집착을 끊고 자유롭게 하늘을 쏘도록 풀어주었다.

서울로 달려가 법부대신에게 석방 운동을 벌였다. 인천 감리서와 법부에 소장을 올렸다. 거절당하면 다시 하고 내쳐지면 거듭 매달렸다. 두들길수록 단단해지는 강철처럼 숱한 시련을 겪으며 어머니는 단련되었다. 105인 사건으로 서대문 감옥에 갇혔을 때 어머니는 안악의 가산과 집물을 모두 팔고 상경했다. 열여덟 해 만에 다시 하는 옥바라지였다. 이제는 감옥 뒷담 너머 마루턱에서 날마다 우두커니 지켜 섰던 아버지도 안 계신데, 그래도 어머니는 무너지지 않았다. 위로와 의논에 의지하지 않고도 아버지의 몫까지 살뜰히 감당했다.

일고여덟 달 만에 허락된 첫 면회였다. 면회를 나갔다 감방으로 돌아오는 동지들의 눈시울이 하나같이 벌그죽죽했다. 갓은 악랄한 고문을 당한 뒤끝이라 몰골이 너나없이 사납고 초라했다. 이름이 불려 나가며 눈물을 각오했다. 다른 동지들처럼 부모와 처자를 만나 눈이 짓무르도록 울다가 한마디도 제대로 나누지 못하고 헤어지면 어쩌나 걱정했다. 하지만 판자벽에 뚫린 구멍 너머에는 전혀 뜻밖의 일이 나를 기다리고 있었다. 어머니가 나를 살갑게 맞았다. 태연한 얼굴에 짐짓 미소까지 띠고 반가이 인사했다. 어리벙벙했다. 한바탕 눈물 바람을 겪을까 봐 지레 걱정했던 것이 겸연쩍었다.

　—나는 네가 경기 감사를 한 것보다 더 기쁘다. 네 처와 화경이까지 데리고 와서 면회를 청했는데 한 번에 한 사람밖에 허락하지 않는대서 할 수 없이 나만 들어왔다. 네 처와 화경이는 저 밖에 있다. 옥중에서 몸이나 제대로 살펴 지내느냐? 우리 세 식구는 평안히 잘 있으니 우리 근심은 말고 네 몸이나 잘 보중하기 바란다. 만일 식사가 부족하거든 하루에 사식을 두 번씩 들여주랴?

　눈물보다 슬프고 통곡보다 아린 미소 앞에 도리어 내가 할 말을 잃었다. 죄송했다. 자식을 보기 위해 원수들에게 청원해야 했던 어머니의 수모가. 놀라웠다. 만신창이 된 아들을 보고도 맘이 흐너질까 눈물을 비치지 않는 어머니의 씩씩한 기상이. 부끄러웠다. 17년의 징역 선고 앞에 일순간 밥맛을 잃고 상심했던 나 자신이. 죄송하고 놀랍고 부끄러워서 아무 말도 할 수가 없었다.

　—면회 끝! 수인 번호 56호 깅가메는 감방으로 돌아가라!

　턱없이 짧은 시간이 야속하게 흘러 면회구가 닫혔다. 그 틈

새로 어머니가 머리를 돌리는 모습이 얼핏 보였다. 서리가 앉은 어머니의 백발이 아프게 빛났다. 좁은 어깨가 더욱 낮게 처져 있었다. 나는 보지 않고도 보았다. 돌아서는 한 발자국 한 발자국에 고인 어머니의 눈물을. 몇 번인가 준비하고 다짐하여 기어이 참아낸 통곡을. 그 질편한 물기가 바싹 말라 타들어가던 내 가슴에 스몄다. 출렁출렁 고여 넘쳤다. 어머니는 세상이 말하는 불효자 아들을 감싸고 두둔하기보다 세상을 넓혔다. 어머니가 열어놓은 너른 세상 속에서 나는 붉은 죄수복을 입은 채로 고관대작보다 자랑스러운 아들이었다.

어머니는 참 놀라운 어른이다. 나의 어머니는 정말로 놀라운 어른이다.

삶은 밤이 먹고 싶다. 매끈한 겉껍질 안에 토실토실한 속살이 고소하고 차진 알밤. 닭백숙이 먹고 싶다. 뭉그러져 뼈가 쏙 빠지도록 가마솥에서 고아낸 살진 촌닭. 그 뽀얗게 우러난 국물에 찹쌀을 넣고 쑤어낸 닭죽은 또 얼마나 입에 착착 달라붙는지! 배춧속을 거둬둔 퍼런 겉잎에 소금으로만 간한 김치주저리도 그립다. 생굴과 낙지와 버섯이 넉넉히 들어간 보쌈김치만은 못할지라도 씹을수록 은근하고 담박한 맛이 푸르다.

입을 쩍쩍 다신다. 때 아닌 식탐이 터무니없다. 돌연한 허기는 잃어버린 시간의 기억이다. 동지들과 머리를 맞대고 밤새워 토론할 때에 어머니는 밤참으로 삶은 밤과 닭고기를 이바지했다. 때마침 출출했던 장정들이 반가워 환호했다. 뜨끈하고 푸짐한 것을 나눠 먹으며 현재를 점검하고 미래를 설계했다. 현실은 고단하고 미래는 불투명했지만 어머니의 음식을 먹을 때만은 피로와 불안을 가맣게 잊었다.

거지 중의 상거지로 살았던 상해 시절에는 고기붙이는커녕 푸성귀조차 그림의 떡이었다. 쌀값이 헐해 가난해도 굶어 죽지 않는 곳이 상해라지만 반찬 없이 넘기는 강밥이 쉽게 넘어갈 리 없었다. 어머니는 며느리를 잃은 후 어린 손자의 손을 끌고 고국으로 돌아갔다. 한 입이라도 줄여 부담을 덜기 위해서였다. 어머니가 떠난 자리에는 질박한 항아리들이 여럿 남아 있었다. 무심히 뚜껑을 열어보고 깜짝 놀랐다. 항아리 안에는 소금물에 담가 절인 김치주저리가 가득했다. 그 뜻밖의 찬거리를 장만하기 위해 어머니는 며칠을 두고 집 뒤편의 쓰레기통을 뒤졌다. 골목에는 근처의 채소상이 버린 배추 껍데기가 함부로덤부로 버려져 있었다. 그것을 다듬고 씻고 간추려 절였다. 버무릴 고춧가루가 없어 백김치가 되어버린 우거지에

선 자식의 체면이 깎일까 봐 한밤의 어둠을 더듬거리던 어머니의 손맛이 짭조름히 배어 있었다. 안타깝고 애절한 마음이 입안에서 서걱거리며 씹혔다. 나는 오래도록 그것을 아껴 동지들과 나눠 먹었다.

　―아버지, 할머님이…… 위독하십니다. 유주에서 병이 나셨는데 빨리 중경에 가겠다고 말씀하셔서 신이와 제가 모시고 왔습니다. 지금 인제 의원에서 아버지를 기다리고 계십니다.

　남경을 점령한 일본군이 중국 내륙으로 마수를 뻗치고 있었다. 대한민국 임시 정부는 포화를 피해 장사에서 광동으로, 광주에서 다시 불산을 거쳐 유주로 피난했다. 안정된 근거지를 확보해 참전을 준비하는 것이 우선 과제였다. 중국 정부의 전시 수도인 중경과 가까운 기강으로 임정을 옮기기로 결정하고 해외 동포들과 연락을 재개했다.

　그러던 차에 미주에서 온 서신을 받으러 들른 중경 우체국에서 나를 찾아다니던 인이와 마주쳤다. 제 어미를 닮아 침착하고 초연한 성품을 가진 인이의 얼굴빛이 심상치 않았다. 가슴속에서 육중한 무언가가 쿵, 떨어져 내렸다.

　―자네가…… 왔으니 되었네. 이제…… 되었네. 나를 어서…… 여기서…… 데리고 나가게.

　어머니는 작았다. 강보에 싸인 갓난이인 양 자그마했다. 하지만 안색은 흙빛이었다. 카랑카랑하던 목소리도 간데온데없었다. 부어오른 목구멍에서 한마디 한마디가 힘겹게 삐져나왔다. 광서 지방의 풍토병인 인후염이라고 했다. 강남의 겨울은 검특하였다. 기온은 그리 낮지 않지만 습도가 높아 추위가 뼛속으로 파고들었다. 여든 해를 정정하게 버텨온 어머니의 몸이 앙칼진 이국의 한추위에 무너져 내렸다. 수술을 받기에는 연세가 너무 높았다. 처방을 써보기엔 병이 벌써 깊었다. 길고 지루했던 겨울이 지나 이제 곧 봄이 오려는데, 어머니를 구하기엔 늦었다. 너무 늦어버렸다.

중국 정부가 제공한 여섯 대의 버스를 이용해 백여 명의 대식구를 무사히 기강에 안착시켰다. 정식으로 중경에 입성하기 전에 정치적 통일을 이루고 군대 창설의 기반을 다지려는 복안이었다. 사천성 정부의 후원과 인민의 우대가 각별하여 모처럼 식솔들의 얼굴이 폈다. 하지만 서광이 비치기 시작한 외부 상황과는 반대로 어머니의 상태는 점점 나빠져갔다. 무력했다. 싸울 수 없기에 이길 수도 없는 시간의 천명(天命) 앞에 한낱 인간은 무기력했다. 맥없이 손을 놓고 죽어가는 어머니를 바라보았다. 내가 디뎌 섰던 지상의 한 자리가 움푹 꺼지는 것을 지켜보았다.

어머니는 부은 목 때문에 미음조차 삼키기 힘겨워했다. 그런데 병석을 지키는 아들이란 작자는 당찮고 요망하게도 먹을 거리 타령이다. 삶은 밤과 닭백숙과 김치주저리, 저격당해 죽을 고비를 넘기고 찾아갔을 때 어머니가 손수 차려주시던 위로의 밥상에 회가 동한다. 따뜻한 밥이 어머니였기 때문이다. 어머니가 나의 주린 배를 채워준 대뜻밥이었다. 추억이 공허 같은 허기를 일깨운다. 그 밥을 먹고 살아오면서도 끝내 어머니께 잘 차린 밥상 한번 바치지 못했다는 회한으로 나는 더욱 허출하기만 하다.

서대문 감옥에서 출옥한 나를 위로하겠노라며 친구들이 열어준 잔치에서 기생이 부르는 권주가를 듣고 어머니는 분노하여 한걸음에 달려오셨다.

—이게 무슨 망발이냐? 네 아내 보기에 부끄럽지도 않으냐? 내가 여러 해 동안 고생을 한 것이 오늘 네가 기생 데리고 술 먹는 것을 보려 했던 것이더냐?

분위기를 깨지 않으려 억지로 받아 마신 술이 확 깨었다. 고생길을 동행하며 고부 갈등의 시비 따윈 말끔히 지워낸 어머니는 언제나 아들보다 며느리를 편들었다. 아내의 성결한 심지와 절행을 칭찬하며 행여나 아내를 박대하는 시늉조차 못 하게 했다.

어머니의 일평생에 잔치는 없었다. 환갑상도 팔순상도 기어이 물리쳤다. 조촐하게나마 환갑상을 차리려는 아내를 말리며 어머니는 다음을 기약하자 하였다. 바로 이틀 전 중국으로 망명한 아들을 두고 어머니는 잔칫상을 받을 수 없었다. 만세 운동으로 매일 수십 수백의 동포들이 죽어가는 마당에 축하연이 다 무엇이랴 하였다. 장사에서 동지들과 청년단이 팔순을 기념하려 돈을 모은다는 사실을 알고는 당신 입맛대로 음식을 마련하겠노라며 그 돈을 달라고 했다. 무슨 진미를 준비하시나 하였더니, 어머니의 팔순 생일상에 오른 것은 뜻밖의 맵고 뜨거운 별식이었다.

─늙은이를 위로하려는 자네들의 마음은 잘 알겠네. 하지만 자네들이 진정으로 나를 생각한다면 이것으로 왜놈들을 무찔러주게. 망국노로 떠도는 지경에 산해진미가 무슨 소용인가? 원수들의 살점을 씹고 피를 마시고서야 우리 동포들 모두가 배부를 것이네.

어머니가 품 안에서 꺼내놓은 것은 생일잔치할 돈에 당신의 쌈짓돈을 보태어 산 단총 두 자루였다. 임정의 젊은 부인네들은 생일 선물로 비단 솜옷을 사드렸다가 눈물이 쏙 빠지게 꾸지람을 들었다. 평생토록 비단을 몸에 걸쳐본 일이 없고 어울리지도 않으니 당장 물려 오라고 나무랐다. 지금 이나마 밥술이라도 넘기는 것이 온전히 윤봉길 의사의 핏값이니, 피를 팔아서 옷을 지어 입을 수는 없다고 했다. 나라가 독립해 고향에 돌아가기 전까지는 좋은 옷을 걸치지 않고 좋은 음식을 먹지 않겠다고 고집했다.

─자네…… 어서 독립이 성공되도록…… 노력하고…… 성공하여 귀국할 때…… 나의 유골과 인이 어미의 유골까지…… 가지고 돌아가…… 고향에 묻어주게.

공자의 종심(從心)은 마음이 시키는 대로 행해도 전혀 법도에 어긋남이 없는 경지를 일컬으니, 오로지 삶으로부터 배워 실천한 어머니는 옳았다. 병석에 눕기 직전까지도 어머니는 손수 밥을 지었다. 물을 긷고 청소를 하고 안경도 없이 바늘귀를 꿰어 옷을 기웠다. 일생토록 다른 사람의 손을 빌려 당신의 일을 처리하지 않고, 정직한 노동으로 거룩하였다. 그토록 꼿꼿하고 강강한 사랑으로 총칼을 들지 않고도 어느 전사보다 용맹했다.

─나의…… 원통한 생각을…… 어찌하면 좋으냐…….

어머니의 마지막 말씀이 격정과 통한으로 떨렸다. 어머니는 작고 못난 여인이었다. 하지만 아름다운 지혜로 세상을 넉넉히 품었다. 어머니는 못 배워 무식한 여인이었다. 그러나 원칙을 모르면서도 올곧았고 맹세 없이도 군건했다. 그 크신 어머니를 닮으려기에 나는 너무 작았다. 높은 사랑을 뒤좇기에 나는 너무 모자랐다.

육십이 넘은 늙은 아들 백범은 울보 떼보 창암이가 되어 어머니의 식어가는 손을 붙들고 울었다. 맵짜고 시금하고 달보드레한 기억들이 한꺼번에 쏟아졌다. 나를 먹여 키웠던 어머니의 비릿하고 슴빽한 삶이 잇새에서 질깃질깃 씹혔다. 나는 치밀어 오르는 그것들을 눈물과 함께 꿀꺽 삼켰다.

슬픔의 축제

번쩍, 눈앞에 번개가 내리쳤다. 알과녁이 된 가슴이 달아오르며 숨이 훅 말려들었다. 낯선 통증이 한꺼번에 물밀었다. 벤듯 쑤신 듯 쥐어뜯긴 듯, 예리한 아픔이 온몸을 휘저었다. 단말마의 비명이 절로 터졌다. 한순간 시야가 까맣게 지워졌다. 칠흑빛 짙은 어둠 속에서 허우적댔다. 누군가 발밑에서 잡아 끌고 있었다. 한 번도 겪어보지 못한 엄청난 괴력이었다. 한 뭉치의 미끈둥한 덩어리가 되어 흘러내렸다. 밑도 끝도 없는 굴길로 빠져들었다.

추웠다. 살갗을 저미는 매서운 냉기에 부르르 몸을 뒤떨었다. 하지만 몸이라고 느껴지던 어떤 형체마저 점점 의식에서 분리되어갔다. 아무것도 아니기에 고요했다. 보아도 느껴도 생각해도 그 보고 느끼고 생각하는 주체가 없기에 허허로운 채로 평화로웠다. 죽음. 퍼뜩 그 서늘한 말이 떠올랐다. 스스로 겪기 전에는 아무도 모르는, 아무것도 모르는 채로 모두가 떠나는 길. 나는 죽어가고 있었다. 이미 죽은 것인지도 모른다.

슬픈가? 서러운가? 그도 아니라면 후련한가? 슬픔은 죽은 자의 몫이 아니다. 오직 산 자들에게 남겨지는 빚이다. 그럼에도 나는 아프고 괴롭다. 내 영혼에는 날개가 없다. 시원하게 활활 털고 사뿐히 훌훌 날아오를 수 없다. 지상에 갚아야 할 묵은셈을 남겨둔 채로는, 나는 죽어서도 죽을 수 없다.

펄럭이는 저 강물을 보고 있는 것이 눈이 아니라면 무엇일까? 분분히 흩날리는 꽃잎의 향기를 맡는 것이 코가 아니라면 무엇일까? 어린 시절 뛰놀던 뒷동산, 줄달음치며 쫓고 쫓기던 동무들을 기억하는 것이 머리가 아니라면 무엇일까? 헤어진 동지들을 그리워하고, 잃어버린 사랑에 애달파하고, 못다 지킨 약속에 쓰라린 것이 가슴이 아니라면, 나는 지금 무엇일까? 무엇으로 어디에 머무르고 있는 걸까?

―⋯⋯내가 어디를 왔느냐?

피거품이 엉겨 붙은 입술을 조심스럽게 떼어보았다. 남겨두고 갈 수 없는 것들의 이름을 불렀다. 누구라도 듣는 자가 있다면 대답하라. 떠날 때가 아니라면 머물게 하라.

—어, 선생님, 이제 정신이 드십니까? 제가 누군지 알아보시겠습니까?

놀란 목소리로 내 손을 더듬어 잡는 이는 엄항섭이었다. 의사 선생을 외쳐 부르며 달려가는 자의 뒷모습은 조경한 같았다. 그들과 함께라면 나는 죽지 않은 것이 분명하다. 살아서 죽음의 깊은 꿈을 꾸었던 것일까. 참으로 망령된 헛꿈도 다 있다. 그런데 꿈에서 불덩이를 맞았던 가슴팍이 깨어난 후에도 얼얼하게 욱신댄다. 이건 또 무슨 변괴인가. 혹여 죽은 채로 삶의 봄꿈을 꾸고 있는 건 아닐까?

—내가 왜 병원에 와 있는가? 가슴에 무슨 상흔이 있는 듯한데, 대체 무슨 일이 있었는가?

—남목청에서 술을 마시다가 졸도하셔서 상아 의원으로 모셨습니다. 졸도할 때 상 모서리에 엎어져서 약간 다치신 것 같습니다.

중국 정부의 후원과 미주 동포들의 원조로 피난 중이나마 임시 정부의 살림은 안정되었다. 남경을 떠나 이주한 호남성의 성도(省都) 장사는 항일 민간 우호 단체인 한중 호조사가 제일 먼저 설립된 곳인 만큼 한인 애국지사들에 대한 지원의 열기가 높았다. 더욱이 장사에 풍년이 들면 천하가 다 풍족해진다는 말이 있을 정도로 농산물이 풍부하고 물가가 쌌다. 덕분에 우리는 전쟁 중이나마 고등 난민의 생활을 했다. 상황이 좋은 틈을 이용해 서둘러 광복진선의 통일 문제를 매듭지을 작정이었다. 일단 임정을 지지하는 조선 혁명당과 한국 독립당과 한국 국민당을 한데 묶은 뒤, 다른 독립운동 조직과의 연대를 시도할 계획을 세웠다.

— 세 당의 간부들이 한데 모여 숙제로 된 통합 문제를 완성해 봅시다. 장소는 조선 혁명당의 당부인 남목청이 좋을 것 같소이다. 그날 식사는 내 한턱하리니, 하루 이틀 뒤에 모입시다.

사양하는 조경한에게 군이 강권해 그날 먹을 냉면 값 10원을 건넸다. 한국 국민당 대표로 나와 조완구, 조선 혁명당 대표로 이청천과 조경한과 현익철, 한국 독립당 대표로 조소앙과 홍진이 참석하고 유동열, 임의택 등이 참관한 회의는 시종 화기애애한 분위기 속에서 진행되었다. 음식이 들어오고 술잔이 오갈 때에 애주가로 소문난 유동열이 상차림을 마련한 조경한에게 핀잔을 주었다.

— 술꾼이 맛도 보지 않고 이런 술을 사오게 했는가? 사환을 시키지 말고 전문가인 자네가 직접 가서 골라오게.

허물없는 사이인 그들의 말시비에 좌중에서는 웃음이 터졌다. 초여름 밤의 훗훗한 바람이 심각한 주제로 모여 앉은 이들의 마음마저 녹이는 듯했다. 예감이 좋다. 오늘은 반드시 결실을 맺으리라. 독한 중국주가 제법 달고 맛깔났다. 내가 기억하는 것은 딱 거기까지였다. 술을 얼마나 많이 마셨기에 이처럼 뒷일을 하나도 기억할 수 없는지 귀신이 곡할 노릇이었다. 한 달이 다 되도록 영문을 모른 채 일무실착하지 못한 허물을 자책하며 지냈다.

그런데 회복기에 접어들어 엄항섭에게 보고받은 사건의 진상은 그야말로 꿈에도 예상치 못했던 것이었다. 나는 술에 취해 쓰러진 게 아니라 총에 맞았다. 탄환이 급소를 관통했다. 총알이 심장 가까이에 단단히 박혔다. 피를 너무 많이 흘렸다. 육십 대 중반 고령의 몸으로 배겨내기에 버거운 중상이었다. 의사는 가망이 없다고 고개를 저었다. 입원 수속도 하지 않고 문간의 간이 침대에 환자를 방치했다. 모두가 숨이 끊기기만을 기다렸다. 상해에 공작을 나간 인이와 홍콩에 가 있던 안공근에게 '피살당했다'는 전보를 쳤다. 그들은 장례식에 참석할 요량으로 서둘러 장사로 달려왔다.

한두 시간이 그렇게 지났다. 그런데 나는 죽지 않았다. 세 시간이 훌쩍 넘어버렸다. 그래도 나는 죽을 수 없었다. 네 시간이 꼬박 흐르도록 반송장으로 누워 버텼다. 아직 나는 죽을 때가 아니었다. 내가 죽어야 할 곳은 여기가 아니었다.

저격 사건도 그러하려니와 범인의 정체가 더 큰 충격이었다. 통합 회의가 열리는 연회장에 뛰어 들어와 첫 발을 내 가슴에 박고, 두 번째로 현익철을 즉사시키고, 세 번째로 유동열의 허리를 끊고, 네 번째로 이청천의 손을 뚫고 달아난 그는 일본 경찰도 아니고 밀정도 아니었다. 조선 혁명당 집행 위원이었다가 갈등을 일으켜 당에서 제적당한 이운환이 앙심을 품고 암살을 시도했다 하였다. 믿을 수 없었다. 믿기 싫었다. 그는 남경에 있을 때 나를 찾아와 상해로 특무 공작을 하러 가겠다며 자금을 얻어가기도 했다. 사물에 대한 판별력은 부족하다 싶었지만 남다른 용기와 모험심을 북돋워주고 싶어 나는 기꺼이 주머니를 풀었다.

쇠가 쇠를 먹고 살이 살을 먹는다는 말이 있던가. 십수 년 동안 거액의 현상금을 목에 건 채 체포와 암살을 피해왔다. 탈출과 변성명을 거듭하는 위기 속에서도 용케 앙버텼다. 그런데 마침내 독립의 빛이 어슴푸레 비칠 즈음 사사로운 불만을 품은 동포의 손에 죽을 지경에 이르렀다. 그 어떤 분노, 그 무슨 이해, 그 얼마나 크나큰 원한이 동족의 가슴에 총부리를 겨누게 했단 말인가. 몸 안에서 제거되지 않은 총알이 덜그럭거렸다. 한 발 한 발을 디딜 때마다 이리 밀리고 저리 쏠렸다.

무거운 다리를 질질 끌고 걸었다. 분하거나 낙심되지는 않았다. 얄궂은 복수심 따위도 생겨나지 않았다. 그저 지독하게 피로하고 조금 슬플 뿐이었다.

퇴원하여 다리를 절룩이며 들어오는 나를 보고 어머니는 침착하게 말씀하셨다.

—자네의 생명은 상제(上帝)께서 보호하시는 줄 아네. 사악한 것이 옳은 것을 범하지 못하지. 그렇지만 하나 유감스러운 것은 이운환도 정탐꾼일망정 한국인인즉, 한인의 총을 맞고 살아난 것이 일인의 총에 죽은 것보다 못하네.

삶과 죽음은 내 선택권 밖에 있었다. 나는 마음대로 살거나 죽을 수도 없었다. 죽음의 문턱까지 다다랐던 나를 끝끝내 되살린 힘은 따로 있었다. 나는 그 절대를 믿었다. 한결같이 경외하고 숭배하였다. 하지만 나의 신앙은 종교라는 울타리에 가둘 수 없는 것이었다.

나는 무속의 힘을 빌려 세상에 태어났다. 유교를 통해 삶의 질서를 배웠고, 풍수와 관상학을 익혀 자연과 사람을 읽었다. 평등과 대동을 꿈꾸며 동학에 투신했고, 잠시나마 불교의 사문으로 속세를 떠나기도 하였다. 그리고 신문물을 받아들여 계몽 운동을 하기 위해 기독교 신자가 되기까지, 짧은 한살이에 한민족의 거의 모든 종교를 섭렵했다.

하지만 신앙의 외피가 어떠하였든 나의 신념은 언제나 변함 없었다. 나는 질투와 우월과 특권의 신을 믿지 않는다. 내게만 복을 주고 나만을 구원하는 절대자의 편애를 원치 않는다. 신은 경외할지언정 그 축복을 독점하려는 교조는 단호히 거부한다. 최익현과 유인석은 의병을 일으키고 민영환과 조병세는 자결하였다. 하지만 일본의 작위를 받아 조선 귀족이 되고 공자교와 대동학회를 만들어 앞잡이질을 한 것도 충의를 숭상한다는 유학자들이었다. 외세의 침탈을 막고 인민을 구제하기 위해 최제우와 최시형은 순교했다. 그럼에도 동학의 적자를 자처하는 이용구는 일진회를 이끌며 의병을 학살했다. 한편에서 유신회가 개혁과 저항의 몸부림을 치는 와중에도 친일 매불 승려들은 민족 말살을 획책하며 온갖 호사와 방탕한 생활을 했다. 안중근은 암살자란 이유로 가톨릭 신자 자격을 박탈당했고, 애국 인사들이 검거되어 축출된 뒷자리에서 기독교는 신사 참배라는 우상 숭배로 스스로를 부정했다. 거룩한 절대가 사라지면 세상에는 천하고 삿된 욕망만 남는다. 그곳에 신은 없다. 나는 인간의 사욕에 볼모로 잡힌 신을 믿지 않는다.

삼일 만세 운동자들은 십자가에 묶여 처형당했다. 윤봉길도 십자가에 매여 총살되었다. 예수의 궁한 형상과 서글픈 얼굴을 닮은 채로 인간의 죄를 껴안고 희생하였다. 내 믿음은 십자가가 아니라 십자가에 매달린 그들에게 있었다. 민족 해방이 오직 하나의 꿈이었다. 조국 독립이 유일한 신앙이었다. 그리하여 나는 맹신하였다. 단군의 자손으로 태어난 자라면 설령 왜적의 개질을 하는 놈이라도 절대 나를 해하지 못하리라고, 가슴팍에 총알을 박고 죽을지언정 동족을 믿었던 걸 뉘우치지 않으며 앞으로도 고칠 생각 따윈 추호도 없다고.

내게 주어진 여분의 삶이란 오로지 그 절대의 명령이었다. 그리하여 나는 기도하였다.

> 나는 혈육을 같이하는 내 동족을 위해서라면
> 나 자신이 저주를 받아 그리스도에게서 떨어져 나갈지라도
> 조금도 한이 없겠습니다. (「로마서」 9장 3절)

사천성 남쪽 기강의 삼월은 고향의 오월처럼 온화했다. 하늘은 맑고 바람은 부드럽고 봄꽃이 만발한 천지는 눈부시게 아름다웠다. 아름다워서 더욱 서러웠다.

─민족의 대동단결만이…… 광복을 앞당길 수 있소. 당장 임시 정부 산하의 세 정당만이라도 하나로 합쳐서…… 오랜

염원인 대통합을 이루는 기반으로 삼아주오. 백범, 이것이 내 마지막 소원이오…….

오랫동안 천식으로 고생해 온 이동녕이 곡기를 끊은 지 열흘 만에 눈을 감았다. 내 손을 부둥켜 잡은 채 애끓는 유언을 남기고 영욕과 회한의 마지막 숨을 거두었다. 을사조약 때 상소 운동에 참가하며 처음 만나 삼십여 년을 함께 싸워온 동지였다. 단짝이면서 큰형님이었고, 선배면서 스승이었다. 슬픔에 지쳐 눈물조차 나오지 않았다. 상처 입은 짐승같이 끙끙 신음할 뿐이었다. 죽어서도 조쌀한 그의 시신을 태극기로 감싸며 다짐했다. 약속을 꼭 지키겠노라. 낯선 동산에 붉은 봉분을 다지며 각오했다. 그 소원을 반드시 풀어드리고 말겠노라.

그동안 한국 독립운동 세력은 숱한 분열에 시달려왔다. 저급한 지방열부터 치열한 사상 투쟁까지 한시도 논란과 대립이 그치지 않았다. 그 틈을 이용해 일본 제국주의자들은 한국인들은 역사적으로 분열적이고 나약하여 사대 정신이 강한 열등 민족이라고 악선전했다. 하지만 단순히 소모적인 분열만이 거듭된 것은 아니었다. 치열한 논쟁은 민주주의를 성숙시키는 밑거름이 되었고, 한편에서는 단결과 화해를 위한 노력이 계속되었다. 국민 대표 회의, 유일당 운동, 전국 연합 진선 협회의 추진에 이르기까지 끊임없이 통합의 시도가 이어졌다.

윤봉길 의거 직후 체포되어 국내로 압송되기 전까지 통일 운동의 중심에는 안창호가 있었다. 도산은 민족주의자도 공산 주의자도 아니었지만 민족적 혁명을 목표로 모든 주의를 뛰어 넘었다. 그리하여 안창호가 국내에서 서거했다는 비보가 들려 왔을 때 임시 정부보다도 먼저 조선 민족 전선 연맹이 추도식 을 열기도 했다. 무릇 슬픔에는 좌우가 없다. 진정과 성심에는 경계가 없다.

지도자다운 지도자들이 하나둘 세상을 떠났다. 끝내 해방 된 조국을 보지 못하고 한 맺힌 눈을 부릅뜬 채 죽었다. 기라 성 같은 지사들 틈새에서 둘째 줄 끄트머리쯤에 서 있던 시절 이 좋았다. 칼바람을 맞받는 앞면으로 밀려 나와서도 도전받 고 질타당하던 그때가 좋았다. 나는 나만 지키면 되었다. 어디 서 구르고 회동그라지더라도 깎일 수 없는 뭉우리돌이었다. 짠물과 모루채의 시련이 나를 더욱 굳세게 했다.

의열단의 젊은이들이 내게 붙인 별명은 '노완고 선생'이었다. 누군가에게 의뢰하는 사상을 철저히 배격하고 우리의 나라, 우리의 철학을 주장하는 내가 고집 센 늙은이처럼 보였던가 보다. 누군가는 나를 분열 분자라고 불렀다. 노자의 말처럼 길 이 다르면 서로 도모하지 않는다는 것이 사상의 발호와 단체 의 난립에 대처하는 나의 원칙이었다. 좌익과 우익, 공산주의와 자본주의, 소련과 미국의 구별은 관심 바깥이었다. 처음부터 끝까지 참된 독립만을 주장했다. 식민지하 동경이었던 서울이 워싱턴이나 모스크바로 옮겨지는 것이 아닌, 우리의 서울을 소원하였다.

하지만 대한민국 임시 정부의 주석은 일개인이 아니었다. 제2차 세계 대전이 불붙으면서 정세는 하루 앞도 점칠 수 없이 격변했다. 열강들의 주도권 싸움 속에서 우리 몫을 찾기 위해서는 더 이상 달팽이 촉각 위의 싸움에 매달릴 수 없었다. 임시 정부를 중심으로 통일을 이루어야 한다. 통일 전선 정부가 아니고서는 연합국의 승인을 받을 수 없다. 같은 배를 타고 폭풍을 맞고서는 적대하던 오나라와 월나라의 사람들도 한마음이 되기 마련이랬다. 살아남기 위해서는 뭉쳐야 한다. 필사적으로 한 덩어리가 되어 싸워야 한다. 기억의 편견 따윈 떨치기로 했다. 경험의 오만까지 버리기로 했다. 나를 죽여 우리를 살리고자 하였다.

중경은 강의 도시였다. 안개의 도시, 아편의 도시, 수백 층의 계단으로 연결된 층계의 도시였다. 그리고 중경은 중국 정부의 전시 수도로 일본군의 집중 폭격을 받는 최후의 보루였다. 여름의 폭격과 겨울의 안개, 농탁하고 혼미한 정세 속에서 필사적으로 모든 역량을 임시 정부로 집결시킬 길을 찾았다.

왼쪽 심장 아래 박혔던 총알이 오른쪽 겨드랑이로 흘러갔다. 각기병이 생겨 퉁퉁 부은 다리를 끌고 조선 의용대와 민족 혁명당 요인들을 만나러 다녔다. 수전증이 심해져 부들부들 떨리는 손으로 중국 정부와 해외 동포들에게 편지를 썼다. 못난 글씨를 '총알체'라고 농하며 흔들리지 않는 진정만을 읽어주길 바랐다. 절룩거리고 비척거리면서도 길을 잃지 않으려 몸부림쳤다. 길 위에서 차차로 나는 사라졌다. 마침내 오롯한 한 길만 남았다.

어느 날 교외로 행차한 은나라의 탕왕은 사방에 그물을 치고 기도하는 사람을 만났다.

―천하의 모든 것이 내 그물 안으로 들어오도록 해주옵소서!

한동안 그를 물끄러미 바라보던 탕왕은 세 방면의 그물을 모두 거두게 했다. 그리고 이렇게 다시 축원하도록 하였다.

―왼쪽으로 가고 싶은 것은 왼쪽으로 가게 하고, 오른쪽으로 가고 싶은 것은 오른쪽으로 가게 하소서!

1941년 조소앙의 삼균주의(三均主義)가 대한민국 임시 정부의 건국 이념 및 정책 노선으로 채택되었다. 개인과 개인, 민족과 민족, 국가와 국가의 균등 생활을 실현하자는 것을 내용으로 하는 삼균주의는 정치적으로 자유 민주주의, 경제적으로 사회 민주주의의 성향을 띠었다. 좌우 합작을 위한 공간을 강령 속에 확보한 이상 이제는 서로 갈라져 반목할 이유도 명분도 없었다. 1942년 민족 혁명당의 무장 세력인 조선 의용대가 광복군에 통합되었다. 민족 대표성을 확보한 대한민국 임시 정부의 국군이 창설되었다. 군사 통합을 정치 통합으로 발전시키고, 정치 통합으로 대일 항전의 전력을 강화하고자 하였다. 그리하여 마침내 1944년, 대한민국 임시 정부는 김구를 당수로 한 한국 독립당, 김규식과 김원봉의 조선 민족 혁명당, 무정부주의 단체 등이 참가하는 명실상부한 통일 전선 정부가 되었다.

이제 내 길에는 좌우가 없었다. 하지만 오른쪽에서 선 사람들은 내가 공산주의자와 손잡았다고 비난했다. 왼쪽에 비껴 선 사람들에게선 민족 파쇼라는 소리까지 들었다. 민족주의자들은 사회주의자들과 함께 일할 수 없다고 앙버텼고, 사회주의자들은 혁명 정신이 퇴색한다고 반대했다. 오른편에서 보면 나는 왼편이었다. 왼편에서 보면 나는 오른편이었다. 하지만 나는 어느 편도 될 수 없었다. 모두의 편이 되고자 했기 때문이다. 그리하여 모두의 적이 될 수도 있었다. 나라를 빼앗은 원수 무리를 제외하고는 누구와도 동지가 되고자 했기 때문이다.

—이념과 노선이 적과 싸우는 것보다 더 중요하오? 내가 나

를 무어라 부르리까? 오직 인민들의 판단에 맡길 뿐이오.

누군가는 내가 이상을 좇아 몽상적인 주먹구구를 하고 있다고 했다. 하지만 나는 바보가 아니었다. 현실적이라면 타협과 복종만 한 것이 없고, 비현실적이라면 투쟁과 저항보다 더한 것이 없다. 누구도 이완용보다 현실적일 수 없고, 안중근 만큼 비현실적일 수 없다. 그리하여 나는 바보를 자처했다. 처음부터 현실적이냐 비현실적이냐는 따지지 않았다. 오직 정도냐사도냐를 기준으로 삼았다. 정녕 그것이 바른길이라면 함께 가고자 하는 자 누구와도 손잡을 것이다. 설사 그가 지옥에서 나를 데리러 온 악마일지라도, 흔쾌히 그 손을 맞잡을 것이다.

단단한 삼밧줄이 어깨를 파고든다. 휘휘친친 감은 밧줄 더미를 걸머지고 해발 천이백 미터의 산길을 오른다. 이마에서 솟은 땀줄기가 볼을 타고 흘러내려 마른 입술을 축인다. 언뜻 음음한 수풀 속에서 재넘이 한 자락이 불어온다. 싱그러운 수인사가 질척대던 땀을 들인다. 깊은숨을 들이마셔 푸른 시간을 호흡한다. 산은 천년 전을 기억하고 있다. 먼 나라 신라에서 진리를 찾아왔던 원광과 자장과 의상의 옹골진 각오를. 길은 또한 오늘을 기억할 것이다. 빼앗긴 나라를 되찾을 비법을 얻으려는 그들의 당차고 용맹한 후예를.

봉우리에 올라 바라보는 종남산의 여름이 깊다. 맨몸에 밧줄만 달랑 두른 채 까마득한 절벽 아래를 내려다본다. 그곳에 적이 있다. 놈들의 음험한 비밀과 흉악한 계략이 있다. 머리를 맞대고 젊은 숨결을 한데 모은다. 잔짐승의 본능으로 위험을 점치고, 육식수의 냉정으로 승산을 셈한다. 저마다 지고 온 뭉치를 풀어 하나로 잇는다. 풀리지 않도록 매듭을 꽁꽁 묶는다. 한 끝은 봉우리 바위에 매고 다른 끝을 절벽 아래로 던진다. 그 줄을 타고 한 사람씩 암벽을 기어 내린다. 혈투의 대열이 차츰차츰 적의 심장을 육박한다. 날개를 활짝 펼친 새매는 목표를 놓치지 않는다. 채찍에도 불도장에도 길들여지지 않은 야성이다. 날카로운 발톱을 곤두세우고 곧바로 날아 내려 사냥감을 옴켜잡는다.

한참 만에 다시 줄이 흔들린다. 나뭇가지를 입에 문 대원들의 얼굴이 차례차례 모습을 드러낸다. 이제 얼마 남지 않았다. 잿물을 먹인 삼밧줄은 잠수함과 낙하산이 될 것이다. 페인트칠로 표시된 나뭇잎은 공습에 필요한 기후 조건과 군사 시설의 탐지를 알리는 전략 정보가 될 것이다. 의연하고 기민하게 임무를 수행한 대원들은 상륙 작전의 선봉대가 되어 적진을 파고들 것이다. 그리하여 침략자들을 쓸어내고, 조국을 광복하고, 마침내 민족을 해방할 것이다. 우리 손으로, 우리 힘으로!

―참으로 귀국의 청년들은 놀랍소이다! 일전에 중국 학생 사백 명을 훈련시키며 이와 똑같은 시험을 했지만 아무도 해답을 발견하지 못했소. 그런 것을 귀국의 청년 일곱 명이 단번에 찾아내는 걸 보니 참으로 앞날이 촉망되는 국민이오.

태평양 전쟁 발발 후 종남산에 비밀 훈련소를 설치하고 특공대를 양성해 온 미국 교관이 감탄하며 말했다. 외인의 칭찬이 아니더라도 나는 그들이 북받치도록 자랑스럽다. 새카맣게 탄 얼굴에 맹금의 그것처럼 반뜩거리는 눈동자가 미덥고 애틋하다.

안개가 자욱하던 늦겨울 오후 임정 청사 앞에 도열한 50명의 젊은이를 보고서야 어찌하여 비루한 나의 목숨이 지금까지 이어졌는가를 깨달았다. 그들을 보기 위해서였다. 그들과 만나기 위해서였다. 그 하나의 목적을 위해 고난과 역경의 이십여 년을 견뎠다. 희망을 보고 미래와 조우하기 위해 그토록 오래 홍진을 헤매었다.

넝마처럼 너덜너덜 찢긴 옷을 입고 있었다. 득실거리는 이와 옴에 시달려 온몸이 만신창이였다. 발광하는 가려움을 달래려 돼지기름에 유황을 끓여 바른 약내가 고약했다. 하지만 정성과 기백을 나타내고자 가슴을 활짝 펴고 두 눈을 홉뜬 그들은 지금까지 본 어느 군사보다 늠름하고 헌걸찼다.

연락 통로가 모두 끊겨 불길한 소문으로만 국내 동정을 전해 들으며 늙은 망명객은 남몰래 악몽에 시달렸다. 나라만이 아니라 사람들도 사라져버린 줄 알았다. 조선 민족의 시조 단군은 일본 민족의 시조 천조대신(天照大神)의 아우로 둔갑했다. 조선 말과 한글이 금지되고 창씨개명으로 성명까지 사라졌다. 황국 신민 서사와 동방 요배로 일왕에게 충성을 약속했다. 전쟁의 병참 기지로 산천초목이 털리고 사람조차도 군수품이 되었다. 절망이 입을 막고 공포가 정신을 뺐다. 이러다 해방이 되어 다시 만난대도 서로 알아볼 수나 있을까? 일본 정신에 장악당한 한국이, 민족혼이 없는 한국인이 어떻게 존재할 수 있을 것인가?

—저희는 왜놈들의 통치 아래서 태어나 그 교육을 받고 자랐기 때문에 우리나라의 국기조차 본 일이 없는 청년들이었습니다. 그러다 문득 우리의 국기가 보고 싶었습니다. 전국에 나부끼는 것이 일장기가 아니라 태극기라면 얼마나 행복할 것인가 생각했습니다…….

그리움이 분노가 되어 그들을 추썩였다. 머리에 동여맨 일장기를 찢어 던지고 철조망을 뛰어넘었다. 가족을 인질로 삼고 탈영병의 목을 잘라 전시하는 협박을 물리치고 엄폐호를 건너뛰었다. 불타는 대륙의 더위 속에서 갈증에 시달리며 수수밭을 기었다. 지표 없는 하늘과 벌판과 바람 사이를 헤맸다. 차갑게 얼어붙은 흙바탕에서 칼바람에 매질당하며 선잠을 잤다. 험준한 계곡에서 호랑이에 쫓기기도 했다. 눈밭 한가운데서 마주 껴안고 잠들면 죽는다고 밤새 뇌까렸다. 중국군과 일본군 사이, 국부군과 팔로군 사이에 덧끼인 채 위험을 무릅쓰고 무작정 서쪽을 향해 걸었다. 서쪽으로 가면 중경이 있다고 했다. 중경에 대한민국 임시 정부가 있다고 했다. 조국을 찾기 위해 싸우는 사람들이 있다고 했다. 그리하여 꼬박 6천 리를 걸었다. 일본군 탈영병에서 한국광복군이 되기 위하여 아무도 가르쳐준 적 없는 길을 홀홀히 걸어왔다.

　―침략자 일본도 밉지만 조국을 귀하게 여기지 않고 팔아먹은 조상들이 더 미웠습니다. 그러하기에 우리만은 못난 조상이 되지 말아야 한다고 생각했습니다. 우리 자손들에게는 절대로 이런 고생을 시키지 말아야 한다고 다짐했습니다. 또다시 못난 조상이 되지 않기 위해 피눈물을 삼키며 투쟁하겠다고 결심했습니다.

　사람들은 흔히 늙은 것과 낡은 것을 혼동한다. 나이를 먹으면 으레 너절한 구닥다리가 되는 줄만 안다. 하지만 옛사람들의 말이 하나도 그르지 않다. 몸은 늙을망정 마음은 청춘이다. 기억은 쇠하거나 시르죽지 않는다. 그들이 시범 보이는 폭파 기술에 세월의 더께가 부서져 날아간다. 백발백중 사격술에 분노와 억울함으로 묵은 체증이 뻥뻥 뚫린다. 통신 전술에 귀가 틔고 도강 훈련에 절름발이 낫는다. 그들의 뜨겁고 신선한 숨결을 따라 갱소년한다. 동학군이 되고 의병이 되어 삼천리를 누비던 그때로 돌아간다. 몸을 앞질러 마음이 조국을 향해 달려간다.

일본의 진주만 기습으로 태평양 전쟁이 시작된 바로 다음 날, 대한민국 임시 정부는 대일 선전 포고를 했다. 선전 포고를 하는 순간 사선에 섰다. 더 이상 죽음을 미룰 겨를이 없었다. 그러나 꾸준한 초모 공작에도 불구하고 광복군의 인적 자원 부족은 쉽게 개선되지 않았다. 더욱이 외국에서 군대를 창설한 까닭에 한동안 행동 준승 9개항에 묶여 중국 군사 위원회의 통제를 받아야 했다. 원활하고 순탄하게 진행되는 일은 하나도 없었다.

1941년 12월 진주만에서 미국의 태평양 함대를 강타하고 동남아시아에서 영국 해군에게 치명타를 입힌 일본은 기고만장하여 날뛰었다. 홍콩이 저항다운 저항도 못 해보고 떨어졌다. 1942년에는 중국 대륙이 소강상태에 접어든 대신 태평양 전역에서 일본군의 발악이 더해졌다. 싱가포르와 말레이가 점령당했다. 버마와 인도네시아가 무너졌다. 불과 몇 달 사이에 아시아가 초토화되었다.

하지만 나는 이제 믿음을 넘어서 확연히 알았다. 선한 끝은 없을지언정 악한 끝은 있다. 동트기 직전의 어둠이 가장 도도하다. 기세등등한 일본군의 승승장구에는 욱일승천하는 생명력 대신 음산한 죽음의 기운이 배어 있었다. 기묘한 불안과 야릇한 예감으로 지랄 발광 네굽질을 하였다. 승산 없는 전쟁놀이에 매달려 자멸의 구렁텅이를 파는 제국주의자들은 더 이상 무서운 대상이 아니었다. 우리에게는 또 다른 싸움이 남아 있었다.

미국 전략정보국(OSS: Office of Strategic Services)과 연계한 한국광복군의 국내 정진 작전은 임시 정부의 승부수였다. 오랜 외교적 노력에도 불구하고 대한민국 임시 정부는 끝내 국제적 승인을 얻어내지 못했다. 침략주의에 공동으로 대항한다는 26개 연합국의 공동 선언에 영국에 있는 프랑스와 폴란드와 네덜란드의 망명 정부까지 모두 참가했지만 우리 임정은 끼어들 수 없었다. 국내와의 연결이 없고 내부 분열이 심해 그 대표성을 인정할 수 없다는 이유 때문이었다. 끈질긴 외교 활동으로 1943년 카이로 선언에서 한국의 독립을 보장한다는 약속을 얻어냈지만, '즉시'라는 말 대신 '적절한 시기'라는 두루뭉술한 표현이 불길했다.

약한 병력으로 강한 적을 치려면 반드시 강대한 힘의 찬동과 이웃의 원조가 필요하다. 하지만 다른 나라의 찬동과 원조를 구할지라도 스스로 앞장서지 않고선 주도권을 놓친다. 유리한 기회를 놓치면 도리어 화를 당한다. 역사의 계산은 언제나 냉혹하다. 피 흘려 희생한 꼭 그만큼만 보답한다.

작전명은 '독수리 작전'이었다. 외국군의 발길이 닿기 전에 한국광복군이 먼저 국내에 진입할 수 있는 마지막 기회였다. 한시가 급하고 분초가 아까웠다. 6개월 예정의 특수 공작 훈련을 3개월 만에 앞당겨 마쳤다. 8월 6일 히로시마에 원자 폭탄이 떨어졌다. 8월 7일 미국 측 책임자들과 최종 작전 회의를 마쳤다. 죽음을 결사한 조국의 아들들을 위해 환송 모임을 가졌다. 웃으며 노래하고 울면서 춤을 췄다. 8월 9일 나가사키에 원자 폭탄이 투하되고 소련이 대일 참전을 선언했다. 무기와 무전기, 조선 은행권과 금괴, 각종 위조 증명서와 국민복 등의 장비 일체를 전달받아 언제고 출발할 수 있도록 특별 대기령을 내렸다.

드디어 때가 왔다. 독립 투쟁 수십 년 만에 조국을 탈환할 결정적 시기를 맞았다. 적어도 열흘 안에 50명의 특공대원이 국내로 잠입할 것이다. 제주도를 거점 삼아 함경도부터 남해까지 속속들이 장악할 것이다.

그날도 대륙의 태양은 뜨겁게 작열했다. 결사대의 비밀 훈련을 지켜보고 서안으로 돌아와 섬서성 주석인 축소주의 집에 초대받아 갔다. 유난히 고요하고 평안하여 낯설기까지 한 여름밤이었다. 물이 많은 중국 수박은 속살이 깊고 시원했다. 중국 친구들은 이듬해 말경이면 일본이 항복할 것이라고 예측했다. 미국도 내년 여름쯤 일본 본토를 점령하게 되리라고 예상하는 듯했다. 이방의 하늘에도 고국의 그것을 닮은 별들이 총총했다. 말은 달라도 마음은 하나같은 중국 친구들의 격려를 듣는 동안 그리움이 복받쳐 가슴이 뻐근했다. 그때였다. 객실과 이어진 사무실에서 홀연 전화벨이 다급히 울렸다.

─중경에서 무슨 소식이 있는 모양입니다!

담소를 나누던 축소주가 벌떡 일어나 전화실을 향해 뛰어갔다. 그때까지도 아무런 징조가 없었다. 묽고 미미한 예감조차 없었다. 운명의 순간은 그렇게 느닷없이 닥쳐들었다.

─왜적이 항복한답니다! 포츠담 선언을 무조건 수락하겠다고 중립국을 통해 연합군에 통고해 왔답니다!

하늘이 무너지는 듯했다. 땅이 꺼지는 듯했다. 와르릉 꽝꽝 천지의 축이 흔들렸다. 정신이 어리벙벙한 채로 축 주석의 집에서 뛰쳐나왔다. 간신히 버텨 선 다리가 후들거렸다. 이제 어디로 갈 것인가? 거리마다 소식을 듣고 달려 나온 사람들로 인산인해다. 만세 소리가 천지간에 진동한다. 미군 교관과 군인들은 기뻐 날뛰며 공포를 쏘아대고 샴페인을 터뜨린다. 일본 제국주의가 마침내 거꾸러졌다. 꿈에서도 바라 마지않던 희소식이다. 그런데 웃을 수도 울 수도 없어 얼굴이 실그러지며 뒤틀린다. 실망과 환희가 어지러이 교차한다. 기쁘고도 슬프고, 황홀하고도 고통스럽다.

―아, 왜적이 항복!

천신만고로 애썼던 것들이 허사가 되었다. 미국 육군성과의 약속이, 연합군의 일원으로 참전하려던 계획이, 외부의 힘으로 '해방'되기보다는 우리의 투쟁으로 '광복'하려던 소망이 모두 물거품으로 변했다. 한국광복군을 위해 신축되던 병사의 공사장에는 깨어진 벽돌들만 어지러이 나뒹군다. 종전 소식에도 마냥 즐거워하지 못하고 침울한 분위기에 잠겨 있는 광복군 대원들을 보니 허탈감보다 더한 근심이 가슴을 짓눌렀다. 전쟁에 참가하지 못한 한국의 앞날은 어찌 될 것인가? 승인받지 못한 망명 정부의 빈약한 발언권으로 장래 국제 사회의 변동에 어떻게 대처할 수 있을 것인가?

―아! 왜적이 항복!

황망 중에 무언가가 움퍽 가라앉고 뭉떵 끊겨나갔다. 유예된 죽음과 저당 잡힌 삶 사이, 그날로 내 생의 한 번이 아프게 끝났다.

여기는 자유가 있다. 평등이 있다. 평화가 있다. 그리하여 이곳에는 구속이 없다. 착취가 없다. 폭력이 없다. 여기가 어딘지는 알지 못한다. 어린 나를 품어 키워준 해주 백운방 텃골인가 싶으면 윤봉길의 고향 예산 덕산 시량리 같기도 하고, 안창호가 오래도록 꿈꾸며 설계하던 이상국의 이상촌에 온 듯도 하다. 산은 깊고 물은 푸르다. 들에는 온갖 곡식과 과실이 풍성하고 사철 꽃이 지지 않는다. 공기는 깨끗하고 바람은 향기롭다. 길나들이에 접어드는 순간 품에 안기는 듯 포근하다. 새롭지만 낯설지 않다. 각양각색한 집집의 꾸밈이 조화되어 아름답다. 울바자는 낮고 광장은 넓다. 어딘가에서 고소한 음식 냄새가 풍기고 흥거운 노랫소리가 메아리쳐 들려온다. 이곳이 어딘지는 여전히 알 수 없다. 하지만 누가 살고 있는지는 분명히 알겠다.

갓난이는 방그레, 젊은이는 빙그레, 늙은이는 벙그레!

마을 입구 솟대에는 안창호의 표어가 돋을새김되어 있다. 이곳에서 웃음은 제한 없는 권리요, 강제 없는 의무다. 바지런한 안창호가 고샅길을 싹싹 쓸고 있다. 상해의 터줏대감으로 임정 출범을 뒷바라지한 신규식과 안태국은 여기서도 야무진 살림꾼이다. 김가진은 단정하게 좌정하여 출중한 서예 실력을 뽐내고, 아침 대신 반숙 계란 두 개만 먹고도 이동녕은 넉넉하게 부른 배를 두드린다. 그늘 깊은 정자나무 아래서 양기탁이 신선의 도를 말하고, 손정도와 김철이 박학다식한 현익철과 열띤 논쟁을 벌인다. 그 모습을 이승춘과 이덕주와 유상근이 느긋이 지켜보며 연을 만들고 팽이를 깎는다. 손일민은 아이들에게 둘러싸여 놀음놀이에 한창이고, 차이석과 송병조는 개구쟁이들이 행여 넘어져 다칠세라 돌부리를 캐어낸다.

나석주는 젊은이들끼리의 모임을 소집하느라 드바쁘다. 꽃그늘 좋은 쉼터에 멋쟁이 국제 신사들이 다 모였다. 사격술과 무술에는 일급이지만 아이와 노인 돕는 법에는 특급이랬다. 박재혁과 최순봉이 탁자를 옮긴다. 이태준과 김상옥이 식탁보를 펼치고, 이종암과 황상규가 깔끔히 상차림을 마친다. 풍류의 자리에 시와 노래가 빠질 수 있을쏘냐, 윤세주가 함께 뱃놀이하던 이육사를 불러오고 심훈과 남궁억이 즐겁게 합류한다. 곡차 한 잔이면 부처님도 흐뭇하시지, 한용운이 체머리를 흔들며 껄껄 웃는다.

김좌진의 정미소는 언제나처럼 북적댄다. 사촌동생 김종진이 일손을 돕느라 분주하고, 백정기와 장지락까지 모두 팔을 걷어붙였다. 통뼈 굵은 김좌진이 힘자랑을 하며 햅쌀을 가마째로 번쩍번쩍 들어 옮긴다. 홍범도가 사냥해 온 장끼와 까투리가 가마솥에서 구수하게 익어간다. 살진 노루를 아깝게 놓쳤다고 '제에미 씨부럴!' 소리를 열 번은 더 한다. 그 모습을 보고 양세봉이 잘생긴 턱을 치켜들어 한바탕 웃는다. 박상진과 서일도 점잖게 미소한다.

이회영의 다섯 형제가 한곳에 모여 있다. 넷째 회영이 치는 우아하고 세련된 난초를 보며 이석영이 흐뭇하게 고개를 끄덕인다. 추위와 눈서리와 황무지와 마적 떼는 진즉에 잊었다. 함께 고향을 떠나온 죽마고우들은 여기서도 이웃사촌이다. 김대락과 황효가 지켜보는 가운데 이상설과 이장녕이 옛것과 새것의 조화를 논한다. 이상룡과 김동만은 학교의 들보를 튼튼히 올린다. 여준은 아들과 함께 이엉을 엮어 새집을 꾸민다. 채찬이 일군 무논에서는 튼실한 벼 이삭이 쑥쑥 자라나고, 안동식과 방기전은 농군들과 함께 풍년을 기도한다. 돼지고기와 김치를 썰어 넣은 메밀국수가 맛깔스럽다. 차조밥과 기장밥도 추억의 별식이다.

최광옥은 변함없이 붉은 볼과 열띤 음성을 지닌 다정한 청년이다. 이동휘는 여전히 궁둥이가 다 떨어진 바지를 입고 사람들을 만나고 다니느라 바쁘다. 노백린은 평화로운 거리를 느릿느릿 순시하고, 한편에서는 박은식과 신채호가 어제와 다르고 내일 다시 새로워질 오늘의 역사를 쓰고 있다.

민영환, 송병선, 조병세, 최익현, 이준, 정재홍, 박성환, 허위, 이강년, 김석진, 홍범식, 이희철, 신석충, 한필호, 강기동, 장덕준, 강우규, 김학소, 안명근, 이승훈, 나철, 오면직, 노종균, 이윤재, 한징……. 자결하고 옥사하고 사형당한 이들이 여기 다 모여 있다. 안중근, 이재명, 이봉창, 윤봉길……. 그리운 이들이 모두 이곳에 살아 있다.

저만치서 누군가 나를 향해 손을 흔든다. 아! 어머니와 아버지가 함께 계신다. 젖어머니 핏개댁과 준영 삼촌도 반갑게 알은체한다. 고능선 선생과 안태훈 진사가 바둑을 두는 곁에서 여옥은 책 읽기에 열중하다가 잠시 마주친 눈을 부끄럽게 피한다. 도투락댕기를 팔랑이는 색동저고리의 계집아이들, 은경이와 화경이가 이름도 없이 죽은 제 언니를 따라 날갯짓하며 달려온다. 그 뒤편에 아내가 무심한 듯 한없는 신뢰의 눈빛으로 미소를 지으며 지켜 서 있다. 대가족을 살피고 보듬기에 여념이 없는 저 말쑥하고 훤칠한 청년은…… 인이다. 내 아들, 스물여덟 살에 뭉클뭉클 각혈을 쏟으며 죽어간 인이가 나를 말갛게 바라본다. 미안하다고 말하지 못했기에, 말할 수 없었기에 더욱 미안하다. 부족한 약을 다른 동지들에게 나눠주기에 바빠 생때같은 자식을 사지로 떠나보낸…… 냉정하고 못난 아비를 용서치 마라.

애증도 애락도 색도 음도 없는, 나는 이제 늙은 모양이다. 내 마음도 피비린내 나는 노랫소리로 가득 찼던 때가 있었다. 피와 쇠, 화염과 독, 복수의 분기로 가득 찼던 때가. 그러나 이제 내게 남은 것은 슬픔뿐이다. 냉혹하고, 고독하고, 뜨겁게 북받치는 깨달음의 시작이다. 자욱하고, 아련하고, 거룩하게 흘러넘치는 깨달음의 끝이다. 슬픔을 아는 순간 슬픔을 참을 수 없었기에, 끝끝내 거대한 슬픔으로 살아남았다. 나는 이인(異人)이거나 영웅이 아닌, 다만 한 마리의 슬픈 짐승일 뿐이다.

그 고운 사람들이 펄럭거린다. 새하얗게 나부끼며 허공을 누빈다. 이 슬프고도 아름다운 나라에 머무르고 싶다. 구석자리 문간이라면 더 바랄 것이 없다. 뜰을 깨끗이 쓸고 창문도 열심히 닦을 테다. 세상에서 가장 행복한 문지기가 될 테다. 나는 떠나고 싶지 않다.

착륙

비늘구름을 통과하면서 비행기의 몸체가 기우뚱 흔들렸다. 흥분과 긴장을 눅이려 헛잠을 시늉하던 사람들이 하나둘 눈을 떴다. 시계의 바늘이 오후 세 시를 향해 달려가고 있었다. 기수는 여전히 동북방이었다. 상공의 날씨가 쾌청하여 운항은 순조로웠다. 한 시간 남짓만 더 지나면 수송기는 김포 비행장에 도착할 것이다.

그때 기창 밖을 내다보던 누군가가 문득 나지막이 중얼거렸다.

—아……. 아, 보인다. 보인다, 한국이!

크지 않은 외마디 소리였지만 팽팽한 기내의 공기를 흔들기엔 충분했다. 굳어 있던 몸이 삽시간에 누긋해지며 열다섯 개의 얼굴이 동시에 기창으로 쏠렸다. 바다의 물빛이 변했다. 하늘빛조차 다르다. 그리움으로 휘둥그레진 마음의 눈은 아무리 미세한 차이라도 기어이 분별해 낸다. 쨍한 초겨울 햇살 아래 푸르른 저것이 조국의 바다다. 광활하게 펼쳐진 바다 한가운데 거뭇거뭇 박힌 점들이 조국의 섬이다. 잃어버린 영토, 빼앗겼던 물과 흙과 바위가 사람보다 먼저 달려 나와 마중을 한다.

고두저고리 빛깔을 닮은 옥색 하늘이 새치름하다. 잔잔한 서해는 열두 폭 남치마처럼 차랑차랑 펼쳐졌다. 희디흰 속적삼처럼 부끄러운 솜구름 사이로 언뜻번뜻 보이는 알섬들이 앙증맞다. 사람들은 연신 탄성을 삼킨다. 마치 하늘과 바다와 구름과 섬을 처음 보기라도 한 것처럼 싱겁고 귀꿈맞다. 하지만 그 처연한 속내는 아는 사람들끼리만 안다.

찰나에 무수한 삶과 죽음의 기억이 스쳐갔다. 한꺼번에 너무 많은 슬픔과 기쁨이 물밀었다. 이름 높은 지사든 무명 열사든 모두가 한맘으로 돌아가고과 하던 그곳이다. 만주와 중국과 소련과 인도와 버마의 전장에서 오로지 그것을 소망하며 싸웠다. 이방의 흙을 움켜쥐고 낯선 골짜기에서 죽어가는 순간에도 고향을 꿈꾸었다. 어디에 있든 그곳을 우리의 독립

전선이라 여겼지만, 운명은 선택할 수 없기에 운명이다. 큰 나라에 비해 보잘것없는 솔한 땅이지만 정답고 알뜰했던 곳, 사랑하는 사람들이 있는 그곳이 머지않았다.

동해물과 백두산이 마르고 닳도록…….

맨 먼저 누구의 입에서 새어 나왔는지는 알 수 없다.

하느님이 보우하사 우리나라 만세…….

어느새 자기도 모르게 그 애절하고 통절한 노랫가락을 따라 부르고 있었다. 백발의 늙은 투사들의 쉰 목소리와 홍안의 젊은 전사들의 카랑한 음성이 한데 어울렸다. 뻐근한 가슴이 들끓었다. 귀가 먹먹하고 눈이 흐려졌다. 누군가는 온몸을 부들부들 떨었다. 누군가는 삭정이 같은 팔을 뻗쳐 허공을 휘저었다. 발작하듯, 절규하듯 울부짖었다. 세상에서 가장 즐겁고도 서러운 합창이 좁은 기내를 가득 메웠다.

무궁화 삼천리 화려강산…….

감상 따위 모두 내버린 목석이 된 줄 알았다. 눈물주머니는 예전에 졸아붙은 줄만 알았다. 하지만 심장이 뛰는 한 눈물은 마르지 않는다. 통곡하듯 노래하는 동지들을 지켜보는 김구의 안경알에 어느덧 뿌연 김이 서린다. 차오른 속눈물이 방울져 흘러내려 부석한 뺨과 손등을 적신다. 안경을 벗어 눈물을 닦지 않는다. 입술을 깨물며 참아보려고 애쓰지 않는다. 고개를 떨어뜨려 숨기려 하지도 않는다. 흐르는 것은 그저 흐르게 하라. 목울대를 적시는 눈물이 찝찔하다. 뜨겁고, 깨끗하다.

　대한 사람 대한으로 길이 보전하세…….

　대한민국 임시 정부는 거창한 것이 아니었다. 드높여 과시할 만한 휘황한 깃발이 아니었다. 쫓기고 쫓겨나고 뭍에서 물에서 이리저리 피난하며 가까스로 지켜온 찢겨진 깃발이었다. 누더기였다. 하지만 그러하기에 더욱 내릴 수 없는, 피와 땀과 눈물로 얼룩진 투쟁의 상징이었다.

　이십육 년의 세월이 그렇게 흘러 백범 김구는 대한민국 임시 정부가 되었다. 대한민국 임시 정부는 백범 김구가 되었다. 그리하여 아무리 초라한 개인이 되어도 김구는 담담하고 의연했다. 지나온 길들이 갈 길을 이끌 것이다. 민족과 민중 앞에 그를 바칠 일밖에는 더 이상 아무것도 남지 않았다.

무릎 위에 주먹손을 단정히 내려놓은 채 김구는 기창 밖으로 먼눈을 던졌다. 셀룰로이드 창에 되비친 오후의 햇살에 눈이 부셨다. 11월의 조국 하늘은 맑고 서늘했다. 아득하였다.

〈끝〉

사마천의 『사기(史記)』가 인류 역사상 가장 위대한 저작 중
의 하나로 손꼽히는 것은 전 130권 52만 6천여 자의 방대한
분량 때문이 아니다. 기전체로 쓰인 최초의 사서라든가, 책의
내용보다도 더 유명해진 저자의 처절한 이력 때문만도 아니다.
『사기』의 탁월함은 권61 '백이숙제' 편에서 명백하게 드러난다.
과거를 살았던 인물들을 현재로 불러내는 「열전(列傳)」의 작업
을 시작하며 사마천은 묻는다.

"이른바 하늘의 도리라고 하는 것이 옳은 것인가, 그른 것인
가[天道是耶非耶]?"

그는 의심한다. 갈피를 잡지 못하겠노라 고백하며 고뇌한다.

하늘의 도리는 공평무사하여 언제나 착한 사람의 편을 든다지만 어진 덕을 지닌 백이숙제는 청렴하고 고결하게 살다가 굶어 죽었다. 그에 반해 거짓되고 탐욕스럽고 포악한 도척은 천하를 주름잡으며 천수를 누렸다. 그렇다면 도척이 하늘의 편애를 받는 착한 사람이란 말인가? 공명정대함보다 불공정이 횡행하고, 정의보다는 불의가 판친다. 대체 하늘의 도리란 것이 있기는 있는가?

머리가 꼬리를 물고 도는 뱀과 같은 역사를 오늘 다시 쓰고 내일 또 새롭게 써야 하는 이유가 여기에 있다. 왜냐고 묻지 않으면 그 어리석은 반복과 순환을 이해할 방도가 없다. 무엇에 사로잡혀 있는가를 알지 못하고서야 탈출을 시도할 수조차 없다. 역사 속에 살아가는 인간의 길을 찾을 수 없다. 그리하여 다시 질문한다. 왜, 대체 무엇 때문이냐고?

한국 독립 투쟁사에 지울 수 없는 족적을 남긴 백범 김구의 생애를 쓰는 동안 나는 줄곧 묻고 또 물었다. 왜 그렇게 살고 왜 그렇게 죽어야 했냐고. 그에게 묻고, 내게 물었다. 오직 끝없는 질문 속에서만 그를 이해할 길을 찾을 수 있기에, 이미 안다고 믿었던 답들을 거듭 묻고 재차 확인했다.

그의 생애는 『백범일지』를 통해 일반 독자들에게 널리 알려져 있다. 그러하기에 나는 『백범일지』를 읽은 사람들과 아직 읽지 못한 사람들을 동시에 가상의 독자로 상정하고 소설 작업을 했다. 알아야 할 것들과 기억해야 할 것들 사이에 오욕과 질곡의 역사 속에 우뚝 선 거인에 대한 질문을 놓아두었다. 왜 우리는 오늘 그를 읽어야 하는가? 그는 왜 다시 살아나야만 하는가?

노신은 『아Q정전』에서 '옛날부터 불후의 붓만이 불후의 인물을 전하는 것으로 되어 있다'고 했다. 그래서 불후의 붓을 갖지 못한 부족한 깜냥에 불후의 인물을 쓰는 일이 내내 조심스럽고 부끄러웠다. 한국 독립 투쟁사의 지난한 기록을 최대한 사실에 근접하게 서술하는 한편, 지나치게 숭조적(崇祖的)인 정리를 지양하고 투사이자 교육자이자 사상가인 백범 김구의 생애를 관통하는 인간적 면모를 그리는 데 중점을 두었다. 절제된 감정의 행간에서 그의 뜨거운 진정을 읽고자 애썼다. 육중한 침묵 속에서 그의 우렁우렁한 웅변을 듣고자 귀를 기울였다. 그럼에도 내가 못다 쓴 진실은 글을 읽는 독자들의 몫으로 돌리련다.

언젠가 대학의 새내기로서 그의 시대를 읽었다. 그때 나를 장악했던 감정이 분노였다면, 세월이 훌쩍 지나 다시 그것을 읽는 나를 지배하는 감정은 슬픔이다. 슬픔은 분노만큼 뜨겁지는 않지만 낮고 질기고 도도하다. 그것은 물처럼 유유히 흐르며 역사의 파랑에 휩쓸린 나약한 인간들을 적신다. 그리하여 슬픔도 마침내 힘이 된다. 나는 그 자잘한 상처 같은 시간 속에서 변한 것들과 변하지 않은 것들을 동시에 기꺼워한다. 기어이 슬퍼하고 기꺼이 슬퍼하기 위해, 나는 좀 더 배우고 쓰고 살아내야 한다.

2008년 봄에 쓰고, 2019년 여름 다시 펴내다.

김별아

백범, 거대한 슬픔

초판 1쇄 2008년 8월 1일
개정판 1쇄 2019년 8월 5일

지은이 | 김별아
펴낸이 | 송영석

주간 | 이진숙 · 이혜진
기획편집 | 박신애 · 정다움 · 김단비 · 심슬기
외서기획편집 | 정혜경
디자인 | 박윤정 · 김현철
마케팅 | 이종우 · 김유종 · 한승민
관리 | 송우석 · 황규성 · 전지연 · 채경민

펴낸곳 | (株)해냄출판사
등록번호 | 제10-229호
등록일자 | 1988년 5월 11일(설립일자 | 1983년 6월 24일)

04042 서울시 마포구 잔다리로 30 해냄빌딩 5 · 6층
대표전화 | 326-1600 **팩스** | 326-1624
홈페이지 | www.hainaim.com

ISBN 978-89-6574-957-8

파본은 본사나 구입하신 서점에서 교환하여 드립니다.

이 도서의 국립중앙도서관 출판예정도서목록(CIP)은 서지정보유통지원시스템 홈페이지
(http://seoji.nl.go.kr)와 국가자료공동목록시스템(http://www.nl.go.kr/kolisnet)에서 이용하
실 수 있습니다.(CIP제어번호: CIP2019028238)